옛이야기의 귀환

한국문학에서 스토리텔링까지

동아시아한국학연구총서 | 30

옛이야기의 귀환

한국문학에서 스토리텔링까지

김만수 지음

머리말

최근 레트로(retro) 열풍이 불고 있다고 한다. 그런데 이러한 복고풍이 짧은 주기의 유행으로 그칠 것 같지는 않다. 필자의 느낌으로는 이러한 복고 취향이 가히 현기증이 생길 정도로 가속화되는 과학 기술의 발전 속에서 잠시 걸음을 멈추고 자신의 속도를 반성하고자 하는 욕망의 반영인 것으로 보인다. 레트로 현상은 패션, 음악, 음식, 기타 라이프 스타일에서만 일어나는 게 아니라, 스토리 분야에서도 일어나고 있는 듯하다. 빨리 가는 것만이 능사는 아니기 때문일 것이다.

신화, 민담, 전설, 설화, 야사 등으로 전승되어오던 여러 겹의 '옛이야기'들이 최근 영화, 게임, 만화, 드라마, 문학 분야에서 다시 재활용되고 있다. 이 책의 제목 『옛이야기의 귀환: 한국문학에서 스토리텔링까지』는 이러한 변화의 양상을 정리하고 그 의미를 묻고자 하는 의도를 담고 있다.

필자는 한국 근대문학 연구자로 출발하여 문화콘텐츠학과로 전공을 옮긴 이후 스토리텔링이라는 새로운 분야에 관심을 갖게 되었다. 스토리텔링이라는 용어는 이미 새로운 학술 용어로 자리잡아가고 있는데, 물론 이 용어의 형성은 인간의 커뮤니케이션 시스템이 말과 글의 단계를 거쳐 현재 디지털 미디어에 크게 의존하기까지의 변화와 관련되어 있다.

사냥을 끝낸 원시인들이 동굴에 모여 모닥불을 피우고 배불리 먹은 다음 사냥의 무용담을 나누고 사냥의 요령과 전략을 전수하던 게 이야기의 출발이라면, 그것은 작가의 개성과 미학적 완성도를 중요한 판별 기준으로 삼는 근대문학과는 전혀 다른 종류의 이야기임은 분명할 것이다.

필자는 오랫동안 이야기의 미학적 기준을 중시해왔다. 거기에는 작가의 개성이 반영된 문학만이 근대적 가치에 부합한다는 생각, 작품은 사회적 현실을 반영해야 한다는 리얼리즘의 관점, 작가의 영혼은 대중들의 생활 영역 바깥에 있어도 좋다는 초월적인 생각 등이 포함되어 있었다. 그런데 최근에 이르러서는 이러한 근대문학의 개념이 전면적인 수정의 위기에 처한 것으로 보인다. 한 개별적인 작가의 장인 정신보다는 대중들의 무의식적인 선택이 더 중요할 수 있겠다는 생각도 들고, 현실 사회의 객관적 반영보다는 인간의 무의식과 원형에 대한 탐구가 필요하다는 생각도 들기 시작했기 때문이다.

필자가 이 책에서 제시하고자 하는 스토리텔링의 역사는 단순하다. 어느 나라든 재미있는 '옛이야기'가 있기 마련인데 그 옛이야기가 '근대문학'의 뿌리가 되었고, 그 근대문학이 21세기적인 '스토리텔링'의 기초가 되었다는 주장이 그것이다. 그러나 이 책에서 주요 개념으로 사용한 '옛이야기-문학-스토리텔링' 사이에는 연속적인 계승만 있었던 것은 아니다. 옛이야기의 상당

부분은 합리성이라는 근대문학의 기준에서 벗어났다는 이유만
으로 잊히거나 왜곡되었으며, 근대문학의 상당 부분은 21세기의
새로운 문화 개념(예를 들어 매스 미디어에서 1인 미디어로의 변화, 개성
적이고 권위적인 작가의 몫에서 상호 소통을 원하는 독자-소비자의 몫으로
의 변화 등등)에 의해 망각과 왜곡의 창고에 방치되기 시작한 것으
로 보인다.

　돌이켜 생각해보니, 우리는 그간 스토리의 풍부한 자산을
몇 개의 칸막이 내에 가두어두려 했던 것 같다. 『장르론(*Beyond
Genre*)』의 저자 헤르나디(Hernadi)의 표현에 따르자면, 우리는 거
대한 새를 좁은 새장에 가두려고 시도했던 것으로 보인다. 스토
리를 문학과 역사로 나누어 문학은 국문과에서, 역사는 사학과
에서 가르치는 것조차 이러한 편협한 장르론의 한계였던 게 아
닌가 하는 생각도 해본다.

　아리스토텔레스는 그의 『시학』에서 역사는 실제로 일어난 사
건을 다루고, 문학은 일어날 법한 사건을 다룬다고 했지만 둘 사
이의 관계가 두부 자르듯 선명하게 나누어지는 것도 아니다. 실
제로 우리가 접하는 다수의 역사서는 허구의 내용과 관점이 포
함될 수밖에 없으며, 문학이 또 완전한 허구로만 존재하는 것도
아니다. 이 책에서는 『삼국사기』나 『삼국유사』 등의 내용 속에서
재미있는 허구를 찾아내고, 허황해 보이는 신화나 그림 형제의
민담 등에서 재미있는 현실의 편린을 찾아내는 것을 목표로 삼
았다.

　정말이지 최근에는 신화, 판타지, SF 등이 대세를 이루는 듯하
다. 근대사회에 대응하는 리얼리즘적 정합성을 최고의 판단 기

준으로 삼았던 필자 세대의 시각으로는 이러한 이야기의 폭발적 증가가 당혹스러운 것도 얼마간 사실이다. 그렇긴 하나 불과 20년 전까지만 해도 생소했던 북유럽의 신화들이 게임이나 영화를 통해 소개되면서 천둥의 신 토르에서 장난꾸러기 신 로키에 이르기까지 다양한 캐릭터들이 소개되고, 위그드라실이나 라그나로크와 같은 신화적 시공간이 우리들의 스토리 내에 흡수되기 시작하는 것도 새롭고 재미있는 현상이다. 필자는 신화, 민담, 전설 등의 옛이야기, 문학과 연극 등의 근대문학적 자산을 바탕으로 이러한 옛것들이 어떻게 소환되고 변형되고 재창조되는지에 관심을 두었다.

이 책의 내용 중 상당 부분은 저자가 기왕에 발표한 학술 논문의 주요 내용과 개념에 의존했다. 그러나 이 책은 단순한 논문 모음집은 아니다. 필자는 대립적인 두 인물을 다루면서 캐릭터의 이분법적 대립이 의미하는 바를 집중적으로 생각해보고자 했다. 남성과 여성, 왕과 광대, 공주와 바보, 엄마와 아빠, 인간과 동물, 미인과 추남 등등의 흥미로운 캐릭터 대립을 통해서 왜 이런 부류의 극단적인 대립쌍이 이야기의 영원하고 근원적인 소재가 될 수 있는지에 대해 생각해보고자 한 것이다. 이러한 대립쌍을 설정하기 위해 두 편의 논문을 하나로 합쳐보기도 했고, 까다로운 개념어와 지나치게 실증적인 자료 나열 부분은 과감하게 잘라내면서, 단행본의 주제에 맞게 고쳐 쓰는 방식을 취하기도 했다. 기존에 발표된 논문들의 목록은 '일러두기'를 통해 제시했지만, 이 책의 내용은 그 자체로 독립된 작업의 성과임을 밝히고자 한다.

차례

일러두기

이 책에 수록된 글의 일부는 아래의 논문을 발췌, 수정, 보완한 것이지만 이 책의 주제와 목적에 맞춰 새롭게 작성되었다.

김만수, 「채만식 연극의 가능성」, 채만식학회창립학술대회, 『채만식 문학의 현재성』, 2018. 10.

김만수, 『함세덕』, 건국대학교출판부, 2003.

김만수 · 안금련, 「인격의 성숙과 성장으로의 환상: 최인훈 희곡 「어디서 무엇이 되어 만나랴」
를 중심으로」, 『한국문학이론과 비평』, 2007. 3.

김만수, 「일란성 쌍생아의 비극: 최인훈 「둥둥 낙랑둥」의 해체론적 연구」, 『한국현대문학연구』
6집, 1999.

김만수, 「오태석 연극에서 '상처 입은 화자'의 의미와 기능」, 『문학치료연구』, 2015. 7.

김만수, 「이강백의 희곡 「영월행 일기」의 정신분석적 읽기」, 『한국 현대문학의 분석적 읽기』,
월인, 2004.

김만수, 「캐릭터의 심리학적 유형 분석─「왕의 남자」와 「광해, 왕이 된 남자」를 중심으로」, 『어
문연구』, 2014. 3.

김만수 · 김하나, 「「미녀와 야수」의 현대적 변용 양상」, 『한국학연구』, 2014.12.

김만수 · 왕치현 · 강수환, 「영화 「설국열차」와 이분법 너머의 상상력: '3의 법칙'과 놀이의
힘」, 『한국학연구』 53집, 2019. 5.

스토리텔링: 옛이야기의 귀환

브레멘 음악대

그림 형제의 동화는 총 210편에 달하지만, 그 텍스트의 질과 길이는 천차만별이다. 상당히 재미있고 세련된 이야기도 있지만, 매우 잔혹하거나 썰렁한 이야기도 적지 않다. 27번째에 수록된 「브레멘 음악대」는 썰렁한 이야기에 속한다.

당나귀가 늙어 힘을 쓸 수 없게 되자 주인은 당나귀를 처분하려 한다. 이를 눈치챈 당나귀는 주인집에서 도망쳐 브레멘을 향해 떠난다. 그는 자신이 브레멘의 전속 음악가가 될 수 있다고 생각한다.

주인에게 버림받는 똑같은 사연이 사냥개, 고양이, 수탉에게 반복된다. 이들은 차례로 만나 서로의 사연을 확인하면서 친구가 되는데, 한 패가 된 이들은 브레멘을 향해 가다가 날이 어두워져 어느 집에 도착한다. 그곳은 도둑의 소굴이다.

네 명의 친구들이 큰 소리로 외치자 겁이 난 도둑들은 유령들이 몰려온 것으로 착각하여 집을 버리고 도망간다. 네 친구는 배가 터지게 먹고 각자 잠자리로 들어간다.

다음 날, 도둑 두목은 부하를 시켜 자신의 집을 확인하도록 한다. 부하는 부엌에 들어가 촛불을 켜고자 했으나, 고양이의 이글거리는 눈을 불붙은 석탄으로 착각하여 성냥개비를 거기에 댔다가 고양이를 건드리게 되자 고양이는 도둑의 얼굴을 할퀸다. 도둑은 바로 도망치지만 마침 그 길목에 있던 개가 도둑의 다리를 문다. 또 도둑이 거름 더미 옆을 지날 때에는 당나귀가 뒷발로 그를 호되게 걷어찬다. 이런 소란 통에 깨어난 수탉은 꼬끼오 하고 악을 쓴다.

혼비백산한 도둑은 그냥 도망칠 수밖에 없다. 도둑은 두목에게 상황을 보고한다. 겁 많은 부하 도둑의 보고에 의하면, 그 집에는 마녀가 살고 있는데, 마녀가 나를 할퀴었으며, 문 앞에서는 칼을 든 사내가 내 다리를 찔렀으며, 마당에서는 괴물이 몽둥이로 나를 내리쳤으며, 또 지붕 꼭대기에서는 재판관이 내게 소리쳤다는 것이다.

그때부터 두목을 위시한 도둑 일당은 자기들 집에 얼씬거리지도 않았다는 것인데, 좀 썰렁한 부분은 브레멘 음악대에 참여하기 위해 가던 '네 친구들'이 그냥 그 집이 마음에 들어 계속 그 집에서 살았다는 것이다. 요즘으로 치면 '빈집 점거 운동(squatting)'에 가까운 것으로 보이는데, 너무 썰렁해서 끝 부분을 있는 그대로 인용하기로 한다.

그때부터 도둑들은 다시는 그 집에 얼씬도 하지 않았습니다. 그러나 브레멘의 음악가들은 그 집이 매우 마음에 들었으므로 그들은 계속 그 집에서 살았습니다.

그리고 최근에 이 이야기를 한 그 사람은 아직도 이 이야기를 하고 다닌답니다.[1]

사실「브레멘 음악대」를 어른의 시각에서 분석해보면 여러 가지 문제가 있다. 먼저 사냥개, 고양이, 말, 수탉이 노래를 잘하는 '음악대'를 결성하는 것으로 되어 있는데, 그리 노래를 잘하는 것 같지 않다. 그들은 늙어서 주인으로부터 버림받은 불쌍한 존재들이기는 하나, 그들의 울음소리는 흉악한 도둑조차 놀라게 할 정도로 기이한 듯하다. 그럼에도 자신들의 소질을 알지 못한 채 음악대가 되고 싶다는 막연한 희망만 가지고 살아간다면 좀 문제가 있다.

둘째, 그들이 빼앗은 집이 과연 도둑의 집인가 하는 의문이다. 우리는 늘 주인공을 동정하는 편이어서 주인공의 반대편을 모두 악역으로 간주하는 경향이 있긴 하다. 그래서 주인공이 악인의 집을 빼앗아 사는 것은 괜찮은 일로 생각하지만, 세상에는 엄연히 개인의 재산권 보호라는 더 크고 강력한 법칙이 존재한다. 도둑의 집이라고 해도 함부로 빼앗아서는 안 되는 것이다. 심리학적인 분석을 좀더 해보면, 당나귀를 비롯한 네 동물은 그저 남의 집을 차지한 다음 자신의 행위를 합리화하기 위해 그 집은 도둑의 집이라는 '거짓 환상'을 만들어내고 그것을 믿고 있는 것인지

---

1 그림 형제, 김열규 역, 『그림 형제 동화 전집』(현대지성, 2015), p. 240.

도 모른다. 자신이 믿고 싶은 대로 현실을 왜곡 변형하고 그것을 믿음으로써 자신이 위안을 얻는 이러한 심리 상태를 프로이트는 '방어 기제(defense mechanism)'라 명명한 것 같기도 하다. 이들은 너무도 유아적인 심리 상태에 고착되어 있는 게 아닌가 걱정이 들기도 한다.

셋째, 브레멘이라는 도시가 전혀 등장하지 않는다. 제목에도 있는 브레멘이 왜 이야기 내에서 의미 있는 장소로 등장하지 않는지 동화의 서술자는 전혀 논리적인 해답을 제공하지 않는다. 참으로 이상하고 썰렁하다.

종결론에서 네버엔딩 스토리로

무엇보다 우리는 「브레멘 음악대」의 종결이 이런 식이어서는 절대 안 된다고 생각한다. 주인에게 버림받은 불쌍한 동물들은 이제 브레멘 음악대에서 피나는 연습과 노력을 기울여야 하며, 끝내 감동적인 음악 연주에 이르러야 하며, 이를 통해 자신의 존재 가치를 보여야 하는 것이다. 그런데 그림 형제가 수록한 「브레멘 음악대」에는 이러한 감동적인 결말이 없다. 이러한 결말을 어떻게 설명할 것인가.

서사이론가 프랭크 커모드에 의하면, 시계의 초침 소리는 '틱-틱(tick-tick)'이어서는 안 되며, 반드시 '틱-톡(tick-tock)'이어야 한다. '틱-틱'은 종결의 느낌을 줄 수 없으니, 그 초침 소리가 같은 경우에도 '틱-톡'으로 표현해야 시작-끝의 서사를 표현할 수

있다는 것이다. 그는 이 현상을 '종결 의식' 혹은 '마무리 감각'
이라 불렀다.[2] 우리가 알고 있는 물리적 형태의 이야기 예술들은
그 형태가 시나 소설이든, 혹은 드라마든 상관없이 일정 시간 내
에 끝을 제시해야 한다. 대하소설처럼 매우 긴 호흡의 이야기도
어느 순간에는 종결에 도달해야 한다.

이러한 프랭크 커모드의 서사 이론을 적용해보면, 「브레멘 음
악대」는 완성되지 않은, 실패한 서사이다. 네 명의 친구들은 브
레멘이라는 종착점에 도달하지 못했기 때문이다. 그들은 브레멘
에 도착하지 못했고, 자신들의 일생의 꿈인 음악가가 되는 단계
에도 도달하지 못했다. 따라서 그들은 실패한 인생이며, 이 이야
기도 실패한 이야기이다. '만족할 만한 종결(satisfying ending)'이
없기 때문이다.

그러나 역으로 생각해보면, 우리가 꼭 프랭크 커모드의 공식
대로 인생을 살아갈 필요는 없다. 우리의 삶은 '틱'에서 출발하
여 '톡'에 이르는 멋진 목적론(종말론)과는 다르다. 우리는 목적
이 아니라 과정을 살아가며, '틱'에서 출발하여 '틱'만 반복하다
죽어갈 수도 있는 것이다. 그것이 우리의 인생이다. 이렇게 돌이
켜보면, 「브레멘 음악대」야말로 우리의 평범하고 반복적인 삶과
너무도 닮아 있다. 음악가가 되려 했지만 그 꿈을 포기하고 평범
한 생활인으로 살아가는 삶들이야말로 우리에게 너무도 친숙한
리얼한 삶이다.

---

2 Frank Kermode, *The Sense of an Ending : Studies in the Theory of Fiction*(Oxford Univ.
  Press, 1979), p. 44.

마녀에게 집을 빼앗겼다는 이야기를 지금도 반복하고 있다는 부하 도둑(좀 바보스럽긴 하다)도 과정의 삶을 살고 있기는 마찬가지인 듯하다. 그는 한번 당한 트라우마에서 벗어나지 못한 채 같은 트라우마를 반복적으로 경험하고 있지 않은가(커모드의 종결 이론은 한국 현대사의 '박종철 고문치사 사건'에서 극적으로 패러디되어 출현한다. 고문을 한 게 아니라 "책상을 탁 하고 치니 억 하고 죽었다"는 '탁-억'의 논리적 조응 관계는 분명 커모드의 '틱-톡' 종결 이론과 너무도 닮았다. 서사 이론을 조금 공부한 듯하다).

근대문학의 서사는 단선적, 목적론적, 종말론적이다. 작가에 의해 철저하게 통제된 이야기의 줄기는 시작부터 종결에 이르기까지 일사분란하게 통제되며 용의주도하게 배열된다. 물론 이러한 서사 형식의 목적은, 아리스토텔레스의 『시학』에 따르면, 잘 계산된 카타르시스에 도달하는 것이다. 반면 옛이야기의 서사는 논리의 통제에서 벗어난 채 제멋대로 뻗어 있다. 그것은 일견 무질서하게 보이지만, 거기에는 인간의 풍요로운 무의식, 자유분방함, 울퉁불퉁한 삶의 현실이 잘 녹아 있다.

지금 우리가 살고 있는, 스토리텔링의 세계는 어떠한가. 스토리텔링은 잘 통제된 스토리를 갖춘 근대문학의 계승자가 아니라 삐뚤삐뚤한 옛이야기의 귀환이자 복원에 해당한다. 「브레멘 음악대」는 그저 단조롭게 반복되는 우리의 일상이거나 게임의 한 스테이지와도 같다. 게임에서는 한 단계를 넘어섰다 해서 크게 달라질 건 없다. 브레멘의 네 친구들도 별다른 발전적 서사를 경험하지 못한 채 그냥 그렇게 반복적으로 살아갈 것이기 때문이다.

최근에는 그저 '예능'이 대세다. 잘 만들어진 픽션도 아니고, 그렇다고 해서 무거운 관찰 다큐멘터리도 아닌 예능은 어찌 보면, 그저 친구들이 모여 장난치고 여행하고 수다를 떠는, 뻔하고 반복적인 것에 불과한 것처럼 보인다. 그렇다면 도대체 이러한 '예능'의 매력은 어디에 있는 걸까. 나는 「브레멘 음악대」에서 약간 답을 찾은 듯하다. 브레멘의 '네 친구'들은 내게 음악가가 되지 않아도 좋으니 하루하루 살아가면 된다고 소곤거리고 있는 것처럼 보인다. 예능의 대세 스타들도 그저 여행하고 잡담하며 친구들 골탕 먹이며 그렇게 즐겁게 살아가면 된다고 소곤거리는 것으로 보인다.

　수많은 크리에이터들이 유튜브(YouTube) 등에 올리는 1인 미디어의 방송물들을 보는 필자의 시각도 처음의 부정적인 관점에서 바뀌어 조금은 유연해졌으며, 이들 매체 속에서 새로운 의미를 발견할 수 있게 되었다. 유튜버, 크리에이터 등의 이름으로 통칭되는 그들은 내가 존경하고 늘 동경했던 근대문학의 거장들, 시인, 소설가, 드라마 작가들과는 다른 평범한 일상인들이었다. 그들은 우리가 삶의 가장 중요한 가치라고 생각했던 진지한 주제들을 다루지 않았다. 그들이 올리는 이야기의 상당 부분은 유치하고 위험하고 반문화적으로 보이기도 한다. 페이스북(Facebook)은 자신이 지금 먹은 음식의 먹음직한 색깔과 모양, 자신이 여행한 공간의 화려한 스펙터클을 자랑하는 정도의, 말 그대로 외면적인 얼굴 품평회에 적합한 매체로 보인다. 또 트위터(Twitter)는 말 그대로 새들의 지저귐에 더 적합한 것으로도 보인다.

그러나 시각을 조금 바꾸어보니, 우리는 '새들의 지저귐'처럼 가벼운 이야기, '얼굴 표정'처럼 가깝고 친숙한 이미지들을 더 자주 많이 접하며 이러한 매체 속에서 우리의 사회성을 유지해 가며, 문자 그대로 네버엔딩(never ending)의 삶과 이야기를 살아가고 있었다. 이들의 경박함, 유치함도 반드시 단점만은 아니었다. 이러한 종류의 소셜미디어(Social Media)에는 지극히 개인적이면서도 사회적인 것, 또한 지극히 일상적이고 파편적인 것이면서도 지속적이고 보편적인 무엇이 포함되어 있는 것 같다.

근대적 작가의 쇠퇴, 디지털 스토리텔링의 부상

예술사가 아르놀트 하우저는 르네상스 예술의 탄생을 설명하는 첫머리의 제목을 '예술가의 탄생'이라 명명한다. 르네상스 시기에 이르러서야 예술가들이 자신의 그림에 서명을 남기기 시작했고, 예술가의 전기가 씌어지고 예술가의 자화상이 그려지기 시작했다는 것이다. 이제 이들은 후원자의 주문에 따라 작품을 만들어내는 기술자나 장인이 아니라, 자발적으로 그림을 그리되 때에 따라서는 '그림을 그리지 않는 자유' 혹은 태업을 과시할 수도 있게 되었다는 것이다. 하우저는 예술(art)이 장인들이 지닌 손재주가 아니라, 개성적인 천재들의 상상력의 소산으로 바뀌어 가는 과정을 재미있게 묘사한 바 있다. 고대적 문화예술의 부흥이라는 의미에서의 '르네상스'가 바로 이러한 천재의 등장에 의해 가능해졌다는 것이다.

'천재 개념'은 한편으로는 예술을 이해하지 못하는 속물들에 대항해서, 다른 한편으로는 엉터리 화가에 대하여 일종의 자기 방어 수단을 예술가들에게 제공했다. 그들은 속물에 대항해서는 괴짜라는 탈을 쓰고 숨었고, 엉터리 화가에 대해서는 자신의 재능이 선천적이고 예술은 결코 배워서 되는 것이 아니라는 사실을 강조했다. 카알 5세는 띠찌아노가 떨어뜨린 붓을 허리를 굽혀 주워주면서 "띠찌아노와 같은 거장이 황제로부터 시중을 받는다는 것보다 더 자연스러운 일이 세상에 또 어디 있겠느냐"고 말했다고 한다. 이쯤 되면, 예술가의 신화는 극치에 다다랐다고 볼 수 있다. 물론 거기에는 일종의 교태 비슷한 것도 들어 있었다. 다시 말해 사람들이 예술가를 휘황찬란한 조명 속에서 헤엄치게 한 것은 거기서 반사되는 불빛 속에서 자신이 빛나고자 함이었다.[3]

예술가를 인정함으로써 자신도 인정받는 것, 즉 예술가의 개성과 자유를 존중함으로써 자신의 개성과 자유를 인정받는 것이야말로 근대에 조성된 '예술가의 신화'라는 것을 강조한 하우저는 작가의 개성과 천재성을 강조한 르네상스 예술이야말로 개인의 가치를 기반으로 하는 근대 사회의 출현과 깊은 관련이 있다는 점을 보여주고 있다.

그런데 최근 들어 이러한 '예술가-작가'에 대한 존경심이 급격하게 사라지고 있는 듯하다. 우선 영화나 TV 드라마에서 '한

---

3 A. 하우저, 백낙청·반성완 역, 『문학과 예술의 사회사 근세편·상』(창비, 1980), p. 78.

사람의 작가'라는 개념이 서서히 붕괴되고 있다. 대중영화에서는 장르와 주제의 선택부터 인물과 상황의 설정, 그리고 좀더 세분화된 집필과 수정에 이르기까지의 길고 복잡한 과정이 여러 단계로 세분화되고, 여기에는 많은 작가들이 동원되어 전체적인 그림을 완성해간다. 이 과정에서는 작가 개인의 창조적인 개성보다는 전체와의 유기적 협업이 좀더 강조될 수밖에 없다. 둘째, 인공지능의 출현이다. 이제 문장의 패턴과 문장들 사이의 논리적 구성을 학습한 인공지능 시스템이 글을 쓰기 시작했다. 현재는 인공지능이 증권, 스포츠 등 수치가 중심이 되는 팩트를 단순 보도하는 정도의 기사를 쓰고 있지만, 곧 좀더 복잡한 문장 쓰기에 돌입할 것으로 보인다. 어느 단계에 이르면 인공지능이 시나 소설의 창작에서도 역량을 발휘할지 모른다. 셋째, 스토리의 생산과 소비 사이에서 점차 상호작용적인 시스템이 일반화되고 있다. 이제 스토리의 소비자들은 댓글, 블로그 활동 등을 통해 스토리의 유통, 분배, 재생산에 개입하고 있으며, 작가와 소비자 사이의 이러한 상호작용이 기존 작가들의 폐쇄성과 전문성을 위협하는 상태에 이른 것이다. 이러한 현상은 이미 디지털 스토리텔링이라는 개념으로 보편화되는 추세이다. 스토리의 소비자들이 '전문 작가'의 기능을 일부 떠맡음으로써 작가와 독자 사이, 스토리 생성과 스토리 수용 사이의 거리는 좁혀지고 있으며, 디지털의 플랫폼이 이러한 변화에 물리적 기반을 제공하고 있으므로, 이제 디지털 스토리텔링(digital storytelling)이라는 개념 속에서 이러한 현상을 관찰해볼 필요가 있는 것이다.

어찌 보면, 디지털 스토리텔링은 스토리 창작의 분야에서만 이루어지는 것도 아니다. 스토리텔링은 창작은 물론 수용의 차원에서 이루어진다. 즉 유저가 웹, 모바일, IPTV 등에서 스토리를 검색하여 이를 소비하는 것 또한 스토리텔링의 중요한 축이라는 점이다. 비약해보면, 우리의 일상사가 모두 읽고 쓰는 행위와 연결된다. 아침에 일어나 모바일의 알람을 끄는 행위조차 모바일의 데이터에 기록된다는 점을 생각해보면, 내가 아침 몇 시에 일어났음을 모바일에 쓰고 있는 셈이다. 이런 의미에서 내가 모바일을 가지고 다니는 것 자체가 읽고 쓰는 행위인 셈이며, 그것이야말로 디지털 스토리텔링의 한 형태인 것이다. 구글의 '타임라인'은 놀라울 정도로 정확하고 광범위하게 개인의 행동을 기록하고 보존하는데, 여기에는 중요한 스토리텔링의 현상이 숨어 있다고 볼 수 있다.

스토리에서 스토리텔링으로

이 책에서는 신화, 전설, 민담 등의 설화적인 이야기들과 함께 『삼국유사』와 『삼국유사』 등에 등장하는 역사적 사실들도 모두 옛이야기(enchantment)라는 용어로 통합하였다. 사실 'enchantment'라는 용어는 좁게는 마법담, 넓게는 마법처럼 매혹적인 옛이야기 전체에 해당하겠지만, 설화와 역사에 등장하는 모든 이야기들이 오랜 시간의 경과에도 불구하고 지금까지 살아남아 전승되면서 그 이야기의 생명력을 가질 수 있는 근본적인 이유는 그것이 매혹적이기 때문일 것이고, 그래서 이 책에서는 대중들이 기억하는 많은 역사적 사실들, 신화와 민담들을 모두 '옛이야기(enchantment)'라는 용어로 통합하고자 했다.

이미 머리말에서 한 차례 언급했듯, 이 책의 관심사는 신화, 민담, 역사 등의 옛이야기가 어떻게 새로운 문학작품이나 현대적인 문화 콘텐츠로 변용되고 재창조되는가를 살펴보는 데에 있다. 동화적인 소재를 놓고, 이를 간단히 도표화하면 다음과 같다.

옛이야기	각색 동화	디지털 스토리텔링
부모→자식	어른→아동	스토리텔러↔스토리텔러
구술과 청취	읽는 능력	미디어 리터러시
놀이	교훈	상호작용
공감각적	시각적	공감각적
구술 매체	문자 매체	전자 매체

위의 도표를 보면, 옛이야기가 각색 동화의 원천이 되고, 각색 동화는 다시 디지털 스토리텔링의 중요한 원천이 되는 것이 지극히 당연해 보인다. 그러나 디지털 스토리텔링은 문자 매체인 각색 동화보다 구술 매체인 옛이야기와 훨씬 더 친연성을 가진다.

베텔하임은 근대 인쇄 매체로서의 각색 동화가 '동화'로서의 즐거움보다는 '문자 텍스트 교육'의 용도로 바뀌면서 동화가 가지고 있어야 할 원초적인 생생함을 잃었다는 점을 강조한다. 그에 따르면, 옛이야기는 부모가 자식에게 직접 들려주는 이야기인 까닭에 부모와 자식 사이의 신체 언어를 통해 구술과 청취의 공감각적인 체험의 형태로 전달되었으며, 그 주제는 아이의 놀이적 본성에 호소했다. 반면 각색 동화와 창작 동화는 전문적인 작가에 의해 윤색, 창작된 것이며, 문자의 형태로 아동들에게 전달된다. 그리고 이러한 동화에서는 놀이적 성격보다는 교훈성, 독서 능력 향상이라는 일차적인 목표가 더 중요해진다. 베텔하임은 인위적으로 다듬어진 동화보다는 옛이야기에 훨씬 더 풍부하고 근원적인 소재가 담겨 있다는 점을 강조하는데, 이러한 강조점을 일반화시키면, 구술 문화가 문자 문화보다 더 풍부하고 유연하다는 결론에 이르게 된다.[4] 최근 국내의 대표적인 민담학자들이 옛이야기에서 스토리텔링의 원질을 찾고자 하는 시도를 보이는 것도 이와 관련되어 있을 것이다. 예를 들어, 신동흔은 소설 시대를 거쳐온 현대 스토리텔링이 신화적 영웅 서사를 거쳐 민담형 서사로 나아가고 있음에 주목한다.[5]

이러한 맥락에서 스토리텔링(storytelling)이라는 개념을 다시 한번 환기해볼 필요가 있다. 스토리는 고정되고 완성된 텍스트를 의미하는 반면, 스토리텔링은 '-tell-ing'이라는 표현이 함의하듯, '행위'로서의 말(tell), '진행형(ing)'으로서의 스토리(story)와 연결된다. 이러한 차이는 사실 매체의 차이에서 발생한다. 글이 종이 위에 인쇄되어 책으로 유통되던 시절에는 스토리가 글로 저장되어 책이라는 물리적 형태를 통해 제시되기 때문에 한번 인쇄되고 유통된 내용은 영원불멸의 고정성을 가지게 되는 반면, 전기적 장치를 통해 임시적으로 저장되고 유통되는 전기

---

4 (1) 브루노 베텔하임, 김옥순·주옥 역, 『옛이야기의 매력 1』(시공주니어, 1998). p. 15.
　　 (2) 김만수, 『문화콘텐츠 유형론』(글누림, 2010). p. 278.
5 신동흔, 『스토리텔링 원론—이야기로 보는 진짜 스토리의 코드』(아카넷, 2018). p. 75.

매체 이후의 스토리들은 얼마든지 변화 가능한 내용을 담을 수 있기 때문이다.

	스토리	스토리텔링
매체	인쇄 매체	전기, 전자 매체 이후
내용	고정불변	변화 가능
커뮤니케이션의 방향	작가(발신자) → 독자(수신자)	작가, 독자의 상호작용
작가의 지위와 역할	전문적, 권위적 작가	소통하는 작가
수신자의 지위와 역할	독자, 청중	참여자, 다시 쓰는 작가
커뮤니케이션의 성격	매스 미디어	소셜미디어
지배적인 시대	20세기 이전	21세기 이후
지배적인 형식	책과 무대(page/stage)	PC, 인터넷, 모바일
미학	확정성 (조화, 통일)	비확정성 (네버엔딩, 유동적)

이 책은 문학과 연극의 시대, 굳이 라임을 빌려 표현하자면 페이지(page)와 스테이지(stage)의 시대에서 벗어나 점차 대중화되고 산업화되어가는 스토리텔링의 시대를 관찰하고자 하는 목적에서 집필되었다.

물론 우리가 속한 이 세계의 반쪽은 여전히 문학과 연극이 지배하고 있다. 작가는 여전히 고독한 창작자의 길을 묵묵히 걸어가고 있으며, 독자는 여전히 존경의 마음으로 작품을 읽어내고 있다. 무대는 여전히 몸 하나뿐인 배우의 열정으로 가득 차 있으며, 관객은 그 현장의 무대에서 우리 삶의 한 부분을 공유하고 기쁨과 슬픔을 함께 나누고 있다. 그러나 그 반쪽의 세계는 점차 축소되고 잊히고 있는 듯하다. 지금은 고독한 작가의 세계가 아니라, 1인 미디어의 시대다. 이들은 자신의 좁은 방에 관찰용 카메라를 설치하고 자신의 이야기들을 풀어내고 있다. 그 이야기는 음식, 여행, 패션, 화장, 수다 등 다양하고 주변적이다. 그러나 이들은 작가보다 높은 수입을 올리며 새로운 세계의 '크리에이터'로 진화하고 있다.

이제 '브레멘 음악대'의 연주 수준이 높다거나, 그들의 선택이 옳았다거나 등등의 판단을 할 때는 아니다. 이들은 그냥 저마다의 세상을 '네버엔딩'의 방식으로 살아가고 있을 뿐이다. 이 책은 스토리에서 스토리텔링으로 진화하는 최근의 현상에 대한 관심에서부터 출발한다.

민중적 삶의 진실과 무의식

놀이와 환상의 세계

앞의 글에서, 「브레멘 음악대」에 등장하는 도둑이 사실은 도둑이 아닐지도 모른다는 생각을 살짝 드러낸 바 있다. 멀쩡한 상대방을 도둑으로 모는 전형적인 예로는 영국 민담인 「잭과 콩나무 (Jack and the Beanstalk)」를 드는 게 좋을 듯하다.

옛날 옛적 어느 곳에 과부가 된 어머니와 가난한 소년 잭이 살았다. 젖소가 유일한 수입원이었는데, 젖소에게서 더 이상 우유가 나오지 않자 잭의 어머니는 소를 시장에 데려가 팔라고 말한다. 게으름뱅이 잭은 길을 가다가 만난 남자에게 콩을 받고 소를 넘긴다. 집으로 돌아온 잭은 어머니에게 콩을 내놓지만 화가 난 어머니는 콩을 집 밖에 있는 정원에 던진다. 다음 날 아침에 보니 그 콩은 커다란 나무로 자라 있다.

잭은 콩나무를 타고 올라가 구름 위에 있는 거인의 성에 도착한다. 거인의 성에서 만난 거인의 아내는 잭에게 남편은 사람을 잡아먹는 귀신이니까 빨리 피하라고 한다. 거인의 아내는 거인이 돌아오는 모습을 보고 잭을 숨겨주지만 거인은 사람 냄새가 난다고 말한다.

거인이 자는 사이에 잭은 황금알을 낳는 닭을 훔쳐 집으로 돌아온다. 그 뒤 잭은 다시 콩나무를 타고 올라가 금과 은이 든 자루를 훔친다. 그러나 잭이 하프를 가져가려 할 때 하프가 말하는 바람에 거인은 잠에서 깨어난다. 급히 지상으로 돌아온 잭은 자기를 쫓아오던 거인을 보자 콩나무를 도끼로 자른다. 거인은 콩나무에서 떨어져 죽게 되고, 거인의 재물로 부자가 된 잭과 어머니는 행복하게 산다.[1]

이 옛이야기의 원형은 사실 「잭의 거래(Jack's Exchange)」인데, 여기에서 바보 잭은 주변 사람들에게 늘 속아서 몇 차례의 거래 끝에 결국 일곱 마리의 소를 보잘것없는 몇 개의 물건과 바꾸게 된다는 상황에서 출발한다. 바보 잭은 자신이 가진 일곱 마리의 소를 놀라운 힘을 가진 몽둥이, 아름다운 노래를 하는 꿀벌, 음악을 연주하는 바이올린과 바꾼다. 물론 이러한 물건들은 그저 쓸모없는 장난감으로 간주될 수 있다. 심리학자인 베텔하임은 놀라운 힘을 가진 몽둥이를 남근으로 해석하고, 바보 잭이 이러한 신기한 장난감과 성적 능력으로 '웃지 않는 공주'를 웃게 하고 왕이 된다고 설명하지만, 여기에서도 바보 잭은 결코 착한 존재만은 아닌 듯하다. 사실 잭은 거인의 재산을 도둑질하고, 결국에는 거인을 살해하는 인물이다.

---

1 「잭과 콩나무」, http://ko.wikipedia.org(위키백과).

이 작품은 기본적으로 잭이 거인이 사는 하늘나라에 가서 몰래 보물을 훔쳐서 도망 나오고, 콩나무를 베어 거인을 죽이는 이야기입니다. 심지어 거인의 부인은 잭에게 친절하게 대해주었는데도 배신을 당하죠. 알고 보면 남의 집에 쳐들어가 주인의 호의를 무시하고 도둑질에 살인까지 한 이야기인 셈입니다. 저는 이 이야기에 아시아나 아프리카 대륙에 대한 유럽인들의 심리가 담겨져 있다고 생각합니다. 아시아나 아프리카를 '덩치는 큰데 무식한' 거인처럼 본 것이죠. 이런 동화는 그 나라에 침략해서 재산을 빼앗고 노동을 착취했던 유럽인들의 행위를 '모험 정신'으로 미화시키고 합리화시키는 데 일조할 수 있습니다.[2]

바보 잭이 거인을 물리친 이야기를 서양이 아시아나 아프리카를 수탈한 이야기로 확대한 것은 분명 지나치지만(시기적으로 너무 맞지 않음), 이들 이야기의 메시지는 너무도 분명하다. 어린이들은 어린 바보 잭의 애초 모습이 그러하듯 남에게 양보만 하며 착하게 살아도 되지만, 성인이 되어서는 그렇게 살아서는 안 된다는 것이다. 부모는 아이에게 성인 가장은 남의 것을 빼앗아서라도 내 가족의 생계를 책임져야 한다는 것을 가르치고 싶었을 것이다. 그러나 이러한 폭력적인 약탈의 방식을 자식들에게 직접 가르치는 부모는 없다. 「잭과 콩나무」는 이러한 성인 가장으로서의 윤리를 너무도 단순하고 간명하게, 그러나 우회적으로 그려낸다.

---

2 박신영, 「「잭과 콩나무」는 도둑질과 살인한 이야기」(http://m.ch.yes24.com).

삶의 잔혹함에 대하여

백이(伯夷)와 숙제(叔齊)는 천도를 거스른 주나라의 곡식을 먹지 않겠다며 수양산에 들어가 고사리를 캐어 먹고 살다 굶어 죽었다는 전설적인 현인들이다. 그런데 민중들은 백이와 숙제를 지조 지킨 선비 지식인으로 존경하기보다는 무기력하고 초라한 노인으로 기억하는 듯하다.

이들 두 노인은 주나라의 양식을 먹는 것이 부끄러운 일이라 하여 수양산에 은거하고 말았다. 그들은 그곳에서 고사리를 캐어 먹으며 살았고 그것을 소재로 노래를 지어 자신들의 뜻을 나타내기도 했다. 그러던 어느 날이었다. 고사리를 캐고 있던 그들이 한 부인네를 만나게 되었는데 그 부인이 그들에게 물었다.

"저는 두 분이 모두 현인이라는 말을 들었습니다. 의로움을 위하여 주나라의 양식을 잡수시지 않겠다고 했다던데 이 고사리는 주나라의 것이 아닙니까? 왜 이건 드시는 것인가요?"

그 말을 듣고 두 노인은 할 말이 없었다.

이후 백이와 숙제는 고사리도 먹지 않고 굶어 죽기로 결심하는데, 그다음 내용이 더 충격적이다. 천제께서 그들의 의로움을 보시고 흰 사슴 한 마리를 보내 그 젖으로 두 사람이 연명할 수 있도록 해주는데, 점차 두 노인은 젖을 먹으면서 연명하는 것에 만족하는 게 아니라 흰 사슴을 통째로 잡아먹고 싶다는 생각에 빠지게 된다. 흰 사슴은 그들의 살의를 눈치채고 도망가버리고 백이와 숙제는 결국 굶어 죽는다.

　결말이 참으로 허망하고 굴욕적이다. 이 이야기는 사마천의 『사기』「백이열전(伯夷列傳)」에 나오는데, 중국의 신화와 전설을 집대성한 중국의 신화학자 위앤커에 의해 주나라 시기의 대표적인 설화로 채집되기도 했다.[3]

　루쉰은 그의 소설 『고사신편(故事新編)』에 실린 「고사리를 캐는 사람[원제: 채미(采薇)]」에서 두 사람을 대단히 우스꽝스럽게 묘사했는데, 양로원에서 지내고 있던 백이와 숙제는 양로원에서 나오는 구운 전병이 매일매일 작아지는 걸 걱정하는 노인으로 제시된다. 지조의 상징이었던 두 사람이 양로원에서 전병을 받아먹으며 전병의 크기에나 신경을 쓰는 모습은 1920년대 당대 중국 지식인에 대한 통절한 풍자로 변용된 것이다. 이미 『아Q정전』을 통해서 중국인의 '정신 승리법'을 풍자한 루쉰은 전병을 받아먹는 양로원의 노인들, 몰래 사슴 고기를 먹으며 연명하는 백이와 숙제가 '아Q'와 다를 바 없는 무기력한 지식인임을 드러낸 것이다.

　이 이야기를 듣고 난 사람들은 끝에 가서 모두 깊이 한숨을 쉬면서 왠지 모르게 자신들의 어깨마저 가벼워지는 것을 느꼈다. 가끔 백이와 숙제가 생각나는 일이 있을지라도, 마치 그들이 바위 벽 밑에 쭈그리고 앉아 흰 수염이 난 입을 크게 벌리고 열심히 사슴 고기를 먹고 있는 모습이 아련히 보이는 것과 같았기 때문이다.[4]

---

3 위앤커, 전인초 · 김선자 역, 『중국신화전설 1』(민음사, 1999), pp. 525~526.
4 루쉰, 김학주 역, 『루쉰 전집』(을유문화사, 2008), p. 550.

의리와 올바름을 추구하는 것이 지식인의 몫만은 아니며 모든 인간의 가치일진대, 백이와 숙제가 다소 편협하고 고집스러워 현실에 적응하지 못한 측면이 있다손 치더라도, 이들을 이토록 조롱할 권리가 누구에게 있단 말인가. 주나라의 음식을 먹지 않겠다는 결심은 그야말로 선언적인 것이어서, 주나라의 관리가 되어 변절의 길을 걷지 않겠다는 뜻이지 그냥 아무것도 먹지 않고 죽겠다는 뜻은 아니다. 단식이 곧 죽겠다는 뜻은 아니고 죽음을 각오하겠다는 뜻이지 않은가. 그런데, 주나라로부터의 혜택을 거부하고 가난한 고난의 길을 택한 백이와 숙제를 그토록 조롱하고, 곡기를 끊은 그들 앞에 흰 사슴을 갖다주고 그 고기로 그들의 허기진 욕망을 유혹하는 것이야말로 얼마나 잔인하고 비인간적인가. 세월호 사건으로 아이들을 잃은 부모들이 단식을 하는 현장에 나타나 옆에서 일부러 맛있는 고기 음식을 먹으며 조롱하는 사람들과 다를 게 없지 않은가.

필자는 가끔 설화에 등장하는 민중들의 모습과 행동에 충격을 받곤 한다. 백이와 숙제를 동정해줄 법하건만, 민중들은 허기진 그들 앞에 맛있는 고기를 던져주며 먹으라고 유혹하고는, 유혹에 지쳐 고기를 먹으려고 하는 순간에 그 고기를 빼앗아 그들을 결국에는 굶어 죽게 만들어버렸다. 참으로 가혹하고 잔인하다.

우리는 독일의 그림 형제가 채집한 동화들을 '잔혹 동화'라 부르기도 한다. 거기에는 유리 구두를 신기 위해 발뒤꿈치를 칼로 잘라버리는 이야기, 달군 쇠 위에서 끝없이 춤을 추어야 하는 신데렐라의 계모 이야기 등 잔혹한 이야기들이 넘쳐난다. 예컨대 트루데 부인[5]에서 한 소녀는 트루데 부인이 나쁜 여자라는 부모의 말을 듣지 않고 부인의 집으로 가는데, 트루데 부인은 마녀의 정체를 드러낸 뒤 소녀를 나무토막으로 변신시켜 불 속에 처넣는다. 그러고는 불을 쬐면서 말한다. "어이쿠, 밝기도 하지. 밝기도 해!"

소녀를 나무토막으로 만들어버리고, 불 속에 처넣은 다음 태연히 불을 쬐는 트루데 부인은 도대체 누구이며, 이 이야기는 과연 무엇을 의미하는가. 일본의 분석심리학자 가와이 하야오의 표현대로, 인생은 그토록 잔인하고 무시무시한 것일까. 다른 길은 없는 것일까.

인생은 원래 무시무시한 것이다. 그리고 민담은 인생이 무섭다는 것을 알려주기 위해 존재한다. 현대인은 합리성과 도덕성 따위로 지나치게 자신을 방어하는 탓에 두려움에 떠는 일이 거의 없다. 모든 것을 '알고' 있으며 모르는 것이나 무서운 것은 적절하게 바꿔 말함으로써 스스로를 방어한다. 죽음에 대한 현대인의 자세는 이러한 태도를 가장 단적으로 보여준다. 우리는 살아 있는 동안 가능한 한 죽음을 잊으려고 한다. 의학이라는 훌륭한 수단으로 병을 몰아냈으니 최대한 장수할 수 있다고 믿는다. 그리고 죽은 자에 대해서는 장례식이라는 연출을 통해 되도록 가까이 가지 않으려 한다. (……) 그럼에도 죽음은 엄연히 존재한다. 트루데 부인 이야기는 죽음을 잊으려는 이들에게 새삼스레 인생의 전율을 체험하게 한다.[6]

5 그림 형제, 김열규 역, 『그림 형제 동화 전집』(현대지성, 2015), p. 327.
6 가와이 하야오, 고향옥 역, 『민담의 심층』(문학과지성사, 2018), p. 35.

가와이 하야오의 판단을 받아들이고 나면 인생 중에서 죽음만 무서운 것일까 하는 생각도 든다. 우리가 살고 있는 현실 전체가 무섭고 잔인한 것이지 않은가. 이러한 잔혹한 이야기들은 이성과 지식으로는 설명하기 힘든, 그리고 결코 해결할 수 없는, 삶의 온갖 어려움을 드러낸 게 아닐까. 또한 이러한 관점을 조금 더 연장해보면, 우리가 흔히 '악플'이라고 비판하는 부정적이고 악의적인 논평 속에도 민중들의 어떤 에너지가 뭉쳐 있다는 생각도 든다. 물론 필자의 능력으로는, 이러한 당혹감을 아직 설명할 수 없다.

다양성의 세계: 배제에서 공존으로

그림 형제의 「세 가지 언어」는 '바보와 현자'라는 해묵은 이분법에 근거한 민담의 유형에 속한다. 주인공은 백작의 바보스러운 아들이다. 백작은 그 아들을 유학 보내는데, 아들은 3년에 걸친 유학 기간 동안 개, 새, 개구리의 소리만 배워 온다.

스위스에 늙은 백작이 살고 있었는데 그에게는 아들이 하나 있었습니다. 그런데 아들이 어찌나 미련한지 아무것도 가르쳐줄 수가 없었습니다. 하루는 아버지가 그의 아들에게 말했습니다.

"애야, 내가 아무리 애써봐도 네 머리통 속에는 아무것도 집어넣을 수가 없구나. 그러니 널 여기서 내보내 유명한 스승님 밑에 두고 싶다. 그분이 너에게 뭘 가르쳐줄 수 있는지 알아보기로 하자."

그리하여 젊은이는 어느 낯선 도시로 가서 유명하다는 스승님 밑에서 꼬박 일 년을 지냈습니다. 그 뒤 집으로 돌아온 아들에게 아버지가 물었습니다.

"그래, 뭘 배워 왔느냐?"

아들이 대답했습니다.

"개들이 짖는 소리를 알아듣는 법을 배워 왔습니다."

그러자 아버지는 한탄을 했습니다.

"오, 하느님 맙소사! 네가 배워 왔다는 게 고작 그거냐? 안 되겠다. 이번에는 다른 도시에 있는 스승님에게 보내야겠다."

젊은이는 낯선 도시로 가서 다시 일 년 동안 그 스승님 밑에서 지냈습니다. 그가 집에 돌아오자 아버지는 다시 물었습니다.

"얘야, 뭘 배워 왔느냐?"

"새들의 말을 알아듣는 법을 배워 왔습니다."

그러자 아버지는 몹시 화를 내면서 말했습니다.

"넌 정말로 구제받기 어려운 아이로구나! 왜 아무것도 배우지 않고 그 귀중한 시간을 헛되이 보내느냐 말이다! 그러고도 뻔뻔스럽게 내 눈앞에 나타나다니. 좋다. 널 세번째 스승님에게 보내겠다. 만일 이번에도 제대로 배워 오지 못한다면 넌 내 아들이 아니다."

아들은 세번째 스승 밑에서도 일 년을 보냈습니다. 그리고 그가 집에 돌아오자 아버지가 다시 물었습니다.

"얘야, 뭘 배워 왔느냐?"

"개구리들의 울음소리를 알아듣는 법을 배워 왔습니다, 아버지."

이제 아버지는 화가 머리끝까지 나서 펄쩍 뛰면서 시종들을 불러 놓고 말했습니다.

"이놈은 이제 내 아들이 아니다. 이놈을 숲속으로 끌고 가서 없애 버리도록 해라."

백작의 시종들은 그 아들을 숲속으로 데려갔습니다. 하지만 그들은 그 아들이 불쌍해 차마 죽이지 못하고 그냥 살려 보냈습니다. 그리고 그들은 아들을 죽였다는 증거로 백작에게 사슴의 혀와 눈을 가져다 바쳤습니다.[7]

서둘러 결론을 말하자면, 이 아들은 집에서 쫓겨났지만 개구리와 새와 개의 말을 알아들을 수 있는 능력 덕분에 교황으로 선출된다. 황당한 이야기지만, 이 이야기의 핵심은 바보 아들의 성장담에서 찾아야 한다. 만약 이 아들이 아버지의 말에 고분고분 따랐다면 크게 성공할 수 있었을까. 오히려 아버지의 명령을 거역하면서까지 자기가 정말 하고 싶은 것에 매달렸기 때문에 성공한 게 아닐까.

이 동화에 대해서 베텔하임은 왜 처음에 개의 말을 배우고, 그 다음에 새의 말, 마지막에 개구리의 말을 배웠을지 질문을 던진다. 그는 먼저 개가 사람과 가장 가까이 살면서 사람과 유사해 보이는 동물이지만, 또한 본능적인 자유를 표상하는 존재임에 주목한다. 즉, 개는 물어뜯을 자유, 제멋대로 배설할 자유, 그리고 억제하지 않고 성적인 욕구에 빠질 자유, 충성과 우정 등의 가치까지 표상하므로, 주인공이 가장 먼저 받아들여야 할 '자아'를 표상한다는 것이고, 그런 이유에서 가장 먼저 배워야 할 인격

---

7 그림 형제, 앞의 책, pp. 270~271.

적 측면이라는 것이다. 어쨌든 그의 논의에 따르면 이 아들은 바보스러운 듯 보이지만 개(본능)/새(초자아)/개구리(성)의 언어를 차례대로 배워가는 과정을 통해서 좀더 전체적인 인격에 근접해 간다는 것이다.[8]

그런데 이러한 심리학적 해석을 덜어내고 이 이야기를 있는 그대로 읽어도 재미있다. 고급 학문을 배워 박사 학위를 따오라고 외국에 유학을 보냈는데 공부는 소홀히 하고 노래나 요리, 패션, 펫 등 자신이 좋아하는 분야에 빠져 있던 아이들이 요즘에는 더 성공적인 인생을 사는 경우도 많다. 개의 언어와 습성을 전문적으로 배운 사람들이 반려견 훈련사, 애니멀 커뮤니케이터 등의 이름으로 대중들에게 훨씬 더 많이 사랑을 받고 있는 점을 떠올려보면 「세 가지 언어」의 바보 아들은 가장 멋진 선택을 한 사례로 보인다.

우리는 삶의 방식을 'OR(배제)'의 세계와 'AND(공존)'의 세계로 나눌 수 있다. OR는 'A OR B'에서 알 수 있듯, A와 B 중에서 하나를 선택하도록 강요한다. 반면 AND는 'A AND B'에서 알 수 있듯, A와 B를 모두 받아들일 준비가 되어 있는 세계관을 의미한다. 민중들은 고급 학문과 권위 대신 다양성을 택한다. 그들은 A든 B든 모든 것을 받아들일 준비가 되어 있는 것이다.

라틴어와 한문이 중세 지식의 중심에 있었을 당시, 이 이야기 속의 아버지는 라틴어와 같은 고급 언어를 배워 오길 원했을 것이다. 하지만 민중들은 개의 언어와 새의 언어를 배우는 일, 좀

---

8 브루노 베텔하임, 『옛이야기의 매력 1』(시공주니어, 1998), pp. 165~166.

더 비약해보면 자연의 다양한 언어를 배우는 일에 더 집중한 게 아닌가 하는 생각이 든다. 우리가 더불어 살고 있는 이 세상의 모든 언어(규칙, 질서)가 학교에서 배우는 언어 못지않게 중요하다는 민중들의 생각이야말로 훨씬 더 현명하고, 좀더 다양성의 세계에 근접한 사고방식이지 않나 싶다. 문예이론가 미하일 바흐친이 권위적인 단일 언어에 반해, 민중들의 다양한 언어가 동시에 발화되는 카니발적 다양성의 언어에 주목한 이유도 여기에 있을 것이다.

책이라는 물질적 형태로 기록된 문자의 세계는 거의 500년간 지식의 중심에 있었다. 스위스의 한 백작은 그것을 배우라고 아들을 유학 보냈건만 아들은 다른 언어를 배워 왔다. 요샛말로 하면 개구리 캐릭터로 애니메이션을 제작하는 방법을 배워 왔거나, 애완견과 소통하는 방법, 혹은 새들의 습성을 연구하는 법을 배워가지고 돌아왔을 것이다. 물론 그 아들은 21세기의 이곳에서 교황이 되려고 시도할 것 같지는 않다. 아마도 좁은 골방에 카메라를 설치하고 자신이 터득한 작은 재주 하나를 가지고 개, 새, 개구리를 주제로 1인 미디어 방송을 하고 있을지도 모르겠다.

부들이와 빡빡이:
서정주의 「남백월이성」

두 형제의 이야기

흔히 '아이들은 싸우면서 자란다'고 하는데, 그 속설에도 나름의 진실이 내재되어 있을 것이다. 두 형제 사이의 갈등과 경쟁 등은 항상 벌어지지만, 이러한 충돌은 일시적인 것이며 장기적으로 보면 두 형제는 이러한 경쟁과 갈등을 통해 좀더 성숙한 인격에 도달한다.

핀란드의 안티 아르네와 미국의 스티스 톰슨이 분류하고 유형화한 아르네-톰슨 분류에 의하면 '쌍둥이 혹은 형제(The Twins or Blood Brothers)' 이야기는 민담 유형 303번에 해당한다.[1] 이 유형의 이야기에서는 쌍둥이, 두 형제, 두 자매, 두 남매의 관계가 다루어지는데, 신화에 등장하는 남매혼, 형제살인, 근친상간 등의 다양한 변용도 발견할 수 있어서 매우 재미있는 민담 유형에 속한다고 볼 수 있다.

---

1 Stith Thompson, *The Folktale*(Holt, Rinehart and Winston, 1946), p. 482.

물론 이러한 형제 이야기에는 유사 형제인 의형제, 친구의 이야기도 포함된다. 그런데 친구 관계를 바탕으로 한 민담은 의외로 드물다. 동양의 고전 『삼국지연의』에 도원결의한 의형제인 유비와 관우, 장비가 등장하긴 하지만, 이러한 의형제, 혹은 유사 형제가 민담에서 차지하는 비중은 매우 적다. 내 나름의 추론에 의하면, 친구 관계조차도 근대 사회의 소산인 듯하다. 친구 관계가 가족 관계 못지않게 비중이 커진 것은 도시화, 인구의 밀집화, 가족 관계의 재구성과 이익 사회의 발달 등이 일어난 근대이후의 일이 아닐까 싶다.

　이 글에서는 신라 시대의 사찰에서 벌어진 일을 소재로 한 설화 한 편을 분석하기로 한다. 이 설화는 『삼국유사』에 실려 있는데, 서정주 시인에 의해 「백월산의 힘」[2]이라는 시로 멋지게 변용된다. 이 이야기는 '먼저 성불(成佛)하기'의 경쟁에 뛰어든 두 친구의 경쟁담을 담고 있어 흥미로운 분석 대상이 될 수 있다.

성격이 부드러운 남자와 딱딱한 남자

　　신라의 백월산에 해질 무렵에
　　북령에 홀로 사는 '빡빡이' 집에
　　젊은 떠돌이의 여자가 하나 왔네.

2　서정주, 『미당 서정주 시 전집 1』(민음사, 1991), pp. 632~634. 시 제목 및 본문은 쉽게 읽을 수 있도록 한자를 한글로 고침.

난초꽃이 금방 막 벙그는 소리로

"하룻밤만 그 어디 부쳐주이소" 하니,

"못하겠네. 혼자서 수도(修道)키도 좁은데

단칸방에 어떻게 색시를 받나?"

보기 좋게 거절하여 해는 저무네.

그것도 그렇기사 그럴 일이지.

젊은 여잔 어스름을 남령으로 가

'부들'이네 방 앞에 달같이 떴네.

난초꽃이 향내 내는 아스라한 말씀으로

"해는 지고 어쩌는가? 좀 재워 주소" 하니,

이 사내는 이름대로 부드러운 사람이라

"할 수 있나? 한방에서 지새봐야지.

들어와서 아랫목에 앉아보이소" 하고

그러고 저는 윗목에 가 경책을 읽네.

　　시인 서정주는 이 일화가 『삼국유사』 3권에 실린 「남백월이성
(南白月二聖) 노힐부득(奴肹夫得)과 달달박박(怛怛朴朴)」에 기초하고
있음을 밝히고 있다. 이 이야기는 백월산의 북쪽 고개와 남쪽 고
개에 사는 두 성인 노힐부득과 달달박박이 각자 암자에서 정진
하여 부처가 되었으며 이들이 정진하던 자리에 사찰이 건립되었
다는 '사원 연기 설화'에 속하는데, 이들 두 주인공의 이름에 대
한 시인 서정주의 직관은 놀랍다. 서정주는 한자로 차자되어 표
기된 두 이름, 노힐부득(奴肹夫得)과 달달박박(怛怛朴朴)의 원래 이

름이 각각 '노글부들', '단단빡빡'인 것으로 읽어낸다.

　여기 나오는 두 사내 수도사의 이름은 『삼국유사』에서 '奴肹夫得' 이와 '怛怛朴朴'으로 씌어져 있으나, 이건 물론 우리나라 말을 한자음 을 빌려서 쓴 것이니까, 노글노글하고 부들부들하대서 奴肹夫得이는 '노글부들'로 읽어주고, 또 怛怛朴朴은 단단하고 빡빡한 사람의 뜻 으로 '단단빡빡'이로 읽어주어야 할 것 같다. 이 시에서는 어음(語音) 들의 해조(諧調)를 고려해서 '빡빡이', '부들이'로 줄여 불러두었다.

　위의 시를 읽어보면, 한 사람은 매우 노글노글하고 부드러운 사람인 반면, 다른 한 사람은 딱딱하고 빡빡한 사람이다. 두 사 람은 부처님이 되기 위해 각자 정진하고 있는데, 혼자 사는 이들 두 남자의 방에 난초꽃같이 예쁘고 젊은 여자가 찾아온다. 물론 '빡빡이'는 그 처녀를 내치는데, '부들이'는 늦은 밤에 차마 그 여자를 내치지 못하고 한방에서 자도록 배려해준다.
　다음 장면은 더 재미있는데, 그 여자가 갑자기 배가 아프다 며 아이를 낳아야 하니 도와달라고 부들이에게 부탁한다. 부들 이는 짚을 깔고 물을 데우고 태를 잘라주면서 산파(産婆)로서의 수고로움을 다하는데, 처녀는 아기를 받을 때 썼던 물로 목욕을 한 후 보살로 변신한다. 그다음에 처녀는 아직 남은 물이 있으니 '부들이'더러 그 물로 목욕을 하라고 하는데, 목욕을 마치자 '부 들이' 또한 멋진 보살로 재탄생한다.

　하여서 우리 부들이께옵서는

애엄마가 씻고 난 그 더운 물이 아까와

후렴으로 자기 것도 거기 담아 씻고 나서

해돋이를 점잔하게 두 발 개고 앉았는데,

북령 친구 **빡빡이**가 때마침 찾아와 보니

부유스럼 낙낙하고 히멀쑥이 트인 게

그전 부들이하곤 영우 딴판으로

아주 흡사 새로 생긴 보살 비슷할네라

이 시의 앞뒤 장면을 추측해보면, 사실 '딱딱이'가 더 밤을 설쳤을 수도 있다는 생각을 해볼 수 있다. 딱딱이는 여색(女色)을 가까이해서는 안 된다는 계율에 충실하다. 그 계율은 너무 확고한 것, 너무 딱딱한 것이어서 처녀가 한밤중에 산속에서 길을 잃고 찾아와서 도움을 청할 때에도 단호한 거부의 명분이 된다.

딱딱이는 의식의 세계에서는 딱딱하게 굴며 그녀를 거부했지만,[3] 무의식의 차원에서는 밤새 그녀를 향한 충동으로 시달렸을 공산이 크다. 그 때문에 빡빡이는 해돋이의 순간에 부들이의 거처로 달려가서 부들이와 처녀가 함께 있는 현장을 덮치고자 한다. 그러나 빡빡이가 본 것은 성적 흥분의 현장이 아니라 보살로 변한 부들이의 성스러운 모습이었다. 빡빡이는 그제야 자신의 딱딱한 태도를 반성했을지 모른다. 다음 장면은 빡빡이가 먼저 성불한 부들이를 발견한 후, 조금 남아 있는 목욕물로 자신도 목

---

3 분석심리학에서는 이를 의식의 껍질에 얽매여 생동감을 잃은 상태라는 의미에서 석화(石化)라 부른다.

욕을 하는 장면이다.

그래서 빡빡이도 이것이사 부러워
"여보게, 무슨 수로 고로코롬 되셨나?" 하고,
그 연유를 대강 들어 그 물이 약인 걸 알고는
그 찌끄러기 물통에 들어 저도 대충 감았는데,
이번엔 부들이더러 봐달래서 부들이가 보아 하니
이 빡빡이도 약간은 부유스럽긴 해졌지만
사람이 빡빡하게만 굴어서 그런지
그 몸엔 군데군데 얼룩 시퍼렇하드라.

　　카를 구스타프 융의 분석심리학에서 '그림자(shadow)' 개념을
이해하는 것은 매우 중요하다. 융에 의하면, 그림자는 애써 부정
하고자 하는 자신의 열등 인격을 말한다. 그림자는 자신이 절대
로 용납해서는 안 될 것처럼 여기지만, 사실은 자신의 일부이며
이 그림자와 직면할 수 있을 때 비로소 '전체로서의 자기'에 근
접할 수 있는 것이다.[4] 서정주의 시에서 빡빡이의 '그림자'는 부
들이로 보인다. 불도에 정진해야 하는 승려로서의 빡빡이는 부
들이를 애써 부정하고 억압하려 하지만, 궁극에는 부들이의 한

---

4 "그림자란 무의식의 열등한 인격이다. 그것은 나, 자아의 어두운 면이다. 다시 말해 자아
로부터 배척되어 무의식에 억압된 성격 측면이다. 그래서 그림자는 자아와 비슷하면서도
자아와는 대조되는, 자아가 가장 싫어하는 열등한 성격을 지니고 있다. 자아의식이 한쪽
면을 지나치게 강조하면 그림자는 그만큼 반대편 극단을 나타낸다."(이부영, 『그림자: 분
석심리학의 탐구 1』, 한길사, 1999, p. 41)

측면을 자기의 일부로 받아들여야만 좀더 충만한 자기로 나아갈 수 있기 때문이다.

사실 여기에 소개된 '부들이와 빡빡이' 사이의 경쟁담은 두 사찰의 역사와 종교적 경향의 차이를 설명하는, 비약하자면 도금이 잘된 부처상과 그렇지 못한 부처상, 혹은 대중의 참여를 중시하는 대승불교와 개인적인 정진을 강조하는 소승불교 사이의 차이를 설명하는 일종의 '설명 전설(explanatory legend)'인 것으로도 보이지만, 그 대립과 경쟁은 두 젊은 스님의 깨달음으로 마감된다.

부들이는 나름의 부드러운 심성으로 부처의 영역에 좀더 빨리 다가갔지만, 딱딱이 역시 조금 투박하고 서툴지만 그간의 조급함과 편협함에서 벗어나 부처의 영역으로 한 걸음 더 다가간 것으로 볼 수 있다. 빡빡이는 비록 몸에 "군데군데 얼룩이 시퍼렷" 하게 내려앉았지만, 어쨌든 부처의 행색을 갖추지 않았던가.

모든 개인에게는 나름의 '그림자'가 있고, 우리는 그 '그림자'를 송두리째 부정하는 대신 그림자의 존재를 인정하고 수용하면서 살아가고 있다. 이런 면에서 서정주의 시 「남백월이성」은 부처가 되고자 하는 두 사람의 경쟁담인 동시에, 상반되는 두 개의 인격 안에서 살아가야 하는 우리의 마음을 잘 보여준 작품으로 평가될 수 있다. 두 인격은 경쟁을 넘어서서 궁극에는 서로 협력하는 관계에 이르기 때문이다.

심리학자 베텔하임은 '두 형제' 사이의 갈등을 진보와 보수의 싸움으로 이해하기도 한다. 다시 말해 '두 형제' 이야기는 스스로 독립을 얻고 자기주장을 하려는 경향과 안전하게 집에 남아서 부모에게 매여 있으려는 경향 사이의 대립에 근거한다는 것이다.[5] 이러한 대립은 '짐꾼 신드바드와 뱃사람 신드바드', '돌아온 탕자'의 비유 등에서 전형적으로 나타난다. 한평생 짐을 나르는 신드바드나 아버지의 지시에 따라 열심히 일만 하는 큰아들은 안정되고 평탄한 인생을 사는 것처럼 보이지만, 발전의 가능성과 활력이 부족한 삶이기도 하다. 반면 뱃사람이 되어 죽을 고비를 넘기며 바닷길을 개척하는 신드바드나 외지에서 모든 돈을 탕진한 탕자는 위험하고 불안정한 삶을 사는 것처럼 보이지만, 좀더 활력 있고 가능성이 넘치는 삶으로 볼 수 있기 때문이다. 이쯤 되면, 농부인 카인보다 양치기인 아벨의 제물을 반긴 야훼의 선택 또한 양치기의 삶이 좀더 진취적이고 활동적인 모험에 가깝기 때문이라는 해석이 가능해진다.

이처럼 '두 형제'는 어떻게 살 것인가에 대해 고민한다. 안정된 삶을 살 것인가, 아니면 위험하더라도 모험에 도전하는 삶을 살 것인가. 삶의 에너지를 외향적인 쪽으로 돌릴까, 아니면 내부로 돌려 내향적인 삶을 살 것인가. 놀부처럼 살 것인가, 아니면 흥부처럼 살 것인가. 진리의 바다를 건너기 위해서 혼자 작은 배를 저어가는 '소승'의 불교를 선택할 것인가, 아니면 민중과 함께 그 바다를 건너기 위해 큰 배인 '대승'의 불교를 선택할 것인가 등등의 문제가 그것이다.

5 브루노 베텔하임, 김옥순·주옥 역, 『옛이야기의 매력 1』(시공주니어, 1998), pp. 150
   ~153.

경남 창원의 백월산과 사자암

『삼국유사』에 실린 「남백월이성 노힐부득 달달박박」 이야기는 상당히 길고 복합적이다. 이 이야기는 인물, 사건, 배경이 상당히 다른 세 도막의 이야기가 연결되어 있다. 순서대로 열거하자면 다음과 같다.

(A) 당 황제가 신라의 사자암에 백월산이란 이름을 하사했다.
(B) 노힐부득과 달달박박이 이곳에서 성불했다.
(C) 둘을 성불로 이끈 여인이 있다.

이 글의 앞부분에서는 (B)만 다루었으나, (A)와 (C)에도 상당히 재미있는 지점이 있어 잠깐 언급하기로 한다. 예를 들어, (A) 부분, 즉 신라 구사군에 있는 백월산 이야기를 꺼내는 첫대목에서 느닷없이 당나라 황궁의 연못을 이야기하는 것은 의아스럽기만 하다. 이 대목을 먼저 인용하기로 한다.

옛날 당나라 황제가 일찍이 한 연못을 파는데, 달마다 보름 전이면 달빛이 황량하고, 그중에 한 산이 있는데, 사자처럼 생긴 바위가 꽃떨기 사이로 보일락 말락 하고 그 그림자가 연못 속에 비치었다. 황제가 화공으로 하여금 그 형상을 그려 사신을 보내 천하를 두루 다니면서 찾았더니, 해동(海東)에 이르러 이 산에 커다란 사자바위가 있고, 그 산 서남쪽 두 걸음쯤에 삼산(三山)이 있어, 그 이름을 화산이라 하였는데, 그 그림과 흡사하였다. 그러나 그 진위를 분간하기 어려워 신 한 짝을 사자바위 위에 매달아두고 돌아가 여쭈었더니, 신발 그림자가 또한 연못 속에 비치었다. 황제가 이상히 여겨 이름을 '백월산'이라 하사한 연후에야 연못 속의 그림자가 없어졌다.[6]

위의 기록에 의하면, 백월산 사자암의 형상이 황제의 연못에 비쳤는데, 황제는 그 모습이 너무 강렬하여 그 실체를 찾고자 화공과 사자를 동원한다. 사자는 마침내 신라 땅에서 그 실체를 찾았는데, 그것을 증명하기 위해 사자암에 신발을 걸어두고 당나라로 돌아간다. 한국의 산에 걸려 있는 신발 한 짝의 그림자가 중국 황제의 궁 연못에 비친다는 것이야말로 황당하기 그지없는 이야기지만, 어쨌든 황제가 그 산에 '백월산'이라는 이름을 하사하자 연못 속의 그림자가 없어진 것으로 되어 있다.

이것은 믿을 수 없는 이야기임에도 뭔가 강렬한 요소를 포함하고 있다. 그래서 이 작품의 배경이 된 사자암에 비친 달빛과 당나라와의 관계 등 정치적 의미를 읽어내고자 한 연구도 있었다. 예를 들어, 김일렬은 신라에 있는 산이 당나라 황궁의 못 속에 그림자를 드리우고 황제가 사자를 시켜 그 산을 신라에서 찾아내는 행위는 신라 국토의 신비롭고 위대함을 효과적으로 강조하면서 그런 설정을 통해 신라인의 자부심을 뚜렷이 드러낸다고 보았다. 여기에는 단순한 자부심 외에 신라와 당나라 사이의 대립 의식이 깔려 있으며, 이 또한 호국불교로서의 한 양상이라는 것이다.[7]

---

6 일연, 이가원 역, 『삼국유사 신역』(태학사, 1990), p. 258.
7 김일렬, 「'백월산전설'의 구조와 의미」, 한국문학언어학회, 『어문논총』 39호, p. 131.

이상의 논문에 좀더 비약적인 상상을 가해보면, 사자암이 있는 백월산이야말로 옴팔로스(Omphalos), 즉 우주의 중심이지 않았나 싶다. 우주의 중심에 우뚝 선 상징이기에 그 그림자가 당나라 황제에게도 미친 게 아닐까. 신라야말로 우주의 중심이라는 자부심이 그것이다. 부처님의 그림자는 마치 달과 같아서 천 개의 강에 비친다는 월인천강지곡(月印千江之曲)의 세계가 중국 황제의 권력을 능가한다는 이야기다.

(C)에 대해서도 언급할 만한 대목이 있다. 이 작품의 주인공 격인 두 남자 말고 각종 원인과 결과를 제공하는 '여인'에 주목한 연구도 있기 때문이다. 문학 치료라는 독특한 학문 영역의 개척자였던 정운채는 여인이 치료자이고, 노힐부득과 달달박박은 치료 대상자로 볼 수 있다고 해석한다.[8] 그는 프로이트가 말한 전이(transference), 역전이(countertransference)의 양상을 이들 사이의 관계에서 찾아내고 밤중에 두 남자를 찾아와서 유혹한 그 여인이 오히려 노힐부득과 달달박박을 성불(成佛)시킨 자이며, 그 때 '관계로부터의 자유로움'을 보인 노힐부득이야말로 환자와 의사 사이에서 벌어질 수 있는 위험한 관계인 '전이'로부터 자유로움을 먼저 획득한 사례로 보았다.

사실 위의 설화 「남백월이성 노힐부득 달달박박」의 배경은 신라 구사군, 굴자군, 의안군 등으로 되어 있고, 지금의 위치로는 경남 창원의 백월산과 사자암으로 비정되고 있다. 안타까운 점

---

8 정운채, 「「남백월이성 노힐부득 달달박박」과 문학 치료」, 한국문학치료학회, 『문학치료 연구』 28권, p. 297.

은 이토록 재미있고 풍부한 이야기가 전혀 스토리텔링으로 구축되어 있지 않다는 점이다. 창원, 백월산, 사자암 등 어떤 어휘로 검색해보아도 노힐부득과 달달박박, 그리고 한 여인의 이야기가 등장하지 않는다. 지방 문화의 콘텐츠화는 당장 이런 지점에서부터 시작되었으면 좋겠다.

프로메테우스와 노구할미:
채만식의 「제향날」

프로메테우스: 일제 치하의 저항 정신

장편소설 『탁류』(1939)로 잘 알려진 소설가 채만식이 남긴 대표적인 희곡은 1937년에 『조광』에 발표한 「제향날」(3막)이다. 이 작품은 "구한말-개화기-식민 시대에 이르는, 3대를 제대로 다루고 있는 희곡"이며, 동학운동에 참여했다가 관군에 잡혀 처형된 할아버지(성배), 3·1운동 이후 외국으로 망명하여 저항을 계속하고 있는 아버지(영수), 그리고 사회주의 사상을 조심스럽게 내면화하며 저항을 이어가고 있는 손자(상인)의 일대기를 그린다는 점에서, 일제에 대한 저항의 역사를 무대화한 희귀한 사례로 기억될 수 있다.

유민영은 이 작품이 동학-3·1운동-사회주의로 이어지는 저항의 역사를 그린 리얼리즘 연극이라고 평가한다.[1] 북한 문학사

---

* 이 글은 김만수, 「채만식 연극의 가능성」, 채만식학회창립학술대회, 『채만식 문학의 현재성』(2018. 10)의 내용을 수정, 보완한 것이다.

1 유민영, 「시니시즘의 미학」, 한국극예술학회 편, 『채만식』(연극과인간, 2010), p. 16.

에서는 더 나아가 "조국의 자유와 민족적 해방을 위한 성스러운 투쟁을 절대로 멈추지 않으리라는 우리 민족의 억센 의지와 혁명적 지향에 기반한 극적 구성을 가지고 형상화한 의의 있는 작품"[2]이라는 평가를 내리기도 하는데, 어쨌든 작품의 제3장 2막에 삽입된 프로메테우스의 영웅적인 서사는 일제 치하의 작품치고는 매우 강렬하고 직접적이다.

배경은 멀리 연산(連山)의 산봉우리들. 무대에는 그들 연산 중에 제일 높은 봉이 보이는 바위 하나. 무대가 밝아지면 한쪽 눈이 상하고 한편 귀가 떨어진 프로메테우스가 굵은 쇠사슬로 팔다리를 바위에 비끄러매고 앉아 있다.

프로메테우스 (눈을 치뜨고 하늘을 올려다보면서) 의를 행한 보갚음(報果)! 의를 이룬 보갚음은 영겁의 고초! 죽지 아니하고 영겁토록 받는 고초! 사나운 수리가 살을 쪼아먹고 까막까치는 눈을 파먹고 귀를 떼어먹고 그러고도 끊이지 아니하는 극형!
(천둥소리 우르릉거리고 번개를 친다. 폭우가 내린다. 폭우 그치고 강풍이 분다. 강풍이 그치고 눈이 내린다)
프로메테우스 (눈이 내릴 때에) 오오 그래도 나는 의를 이루었노라, 뉘우치지 아니하노라.[3]

2 한국극예술학회 편, 위의 책, p. 48에서 재인용.
3 『채만식전집 9』(창비, 1989), p. 129.

주지하다시피, 프로메테우스(Prometheus)는 제우스가 감추어 둔 불을 훔쳐 인간에게 내줌으로써 인간에게 맨 처음 문명을 가르친 장본인으로 알려져 있다. 이후 신들의 노여움을 산 프로메테우스는 코카서스의 바위에 쇠사슬로 묶인 채 날마다 낮에는 독수리에게 간을 쪼아 먹히고, 밤이 되면 간이 다시 회복되면서 영원한 고통을 겪게 된다.

　강의 시간에 이 작품을 여러 차례 학생들에게 읽힌 바 있는데, 학생들은 늘 프로메테우스의 영웅적이고 비극적인 저항 장면을 이 작품의 하이라이트로 꼽았다. 영원히 지속되는 형벌에도 굽히지 않는 그의 영웅적인 저항은 3대를 이어가며 일제에 저항해 온 인물들의 저항과 맞물려, 「제향날」을 일제 치하의 저항 정신을 대표하는 희곡으로 평가하게 만든다. 일제 치하에 이러한 저항을 보인 사례는 정말 희귀한 것이어서 아무리 강조해도 지나치지 않을 것으로 보인다.

　그런데 이 작품을 일면적으로 저항의 역사로만 읽기에는 조금 이상한 부분도 있다. 위의 프로메테우스 저항 장면 바로 다음을 보면, 좀 허망하다 싶을 정도의 논평이 개입되어 있기 때문이다.[4] 프로메테우스는 "나는 의를 이루었노라, 뉘우치지 아니하노라"라고 외치고 있으며 할머니는 그의 불쌍한 모습을 안타까워

---

[4] 이재명의 다음과 같은 지적도 참고할 만하다. "작가 채만식은 신화 부분이 극적 구조에 부적합하다는 것을 채 인식하지 못하고, 작가 스스로 영웅적 인물들의 행위에 역사적 의미를 부여하려는 사족(蛇足)을 달았다고 보인다. 극문학에서는 작가의 직접적인 개입이 없이 인물들의 행위를 통해 주제를 드러내야 하는데, 프로메테우스 삽화는 바로 작가의 직접적인 개입으로 보아야 하며, 이는 「제향날」이 지닌 가장 큰 결함으로 보아야 한다." (이재명, 「채만식의 극문학 연구」, 한국극예술학회 편, 앞의 책, p. 48)

하지만, 손자 상인은 시큰둥한 반응을 보인다.

> **프로메테우스** (눈이 내릴 때에) 오오 그래도 나는 의를 이루었노라, 뉘우치지 아니하노라.
> (무대 급히 암전. 다시 밝아지면 도로 전경.)

> **최씨** 아이! (혀를 끌끌 찬다.) 불쌍하다.
> **상인** 하하하하 불쌍해요?
> **최씨** 그럼 불쌍하잖니? 언제까지고 그렇게 묶여 앉아 고생을 할 테니!
> **상인** 그런데 얼마 전에 누가 가서 풀어놓아주었답니다, 할머니.
> **최씨** 아이 잘했다, 아무렴 놓아주어야지.
> **상인** 하하하하. (일어서서 마당으로 내려선다.)

손자 상인은 프로메테우스를 누가 풀어주었으니 안심해도 된다고 말하고 웃어넘긴다. 이 장면을 보면, 상인은 프로메테우스의 영웅적인 투쟁에 더 이상 관심이 없는 것으로 보인다. 이 작품의 제3막은 '희랍신화시대'로 제시되어 있으며, 작품 전체를 견인하는 가장 전형적인 영웅상으로 프로메테우스가 제시된 것처럼 보이지만(대부분의 연구들이 이를 인용한 바 있다), 프로메테우스는 상인의 조롱 섞인 대접을 받으며 희화화된 상태로 사라진다. 상인은 이제 이런 남성 중심의 영웅적 신화시대가 끝났음을 선포하는 셈이다. 채만식의 풍자 정신은 「제향날」의 영웅 프로메테우스를 또 한 차례 지독한 풍자의 늪으로 던져버리는 데에서 다시 한번 살짝 빛난다.

남성 중심의 영웅신화가 끝난 다음엔 무엇이 올 것인가. 비코
(Vico)의 관점대로라면, 영웅이 주인공이 되는 '신화의 시대' 다
음에는 '인간의 시대'가 올 것이다. 위의 대사를 보면 상인은 신
화시대의 다음 주인공은 인간임을 강조하는 비코의 관점을 보여
주는 듯하다. 그러나 좀더 본질적인 관점에서 보면, 남성 대신 여
성이 영웅적 주인공이 되는 새로운 신화시대를 예고하는 것으로
볼 수도 있다. 이 작품의 결말을 장식하는 '최씨'의 대사를 보면
여성이 남성적 영웅보다 더 강한 존재임을 드러내기 때문이다.

노구할미: 여성의 일상적인 삶

사실 「제향날」의 무대 위에서 벌어지는 '플롯 시간'은 할머니
최씨가 제수용 밤을 까는 정오 무렵에서 시작되어 밤을 다 까는
저녁 무렵의 시각까지로 되어 있다. 다시 말해 이 작품은 전적
으로 최씨 할머니의 넋두리에서 시작하여 최씨 할머니의 대사로
끝나며, 극중 시간과 극중 공간도 제사를 준비하는 시간에서 제
사를 막 시작하는 시간까지의 제사상 주변을 다룬다.[5]

무대에서 가장 오랜 시간 등장하고 가장 많은 대사를 하는 사
람이 주인공이라는 상식적인 잣대만으로 보아도, 이 작품의 주
인공은 최씨 할머니이다. 결말 부분에서 최씨는 프로메테우스의

---

5 김만수, 「채만식 희곡의 시간 구조 유형」, 한국극예술학회, 앞의 책, pp. 275~277.

신화와 역사적 현실 사이의 간격을 뛰어넘는 모티브로 '노구할미'를 언급하고 있는데, 그 대목을 조금 인용해볼 필요가 있다.

> **최씨** ……(밤 담겨 있는 그릇을 들여다보고) 인제는 다 벗겼다. 그새 이야기를 하느라고 벗기는 줄도 모르게 (밤을 벗겨서 물에 담근 그릇을 들여다보고) 많이도 벗겼다. (마지막 벗기던 밤을 물에다가 담방 담그면서) 내가 옛날 '노구할미' 뿐이다. 노구할미가 상전이 벽해 되는 것을 보고는 입에 물었던 대추씨 하나를 뱉어놓고 벽해가 상전 되는 것을 보고는 또 대추씨 하나를 뱉어놓고 연해 그런 것이 대추씨가 모여서 큰 산이 되었다더니, 나도 이야기를 하는 동안에 밤을 이렇게 많이 벗겨놓았구나! (바깥을 우두커니 내어다보면서) 구름도 허연게 탐스럽게도 헐터진다![6]

"(그 많던 밤을) 다 벗겼다"는 말을 네 차례나 반복하는 할머니의 대사는 지금껏 진행되어온 '플롯 시간'과 '연대기적 시간'을 아우르는 극적 기능을 맡으면서 한편으로는 이 극의 주제를 요약하는 기능도 맡는다. 동학란과 3·1운동의 실패, 일제의 학정은 큰 고통이자 수난이지만, 그럼에도 불구하고 꾸준히 밤을 까고 생활을 해나가는 일상인의 삶이야말로 이러한 수난의 역사를 뛰어넘는 힘이라는 생각이 '노구할미'[7]의 전설을 통해 자연스

---

6 『채만식전집 9』(창비, 1989), p. 130.
7 노구할미는 설문대할망, 개양할미, 노고할미, 안가닥할무이, 마고할미 등과 함께 마고할미 계통의 여신으로 대지의 신, 풍요의 신인 대모신(Great Mother)과 관련되어 있다. 조현설, 『마고할미 신화 연구』(민속원, 2013), p. 19.

럽게 요약되는 것이다. 노구할미는 상전벽해(桑田碧海)의 기나긴 신화적 시간 속에서 이 땅의 생명을 지켜나가는 영원한 대지의 여신이기 때문일 것이다.

이 작품에서 작가는 신이 부여한 운명에 저항하는 프로메테우스의 영웅적인 형상을 제시함으로써, 일제하의 비극적 현실에 맞선 이들의 투쟁상을 웅변적으로 제시하고 있긴 하지만, 이 극을 유심히 살펴보면, 정말 의미 있는 비극은 여성들의 수난사에 있음을 확인하게 된다. 물론 남성들은 '저항'의 계열체를 형성한다. 그러나 여성들은 '수난'의 계열체를 형성하면서, 이 작품 속에 감추어진 또 하나의 축을 이룬다. 그러니까 이 작품은 비극적 현실에 맞서 영웅적으로 투쟁하는 남성들의 역사를 그린 작품으로 읽을 수도 있지만, 이러한 남성들을 뒷바라지하기 위해 말없이 수난을 겪어야 했던 여성들의 역사를 그린 작품으로 보는 편이 훨씬 더 적절하다.

남성의 영웅상으로 프로메테우스가 제시되어 있다면, 여성의 영웅상으로는 노구할미가 제시되어 있으며, 이런 의미에서 말없이 제수용 밤을 까다가 노구할미를 언급하는 최씨 할머니의 마지막 대사는 예사롭지 않음을 알 수 있다.

	신화적 시간	역사적 시간	의미(의미소)
남성성	프로메테우스	시아버지, 남편, 아들	죽음(저항, 혁명, 불연속)
여성성	노구할미	최씨, 서씨	삶(지속, 생활, 연속)

위의 도식에서 알 수 있듯, 남성들은 '저항'의 의미소를 공유

하고 있지만, 집안을 돌보지 않고 재산이나 축내는 존재들로 그려진 데 반해, 여성들은 '저항'의 의미소 대신 '지속'의 의미소를 보여준다. 아들 영수가 집안의 나머지 재산을 쓸어가면서도 태연하게 "저는 이번에 떠나면 아마 돌아오기는 졸연찮을 것 같애요. 그러니 그렇게 아시고"라고 말하면서 '저항'을 강조하는 반면, 여성들은 집안을 돌보기 위해 남아 있어야 하는 운명을 감내하면서 '지속'의 의미를 제시한다.

  남성들은 "저는 이번에 떠나면 아마 돌아오기는 졸연찮을 것 같애요. 그러니 그렇게 아시고"라는 통보만 남기고 사라지는 영수처럼 일방적이다. 이에 반해 여성들은 집안을 지키며 아이들을 키우면서 수동적인 수난의 시절을 견뎌나간다. 노구할미가 상전벽해의 시간을 뛰어넘어 대추씨를 쌓아올리는 것, 동학과 3·1운동으로 인해 두 남편을 잃은 최씨 할머니, 며느리가 순사의 감시와 빈곤에 시달리면서도 집안을 유지하고 아이들을 키워나가는 것이야말로 이 작품의 이면에 깔려 있는 만만치 않은 서사적 구조이다. 그것은 남성의 의미소와 강한 대립쌍을 이루고 있으면서, 이 연극을 적극적인 '행위'의 연극이 아닌 수동적인 '수난'의 연극으로 만들고 있다. 그리고 그 '수난'의 연극은 자기 반성, 자기 반영의 세계와 연결된다.

두 유형의 문화 영웅: 남성/여성, 혹은 수렵/농경

  각국의 신화는 '천지창조→인간 창조→문화 창조'의 순으로 배열되면서 보편적인 시간 구조를 재현하는데, 특히 문화의 창조에 개입하는 신을 '문화 영웅(culture hero)'이라 부른다.[8]

문화 영웅은 인류에게 유익한 혹은 의미 있는 발명이나 발견을 가져다주는 인물인바, 이들은 만물의 창조자는 아니지만, 여러 가지 새로운 물건을 인간의 세계에 가져다주는 존재이며, 특히 불과 곡물의 전파에 기여한다. 예를 들어 단군신화에 등장하는 풍백(風伯), 우사(雨師), 운사(雲師)는 재미있고 풍부한 스토리가 개입되어 있지 않고 인물 명칭만 열거되어 있긴 하지만, 농사를 돕는 문화 영웅일 가능성이 높다.

이런 의미에서 보면, 채만식의 「제향날」에는 두 유형의 문화 영웅이 등장함을 알 수 있다. 즉, 인간에게 불을 가져다준 프로메테우스, 인간에게 생명을 선물해준 노구할미가 남성성과 여성성을 대표하는 문화 영웅의 양 극단으로 등장하는데, 이 두 유형은 남성과 여성, 하늘과 땅, 투쟁과 인내, 수렵과 농경 등의 의미항을 대립쌍으로 담고 있는 것으로 보인다.

프로메테우스가 선물한 '불'은 전쟁, 정복, 경쟁, 개발 등의 개념을 연상시킨다. 인간은 불을 이용하여 쇠를 녹여서 무기 등의 도구를 만든다. 물론 쇠로 만들어진 도구는 이웃 나라를 정복하기 위한 전쟁 무기로 사용된다. 또 불은 자연에 불을 놓아 이를 경작지로 만드는 데에 사용된다.

불을 이용하여 자연을 물리치고 이를 인간의 영역으로 끌어

---

8 오바야시 다루우(大林太良) · 고다마 요시요(兒玉仁夫), 권태효 역, 『신화학입문』(새문사, 1996), pp. 117~121.

들이는 것은 18세기 이미『베를린월보』에 게재되었다는 '원숭이 우화'에 재미있게 제시되어 있다.

한 원숭이가 한번은 밤에 삼나무 숲에 불을 질렀다. 그리고 그것이 밝게 환해지는 것을 보고 몹시 기뻐했다. "형제들아 와서 보아라. 내가 무엇을 할 수 있는지를. 내가 밤을 낮으로 바꾸고 있다!" 원숭이의 형제들이 와서 광채를 보고 경탄했다. 모두가 소리치기 시작했다. "한스 형 만세! 원숭이 한스는 후세에 남을 거야. 그가 이 지역을 계몽시켰으니."[9]

원숭이 한스는 숲에서 밤을 몰아내기 위해 숲에 불을 지름으로써 숲을 일시적으로 환하게 만들고, 다른 원숭이들로부터 "한스가 밤을 낮으로 바꾸었다"고 영웅시되지만, 숲은 곧 아무것도 남지 않은 폐허로 돌변한다. 호르크하이머와 아도르노는 '불을 밝힌다'는 의미의 계몽(enlightenment)이 결국 계몽의 자기 파괴, 즉 반-계몽(anti-enlightenment)으로 귀결되는 역설을 그들의 책 제목『계몽의 변증법』에 잘 요약하고 있거니와, 결국 프로메테우스가 선물한 '불'은 전쟁, 정복, 경쟁, 개발 등의 도구로 효과적으로 활용될 수 있음에도 불구하고, 결국에는 '반-계몽'과 '반-문명'으로 귀결될 수 있다는 사실을 보여준다.[10]

반면 노구할미는 '그레이트 마더(Great Mother)'로서 대지의 생

---

9 김성기,『모더니티란 무엇인가』, 민음사, 1994. p. 62에서 재인용.
10 M. 호르크하이머 · Th. W. 아도르노, 김유동 · 주경식 · 이상훈 역,『계몽의 변증법』(문예출판사, 1995).

명을 지키고 기르는 여신으로 작동한다. 노구할미는 일종의 지모신(地母神)으로서 생명의 신인 동시에 죽음의 신이며, 흙(土)과 육(肉)의 통합물로서 흙 속에서 죽고 다시 태어나는 존재이다. 힌두 신화에서 브라마(Brahma, 창조), 비슈누(Visnu, 유지), 시바(Shiva, 죽음) 여신이 공존하듯, 노구할미는 삶에서 죽음에 이르기까지의 전 과정에 참여하는, 신화적 시간을 관장하는 신에 해당한다. 여성 신으로서의 노구할미는 전쟁이나 진보의 반대편에서 농경과 생명, 그리고 계절적 순환과 삶-죽음의 순환까지를 모두 담당하는 존재에 가깝다.

이 두 유형의 문화 영웅을 떠올려보면, 우리에게는 다음과 같은 질문이 가능해진다. 세상을 만들어가는 것은 남성인가, 아니면 여성인가. 적극적인 투쟁이 중요한가, 아니면 일상적인 삶의 보존이 더 중요한가. 한국인의 현재 삶을 가능하게 만들어준 것은 프로메테우스 형의 투쟁인가, 아니면 노구할미와 같은 인내와 지속의 삶인가.

필자는 수업 시간에 이 작품에서 가장 강렬하고 감동적인 대사가 무엇인가에 대해 질문한다. 그러면 어느 경우든 학생들은 프로메테우스의 저항적인 절규를 지목한다. 연구자들도 늘 일제에 저항해온 남성들의 투쟁의 역사를 부각시키곤 했다. 그러나 자세히 보면 「제향날」의 주인공은 최씨 할머니라는 점을 알게 된다.

이러한 필자의 생각에 가까운 예로는 김승옥의 논문을 들 수 있다. 이 논문에서는 상인의 조부, 상인의 아버지, 상인의 삼대에 걸친 이야기가 "역사의식이 없는 무식한 노파"인 최씨 할머니의 서술을 통해 풀려나가고 있음에 주목한다. 이를 도표화하면 다음과 같은데, 할아버지인 1세대에서부터 3세대까지의 계열체가 '동학-3·1운동-사회주의'의 계열체로 이어지고 있는 것처럼 보임에도 불구하고, 정작 이 작품에서 스토리의 대부분은 서술자 역할을 하고 있는 할머니 최씨가 외손자인 영오에게 이야기를 들려주는 방식을 취하고 있음에 주목할 필요가 있다는 것이다.[11]

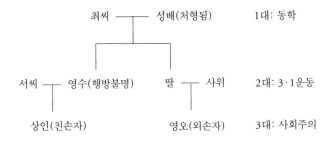

즉 무대 위에 지속적으로 존재하는 인물인 할머니 최씨, 상인, 영오가 원 스토리의 중심인물이 아니라 그 스토리를 말하고 듣는 화자와 피화자의 기능을 함으로써 작품 외적 자아의 개입을 특징으로 하는 서사 형식을 빌리고 있다는 것이다. 이들 가운데 최씨는 극중 인물의 입장이 되기도 하고 극중 상황을 설명, 묘사하는 서술자가 되기도 하는데, 이러한 서술 전략은 작가의 비판의식이 검열에 걸리지 않게 하려는 의도인 것으로 해석된다. "즉 역사의식이 없는 무식한 노파를 전면에 내세워 김성배 일가의 몰락을 넋두리에 가까운 이야기로 들려줌으로써 그것을 여인의

---

11 김승옥, 「「제향날」의 서사구조 연구」, 한국극예술학회 편, 앞의 책, p. 73.

한으로 위장하고 있다"는 것이다.[12]

물론 최씨의 증언을 "역사의식이 없는 무식한 노파"라는 '믿을 수 없는 화자'의 차용으로만 설명하는 것에는 약간의 문제가 있다. 최씨는 동학 희생자, 혹은 동학 유족으로서의 독특한 서사 전략을 가진 존재일 수 있기 때문이다. 최근 동학 생존자, 희생자, 유족의 기억 서사를 문제 삼는 이유도 여기와 관련되어 있을 것이다.[13]

새로운 문화 영웅: 프로메테우스에서 노구할미로

채만식은 남성에 대해서는 대단히 비판적이지만, 여성에 대해서는 상당히 동정적인 연민의 시선을 가지고 있는 것으로 보인다. 『탁류』의 첫 부분에서 정주사, 고태수 등을 소개할 때 채만식은 단호하게 천연기념물에 대비되는 '인간기념물'로 이들을 풍자하지만, 『탁류』 속의 초봉과 재봉, 『인형의 집을 나와서』 속의 노라 등을 묘사할 때에는 다분히 여성을 이해하고 동정하는 편에 선다.

「제향날」의 가장 좋은 부분은 남성의 투쟁사를 전면에 무대화하면서도, 여성들의 수난사를 마치 체호프의 희곡들이 그러하듯 '물밑 흐름'으로 깔고자 한 데에서 찾을 수 있다고 본다. 물론 관

---

12 위의 글. pp. 66~68.
13 박상란, 「금기된 역사 체험담의 기록성—동학농민혁명담을 중심으로」, 한국역사민속학회, 『역사민속학』 54. 2018. 6. pp. 217~246.

객은 최씨 할머니의 내면을 이해할 준비가 거의 되어 있지 않은 듯하다. 실제로 이 작품을 교실에서 읽은 학생들, 그리고 대부분의 비평에서 이 작품의 여성상에 주목한 경우는 거의 없었다. 우리가 아직 남성의 역사, 거시적인 역사에 익숙한 반면, 여성의 역사, 생활사로서의 미시사에 대해서는 무관심하기 때문이라고 생각한다.

이제 채만식 문학의 여성 서사에 좀더 적극적인 관심을 둘 필요가 있다고 본다. 『인형의 집을 나와서』 『염마(艶魔)』에서 『여자의 일생』 『여인전기』에 이르기까지 채만식이 그려낸 여성이 마냥 한 많은 여자의 퇴락이라는 통속성에만 빠져 있는 것은 아니다. 단적으로 『탁류』는 '탁류'에 휩쓸려가는 한 많은 여자 초봉의 이야기인 것으로 보이지만, 청년 남승재와 함께 기운차게 미래를 개척하는 여동생 계봉의 이야기가 상당한 비중으로 다루어지고 있음에 주목해볼 필요가 있다. 『탁류』의 마지막 장 소제목을 '서곡'으로 하고,[14] 남승재와 계봉의 미래를 암시하는 것으로 마감하는 까닭도 여기에 있을 것이다.

채만식은 역사에 대한 회의, 지식인에 대한 회의를 드러내는 데에 주저함이 없었다. 반면 여성의 한 많은 삶에서 이를 넘어설 수 있는 강인하고 질긴 '문화 영웅'의 삶을 잠깐 보았을 가능성이 있다. 프로메테우스보다 노구할미가 더 강한 문화 영웅인 이유는 여기에 있다.

---

14 최근 이를 본격적으로 다룬 소설이 나왔다. 채만식 『탁류』의 후일담을 상상적이지만 엄밀하게 추론해본 소설은 이준호의 『탁류의 시간』(강, 2019)이다.

아버지와 아들: 함세덕의 「동승」

「동승」의 출발점

　인천 출신의 극작가 함세덕(1915~1950)은 인천상업학교 5학년
이던 1933년 여름방학에 친구들과 금강산 여행을 다녀온다. 부
모님의 허락을 얻지 못하자 관악산에 간다고 거짓말을 하고 기
어이 금강산으로 떠났다고 하는데, 이 여행은 훗날 「동승」(1939)
의 창작 동기가 된다.[1] 함세덕은 "학창 시대에 금강산에 천막생
활 갔다가 마하연(摩訶衍)에서 본 사미승(沙彌僧)에게서 얻은 환상
이 이 작품을 집필케 한 동기"였다고 밝히고 있거니와, 그는 인
적도 끊긴 심산고찰에서 부모도 없고 친구도 없이 동자승 역할
을 감당해야 하는 어린아이를 보면서 그의 한 많은 과거를 상상
했을 것이다. 저 아이에게는 무슨 사연이 있기에 부모도 없이 저
토록 깊은 산속 절간에서 살아야 하는 것일까. 불쌍해 보이는 한

---

1 이 내용은 함세덕의 고교 친구였던 이규문 옹이 증언한 내용이다(오애리, 「새 자료로 본
　함세덕」, 『한국극예술연구』 제1집. p. 191.

아이에 대한 동정심과 관찰이 이 작품의 모태가 된다.

함세덕이 상상한, 이 작품의 주인공 격인 동자승 도념(道念)의 어머니는 파계승이고 아버지는 사냥꾼이다. 이들 부모와 이별한 동승 도념은 절에 남겨져 주지 스님의 엄한 가르침 속에서 어린 중으로 살아갈 수밖에 없다. 주지 스님은 파계승인 어미와 살생을 일삼는 사냥꾼인 아비의 자식으로 태어난 것 자체가 인생의 업보(業報)임을 강조하고 좀더 불도에 정진해야 그 죄를 씻을 수 있다며 도념을 더욱 가혹하게 다그친다.

주지 네 에미는 대죄를 지은 자야. 너에겐 에미라기보다 대천지원수라는 게 마땅하겠다. 파계를 한 네 어미 죄의 피가 그 피를 이어받은 네 심줄에 가득 차 있으니 너는 남이 한 번 헤일 염주면 두 번 헤어야 한다.[2]
(……)
주지 네 아비의 죄가 네 어미에게두 옮아서 그러니라…… 네 아비는 사냥꾼이거든. 하루에두 산짐승을 수십 마리씩 잡어, 부처님의 가슴을 서늘하시게 한 대악무도한 자야. 빨리 법당으로 들어가자. 냉수에 목욕하고, 내가 부처님께 네가 저지른 죄를 모다 깨끗이 씻어주시두룩 기도해주마.

도념에게 닥친 불행은 자식을 버리고 도망한 부모의 잘못된

---

2 노제운 역, 『함세덕 문학전집 1』(지식산업사, 1996), p. 91. 작품 인용은 이 책에 근거하고 인용 쪽수는 생략.

과거에서 비롯된 것이지만, 한편으로는 아이다움을 인정하지 않고 불도만을 강요하는 주지의 다그침도 크게 작용한 듯하다. 도념은 절간에 자주 찾아오는 어느 미망인에게 모성(母性)을 느끼고 절을 떠나 그녀의 품에서 살기를 갈망한다. 주지는 마음이 흔들리지만 도념이 다른 아이들보다 죄가 많기 때문에 절에서 좀 더 불도에 정진해야 한다며 도념의 입양을 주저한다. 그러나 도념은 어린이일 따름이고, 미망인에게 토끼 목도리를 선물하기 위해 몰래 토끼를 잡는다. 마침내 그 무참한 살생의 흔적이 주지에게 탄로 나고, 주지는 도념의 입양 계획에 대해 단호하게 반대하는 처지로 돌아선다. 도념은 입양이 좌절되자 도망친 어머니를 찾아 절을 떠나기로 결심한다. 도념에게 필요한 것은 '불성(佛性)'이 아니라 '모성(母性)'이었던 것이다.

도념은 마침내 절을 버리고 어머니를 찾아 정처 없는 길을 떠난다.「엄마 찾아 삼만리」식의 말랑말랑한 유랑담에 가까운「동승」이 한국 연극의 고전으로 자리 잡을 수 있게 된 이유는 무엇일까. 이 작품은 의외로 종교적이고 철학적이다. 동승은 잃어버린 어머니를 찾아 길을 떠나는 것으로 설정되지만, 정작 동승이 찾게 되는 것은 어머니가 아니라 삶의 진리일 것이다. 동승은 그길에서 더 큰 어머니로서의 부처를 만날 수도 있고, 어머니를 찾아가는 행로 자체가 바로 진리를 찾아가는 구도의 과정이기도 할 것이다. 이처럼 작가 함세덕은 말랑말랑한 멜로드라마 속에 삶의 본질을 담아낸다.

이 작품의 주요 등장인물은 도념이라는 이름을 가진 주인공, 도념을 양육하고 있는 주지 스님, 도념을 양자로 데려가고자 하는 미망인, 그리고 절에 자주 들러 주지 스님의 심부름을 도맡고 도념의 말벗도 되어주곤 하는 나무꾼인 초부(焦夫) 등 네 명이다. 필자는 희곡론 수업 시간에 이 작품을 다루면서 학생들에게 "누가 진정으로 도념을 사랑하는가"라고 질문한다. 객관식으로 꾸미자면, ① 진짜 어머니인 생모(生母) ② 미망인 ③ 주지 스님 ④ 초부 정도일 것이다. 예상 답안은 다음과 같다.

① 생모(生母)의 사랑은 가장 원초적이겠지만, 일단 생모는 도념의 곁에 없다.

② 미망인은 도념을 가장 동정하는 인물이다. 그러나 미망인은 얼마 전 자기 자식을 잃은 바 있다. 그녀는 졸지에 잃은 자기 아들 대신에 도념을 원하고 있는지도 모른다. 이 경우에는 잃은 자식을 돌려받으려는 보상 심리, 도념을 통해 스스로 위로받고자 하는 이기심이 내재되어 있다고 볼 수 있다.

③ 주지 스님의 사랑은 대단히 엄격하고 절제되어 있다. 또한 종교적인 원리에 근원을 두고 있다. 그러나 어린아이에게 불도를 강요하고 아이다움을 인정하지 않는 그의 태도에는 종교가 자칫 빠지기 쉬운 위험한 독단이 엿보인다.

④ 초부의 사랑은 대단히 사소한 것들이다. 절간에 가끔 들르는 나무꾼인 그는 도념에 대해 동정적이지만, 직접 도념을 도와주지는 못한다. 그는 가난한 나무꾼에 불과하고, 더구나 그에게는 부양해야 할 자기 자식이 있기 때문이다. 그는 다만 도념의 곁에 머물며 도념의 투정을 묵묵히 받아주고 달래는 역할만 맡는다. 그러므로 초부는 방관자에 불과하다고 볼 수도 있다. 그러나 어쨌든 도념은 초부의 위안

과 염려 속에서 많은 힘을 얻고 있다.

필자는 학생들에게 ④번 답안을 모범 답안으로 제시하는데, 그 이유를 설명할 때에는 이 작품이 초부와 도념의 대화로부터 시작되고 둘의 대화로 막을 내린다는 점을 강조한다. 특히 결말 부분의 대사를 살펴보면, 초부가 도념의 속사정을 가장 잘 이해하고 있다는 점, 심지어는 지금 이 순간 절을 버리고 도망치려는 것조차도 미리 짐작하고 있었다는 점을 알게 된다.

초부 (지게를 지고 일어서며) 지금 그 종 네가 쳤니?

도념 그럼은요. 언제 내가 안 치구 다른 이가 쳤나요?

초부 밤낮 나무해 가지구 비탈 내려가면서 듣는 소리지만 오늘은 왜 그런지 유난히 슬프구나. (일어서다가 도념의 옷차림을 발견하고) 아니, 너 닷다가 바랑은 왜 걸머지구 나오니?

도념 이번 가면 다신 안 올지 몰라요.

초부 왜? 스님이 동냥 나가라구 하시든?

도념 아니요. 몰래 나갈려구 해요.

초부 이렇게 눈이 오는데 잘 때두 없을 텐데, 어딜 간다구 이러니? 응, 갈 곳이나 있니?

도념 조선팔도 다 돌아다닐걸요 뭐.

초부 아 얘, 그런 생각 말구, 어서 가서 스님 말씀 잘 듣구 있거라.

도념 벌써 언제부터 나갈랴구 별렀는데요? 그렇지만 스님을 속이구 몰래 도망가기가 차마 발이 떨어지지 않아서 못 갔어요.

초부 어머니 아버질 찾기나 했으면 좋겠지만 찾지두 못하면 다시 돌아올 수도 없구, 거지밖에 될 게 없을 텐데 잘 생각해서 해라.

도념 꼭 찾을 거예요. 내가 동냥 달라구 하니까 방문 열구 웬 부인이 쌀을 퍼주며 나를 한참 바라보구 있드니 별안간 "도념아, 내 아들아, 이게 웬일이냐" 하구 맨발 마당으로 뛰어 내려오던 꿈을 여러 번 꾸었어요.

초부 갈랴거든 빨리 가자. 퍽퍽 쏟아지기 전에. 이 길루 갈 테니?

도념 비탈길루 가겠어요.

초부 그럼 잘― 가라. 난 이 길루 가겠다.

도념 네, 안녕히 가세요.

〔초부, 나무를 지고 내려간다. 도념, 두어 걸음 나갈 때 법당에서의 주지의 독경 소리. 발을 멈추고, 생각난 듯이 바랑에서 표주박을 꺼내 잣을 한 움큼 담아서 산문(山門) 앞에 놓는다〕.

도념은 절을 버리고 도망가는 마지막 순간까지 절의 저녁 종을 쳐야 하는 숙제를 마치고, 스님이 겨울의 긴 밤에 드실 수 있도록 잣 한 움큼을 산문 앞에 놓고 떠난다. 도념은 그만큼 착하고 어린 존재일 뿐이다. 반면 초부는 도념을 적극적으로 말리지 못하고, 그저 잘되기만을 빌며 기왕 떠날 바에는 더 늦기 전에 빨리 떠날 것을 채근한다. 초부는 "어머니 아버질 찾기나 했으면 좋겠지만 찾지두 못하면 다시 돌아올 수도 없구, 거지밖에 될 게 없을 텐데 잘 생각해서 해라"고 충고하는 듯 보이지만, 사실은 이러한 충고 이전부터 도념이 떠날 수밖에 없다는 상황을 받아들이고 있는 것으로 보인다. 우리는 현실적인 도움을 주지는 못하지만, 곁에서 말없이 위로를 건네주는 초부의 모습에서 종교의 원천으로서의 사랑의 의미를 새삼 깨닫게 된다. 초부는 동승의 곁에서 아이를 위로하고 아이와 함께 눈물을 흘린다. 초부는 비록 가난한 나무꾼에 불과하지만, 눈물을 흘리는 순간, 가장 큰 부처가 된다. 초부는 도념의 부모보다 더 오랫동안 도념의 곁에 머물며 도념의 성장과 고통을 지켜보았다. 초부야말로 천 개의 손과 천 개의 눈을 가진 관세음보살의 현신, 천수천안 관자재보살(千手千眼 觀自在菩薩)이라고도 볼 수 있는 것이다.

출생의 비밀, 혹은 진정한 부모 찾기

1991년 가을, 동숭동의 중심적인 극단이면서 창작극 활성화를 내세웠던 연우무대에서 '한국 연극의 재발견'이라는 이름으로 함세덕의 「동승」을 무대에 올린 적이 있다. 1988년 월북 문인들의 작품에 대한 해금(解禁)이 이루어졌지만, 여전히 반공 콤플렉스가 득세하던 시절이어서 함세덕의 작품이 한국의 연극 중심지인 동숭동에서 다시 공연된다는 것 자체가 큰 뉴스였던 때였다. 필자는 드라마투르기 자격으로 이 작품이 기획되고 공연에 오르기까지의 과정에 부분적으로 참여할 수 있었다.

연출을 맡은 박원근(당시 서울예술단 감독)은 이 작품을 해석하는 과정에서 초부에 대한 고민을 토로한 적이 있다. 비교적 젊은 배우만으로 구성된 연우무대에서 늙은 나무꾼 역할을 자연스럽게 소화할 만한 배우를 찾을 수 없다는 게 표면적인 이유였지만, 한편으로는 화려하고 속도감 있는 사건 전개를 원하는 현대의 관객들에게 초부와 도념의 눈물 섞인 감정의 교류가 지나치게 지루하게 느껴지리라는 걱정도 앞섰을 것이다. 그러나 작품의 검토 과정에서 초부의 역할이 필수적이라는 점을 새삼 깨닫게 되었고, 결국 초부는 오디션 끝에 아직 연우무대 멤버가 아니었던 송강호로 결정된다. 지금은 송강호가 '국민배우'로 잘 알려져 있지만, 필모그래피를 보면 1991년 연우무대에서 「동승」으로 연극계에 데뷔한 이력이 제일 먼저 실려 있다. 배우 송강호는 초부의 느릿느릿한 말투와 동작을 잘 소화해내어, 눈에 띄지는 않지만 작품의 저변을 든든하게 받쳐주는 조역으로서의 역할을 잘 해냈다. 좋은 배우는 연극에 생명력을 부여해준다.

일제강점기 동양극장의 연수생 배우로 시작하여 1990년대까지 꾸준히 연극 활동을 했던 원로 연극인 고설봉 옹은 1991년 한국극예술학회의 심포지엄 '함세덕 연극의 재조명'에 참석하여 함세덕에 관한 귀중한 증언을 한 바 있다. 그런데 그의 증언 중에 "함세덕은 임선규와 비슷한 작가"라는 내용이 있어 필자를 깜짝 놀라게 했다. 우리가 알기로 「사랑에 속고 돈에 울고」의 작가 임선규는 최고의 통속극 작가이고, 함세덕은 유치진과 극연좌에서 함께 활동한 소위 정극(正劇)의 작가 아니던가? 그러나 그의 발언에는 일리가 있었다. 그는 관객을 울리고 웃기는 함세덕의 뛰어난 극작술을 임선규의 그것과 동일시하고 있었던 것으로 보인다. 고설봉 옹은 위에 인용한 「동승」의 마지막 대목을 예로 들었다. 도념은 지금 절을 떠나는 순간이다. 눈은 퍽퍽 내리고 있는데 도념은 산문을 나서다가 돌연 돌아와서 스님이 심심할 때 드시라고 잣을 한 움큼 올려놓고 간다. 정처 없이 눈길을

떠나는 아이가 남긴 '한 움큼의 잣'이 관객의 눈물을 더욱 자극했음은 물론이다.[3]

나는 이 대목에서 잠깐 '출생의 비밀'에 대해 언급하고자 한다. '출생의 비밀'이란 주인공의 부모 중 어느 한편이 감추어짐으로써 불우한 어린 시절을 보내게 되는데, 나중에 그 비밀이 점차 밝혀진다는 식의 플롯으로, 소프 오페라(soap opera)에서 전형적인 활용되는 관습적 장치이다.

나는 「동승」의 주지 스님이 진짜 아버지가 아닐까 하는 의문을 가져본 적이 있다. 내 추측에 따르면, 주지 스님은 절간의 보살이었던 젊은 여자에게 연정을 느끼게 되고 둘 사이의 관계가 점차 발전하여 마침내 자식이 생겨난다. 아이의 잉태를 알게 된 스님은 당황해서 젊은 여자를 절에서 내쫓는다. 쫓겨난 여자는 핏덩이에 가까운 아이를 안고 절로 다시 찾아온다. 여자는 아이의 생존을 책임질 형편이 못 되니 절에서 아이를 키워달라고 부탁한다. 스님은 자기 자식을 절에서 받아들일 수밖에 없다. 그러나 스님이 아이를 낳았다는 소문이 나서는 안 되니 어떤 '거짓말'이 필요하다. 스님은 주변 사람들에게 '거짓 이야기'를 만들어낸다. 사냥꾼과 눈이 맞아 절에서 도망쳤던 여자가 아이를 안고 비밀리에 나를 찾아와서 맡아달라고 부탁했다. 스님인 나로서는 그 부탁을 거절할 수 없어 이 아이를 맡게 되었다!

이 스님은 자기의 친자인 도념에게 두 가지 감정을 가지게 된

---

3 이상 함세덕의 「동승」에 등장하는 인물, 주제 등에 대한 논의는 김만수, 『함세덕』(건국대학교출판부, 2003), pp. 58~68에서 발췌함.

다. 친부로서의 감정이 하나라면, 죄 많은 중생을 가르치고 보시해야 하는 스님으로서의 감정이 다른 하나일 것이다. 친부인 스님은 도념에게 아비로서의 따뜻함을, 더욱이 어미가 옆에 없으니 아비가 엄마의 역할까지 맡아야 한다. 실제로 스님은 도념이 눈물을 흘릴 때 한차례 호되게 나무란 적도 있지만, 눈물을 닦아주고 말갛게 세수까지 시켜주는 따뜻한 모습을 보인다. 그러나 한편으로는 스님으로서의 어떤 콤플렉스가 있다. 스님은 계율을 어기고 여색을 탐하는 과오를 범했다. 스님으로서는 일생 최대의 실수인 셈인데, 적어도 자식만큼은 자기와는 다르게 정말로 깨끗한 불제자의 길을 걸었으면 하는 소망이 있을 것이다. 그런 소망으로 주지 스님은 도념을 더욱더 차갑게 대하고 또한 불도에 정진할 것을 다그쳤을지 모른다.

트릭스터의 활약: 「충신 요하네스」

그림 동화에는 「충신 요하네스」가 있다. 늙은 왕이 임종을 앞두고 충신 요하네스에게 아직 어린 왕자의 후견인이 되어달라는 부탁을 한다. 이에 충신 요하네스는 왕께 후견을 서약하는데, 왕은 왕자에게 모든 것을 다 보여주되 끝 방은 보여주지 말라는 유언을 남긴다. '보아서는 안 되는 방'은 금기를 다룬 민담의 규칙이거니와, 『해리포터와 비밀의 문』에서 이미 훌륭하게 그 금기가 활용된 바 있다. 그 비밀의 방에는 어떤 공주의 초상화가 있는바, 요하네스는 문을 열어주지만 어떻게든 공주의 초상화를 감추려 한다. 그러나 "왕은 발꿈치를 들고 서서 요하네스의 어깨 너머로 그림을 보고 만다." 소녀의 초상화를 보는 순간, 젊은 왕은 기절한다. 정신을 차린 후에 왕은 요하네스에게 소녀를 향한 사랑의 마음을 털어놓는다. 이제 왕에게는 소녀 외에는 아무것도 보이지 않게 된 것이다.

분석심리학에서는 '초상화 소녀'를 주목한다. 즉, 모든 남성은 마음속 깊은 방 하나에 어떤 소녀의 초상화를 지니고 있는데, 이 초상화야말로 남성에 내재한 여성으로서의 '아니마'를 상징한다는 것이다. 그 아니마는 남성의 에너지를 형성하는 큰 힘인 동시에 위험이기도 한데, 요하네스는 그러한 위험을 알고 있기에 필사적으로 그 초상화를 막아보려 한 것이다. 우리는 민담의 규칙상 '금기'의 바로 뒤에는 '위반'이 이어진다는 것을 알고 있다. 왕이 애초 왕자에게 위험한 초상화 소녀를 보여주지 않으려 했다면, 굳이 '금기'의 명령으로 오히려 '위반'을 자극할 필요는 없었을지도 모른다.

일본의 심리학자 가와이 하야오는 늙은 왕이 왕자로 하여금 의식적으로는 왕국을 평온하게 유지하는 길을 가길 바라지만, 무의식적으로는 아들이 금기를 깨고 자신이 하지 못했던 일(사랑하는 공주를 과감하게 데려오는 일)을 해내길 기대한 것이라고 해석한다. 아들은 아버지와 불화하며 갈등에 빠지지만, 결국 아들은 아버지가 가고자 했지만 가지 못했던 길을 가는 존재이기 때문이다.[4]

---

4 가와이 하야오, 고향옥 역, 『민담의 심층』(문학과지성사, 2018), pp. 151~158.

조셉 캠벨이 '영웅의 여정'에서 '아버지와의 화해'를 중요한 국면으로 간주한 이유도 여기에 있을 것이다. 사실 아버지의 엄격함과 권위는 선악과 명암을 구별하게 하고, 부모/자녀의 세계를 나누고 질서를 세우는 등의 좋은 역할을 하기도 한다. 예를 들어 민담「개구리 왕자」에서 왕은 철없는 공주를 혼내어 개구리와 결혼하도록 명령하는데, 결과적으로 개구리는 저주에서 풀려나 멋진 왕자로 재탄생하게 되는 해피엔딩을 가져다주는 역할을 하기도 한다.

　그러나 어머니가 모든 것을 감싸고 양육하는 반면, 아버지는 질서를 부여하기 위해 절단(切斷)의 기능을 할 때가 많다. 민담「손 없는 소녀」에서 악마에게 딸을 내주기도 하고 악마의 명령에 따라 딸의 두 손을 자르기도 하는 아버지의 모습은 절단하는 자로서의 부정적인 아버지상을 보여주는 사례에 해당한다. 안타깝게도 영화「스타워즈」에 등장하는 부자지간은 그리 생산적인 관계에 이르지 못한다. 이 영화에서 아버지 다스 베이더는 아들 루크 스카이워커와의 대결 끝에 "I am your father"라는 말을 남기고 죽는다. 이 말은「스타워즈」전체를 통틀어 명대사로 알려져 있지만, 이 대사 한마디에도 불구하고 아버지와 아들의 관계는 끝장나고 루크 스카이워커는 아버지의 존재와 근본적으로 화해할 여지마저 차단당하고 만다. 다스 베이더는 그저 어둠의 존재, 부정적인 아버지상에 불과한 것이다.

　「충신 요하네스」이야기로 돌아가자면, 충신 요하네스는 젊은 왕에게 헌신할 것을 서약했지만, 젊은 왕이 초상화를 보는 것을 막지 못해 왕을 죽음의 위기로 내몬다. 그러나 그는 젊은 왕이 무

작정 매력적인 여성을 쫓아가는 걸 막는 것이 아니라, 그 여성과의 만남이 현실화되도록 최선의 노력을 다한다. 「충신 요하네스」의 뒷부분은 이러한 요하네스의 활약상에 초점이 맞춰져 있거니와, 결국 젊은 왕은 매력적인 초상화 속의 여성과 만나게 된다.

심리학자 가와이 하야오는 충신 요하네스를 전형적인 트릭스터(trickster)로 파악한다. 트릭스터는 부족한 처지에도 불구하고 지혜와 기지를 발휘하여 마침내 승리를 가져다주는 민담형의 캐릭터로, 주인공의 성장에 가장 결정적으로 기여하는 존재이기도 하다. 충신 요하네스는 무뚝뚝하고 그저 강한 것만을 강조하던 진짜 아버지를 대신하여, 부드러운 지혜와 기지의 힘으로 진정으로 사랑하는 여인을 얻을 수 있는 기회를 만들어준, 또 하나의 아버지였던 셈이다. 충신 요하네스는 가짜 아버지이지만, 주인공에게 가장 귀한 것을 가져다준 트릭스터였던 셈이다.

함세덕의 「동승」에서 엄격한 아버지인 주지 스님은 도념을 혼내기에 바쁘고, 급기야는 도념이 절을 떠나게 되는 빌미를 제공한 것으로 보인다. 그 저변에는 스님의 콤플렉스 혹은 종교적 독단이 작용했을 수 있다. 반면 나무꾼 초부는 늘 도념의 주변에 머물며, 도념을 감싸고 위로한다. 초부야말로 나이 어린 주인공에게 가장 귀한 것을 가져다준 트릭스터와 같은 인물이 아닐까. 만약 부처님이 현신했다면, 적어도 주지 스님보다는 초부에 가까울 것이라는 게 필자의 생각이다. 그리하여 도념은 초부를 통해서 더 큰 세상으로 나아갈 수 있는 어떤 힘을 얻는다.

평강공주와 바보 온달:
최인훈의 「어디서 무엇이 되어 만나랴」

서론

평강공주와 바보 온달 이야기는 『삼국사기』 열전에 짤막하게 실려 있다. 이를 세 단계로 나누면 다음과 같다.

(1) 결혼 전

공주가 어릴 때 잘 울자 왕이 희롱하여 바보 온달에게 시집보내겠다고 말했다. 그 뒤, 커서 혼인할 나이가 되어 왕이 명문귀족 집안에 시집보내려 했지만 공주가 이를 거부했다. 왕이 분노하여 궁궐에서 쫓아내니, 공주는 온달을 찾아가 혼인했다.

(2) 결혼 후

공주는 눈먼 시어머니를 잘 봉양하고, 바보 신랑인 온달에게 무예와 학식을 가르쳤다. 공주의 도움과 가르침을 받아 온달은 뛰어난 무예를 지니게 되었다. 얼마 뒤 온달은 사냥 대회에서 남다른 활약을 보여 왕에게 알려지게 되었다. 이에 온달은 고구려의 장수로 발탁되었다. 북주의 군대가 침공해 왔을 때, 온달이 고구려군의 선봉이 되어 적을 격파하고 대공을 세웠다. 평원왕을 이은 영양왕 때, 온달은 한강 유역을 회복하기 위해 신라를 공격하다가 화살에 맞아 죽었다.

(3) 죽음

온달의 시체를 넣은 관을 운반하려 했지만 움직이지 않았다. 공주가 달려와 관을 어루만지며 돌아가자고 말하니, 비로소 관이 움직여 이를 매장했다.[1]

이런 이야기가 『삼국사기』에 실려 있다 해서, 이를 정사라고 단언할 수는 없다. 공주와 바보의 결혼이라는 의외의 상황, 전장에서의 죽음 이후 관이 움직이지 않다가 공주가 와서 관을 어루만져주니 비로소 관이 움직였다는 식의 이상한 사건 등으로 인해 이 이야기는 결국 야사로 분류될 수밖에 없는데, 사실 바보 온달 이야기는 전국적인 분포를 지닌 설화의 형태로 다양하게 전승된다. 온달이 억울하게, 장렬하게 전사했다는 역사적 장소는 서울의 아차산성 정도로 비정되기도 하지만, 바보 온달이 전사했다는 이야기는 전국 이곳저곳에 전설의 형태로 남아 있다.

1970년에 희곡으로 발표되고 곧바로 초연된 최인훈의 희곡 「어디서 무엇이 되어 만나랴」는 이러한 설화에 기반하고 있으면서도 온달과 공주를 정치적 희생양으로 보는 새로운 해석을 제시함으로써 권력과 인간의 관계를 심도 있게 조명하고 있다.[2] 작

---

1 김부식, 이강래 역, 『삼국사기 II』(한길사, 1998), pp. 819~822.

2 이후의 글은 김만수·안금련, 「인격의 성숙과 성장으로서의 환상: 최인훈 희곡 「어디서 무엇이 되어 만나랴」를 중심으로」, 『한국현대문학비평이론학회』(2007)의 내용을 수정 보완함.

가 최인훈은 『삼국사기』 속의 인물 평강공주를 계모인 새 왕비의 권력욕에 의해 왕궁에서 축출된 뒤 온달의 힘을 빌려 정치적인 복권을 시도하는 인물로 변형시킨다. 물론 작가는 공주의 정치적 야망에도 불구하고, 온달이 반대파에 의해 억울하게 죽고 뒤따라 공주도 살해되는 비극의 형태로 이 이야기를 마무리한다. 권력을 위해서라면 가족도 살해하는 끔찍한 이야기는 동서고금의 희곡에서 두루 많이 발견되지만, 1970년에 씌어진 이 작품은 정치적인 음모와 강압 정치로 점철된 1970년대 한국의 폭압적인 독재 체제에 대한 환유로서의 의미를 얻게 된다.

이 글에서는 바보 온달의 이야기가 민중적 영웅상을 제시하고, 권력과 인간의 갈등을 보여준다는 기존의 해석을 존중하면서도, 공주의 내면에서 벌어지는 심리 드라마에 초점을 두고 희곡 「어디서 무엇이 되어 만나랴」를 분석하고자 한다. 이 작품을 둘러싼 질문을 정리하면 다음과 같다.

(1) 왜 공주는 기존의 권력층에 맞서 그토록 강력한 반대자의 길을 걷게 되는가.

(2) 왜 공주는 온달을 배우자로 선택했을까.

(3) 왜 온달의 관은 움직이지 않았을까.

(4) 사망한 온달의 관을 움직이게 한 공주의 힘은 어디에서 나오는 것일까.

『삼국사기』와 기타 사료에 근거한 평강공주와 바보 온달의 만남은 우선 사회적 계층이 판이한 신분의 결합에서 그 묘미를 찾을 수 있다. 온달은 공주와의 결혼을 통해 자신의 태생적 한계를 극복하고 신분 상승과 입신출세를 이룬 입지전적 영웅이다. 그가 이룬 신분 상승과 입신출세는 신분 사회인 당대는 물론 현대에 이르기까지 민중의 소박한 꿈의 대상이 된다.

물론 평강공주에게도 설화 향유자들의 소망이 담겨 있다. 평강공주는 스스로 자아의 성취를 위해 나서지는 못하지만, 온달을 대리자로 내세워 자신의 소망을 충족시키고자 한다. 이러한 여성상은 남성을 선택하여 그 성취를 보조하는 위치에 오름으로써 자신의 성취를 대신하고자 하는 한국 여성영웅소설의 한 갈래와도 상통한다.[3]

민담 연구에서는 캐릭터를 분석할 때, 한 개인에 대한 개별적인 분석보다는 다른 인물과의 관계를 분석하는 게 효율적일 때가 많다. 그러니까 공주, 왕자의 성격을 따로 분석하기보다는 '공주와 왕자' 혹은 '공주와 바보 남자' 식의 대립항 속에서 그 의미를 분석하는 게 일반적이다. 이 글에서는 '공주와 바보 신랑'의 관계를 분석의 주제로 삼기로 한다.

이러한 이야기 유형은 민담 「개구리 왕자(Frog King)」에서처럼 공주가 징그럽고 보잘것없는 개구리를 만나게 되지만, 결혼을 받아들인 후에 개구리가 멋진 왕자로 변신한다는 식의 이야기 원형과 거의 구별하기 힘들며, 크게 보아 '미녀와 야수(Beauty

---

3 바보를 배우자로 선택하는 공주의 이야기는 왕을 배신하고 젊은이를 선택한다는 점에서 미래의 담당자인 젊은이에 의해 기성 세대의 권위가 파괴되는 모티브가 활용되고 있음을 알 수 있다. 우리는 이러한 결합에서 한국 여성 영웅의 성장담이 지닌 의의를 발견할 수 있다. 정병헌·이유경 편, 『한국의 여성영웅소설』(태학사, 2000) 참조.

and the Beast)' 이야기의 변형에 속한다고 볼 수 있다. 바보 신랑을 입신출세의 길로 인도하는 공주의 형상은 기존의 수동적인 여성상에서 벗어나 좀더 진취적이고 능동적인 여성상을 제시한다는 점에서 중요하지만, 때에 따라서는 능동적인 여성상보다 좀더 적극적인 치유자로서의 형상에 도달하기도 한다. 예를 들어 병든 아버지를 치유의 길로 이끄는 심청, 병든 부모의 영약을 구하기 위해 목숨을 걸고 먼 길을 떠나는 바리공주의 모습은 '공주와 바보 신랑'의 결합보다도 더 높은 차원에서 병든 부모와 병든 사회를 치유하는 적극적인 치유자로서의 형상에 가깝다.

미완의 텍스트,
「온달」과 「열반의 배─온달 2」에 대하여

독자들은 최인훈을 대부분 소설 『광장』(1960)의 작가로만 기억하고 있지만, 최인훈은 1970년대에 들어서면서 드라마에 관심을 기울인다. 그의 자전적 기록에 담긴 표현을 빌리면, 인물의 사유와 관념에 대한 관찰(소설)에서 벗어나 인물의 행동(희곡)에 관심을 두기 시작한 셈이다. 1970년대 들어 최인훈은 소설 쓰기를 중단하고 다섯 편의 희곡을 연이어 발표함으로써 극작가 최인훈으로서의 특별한 위치를 점하게 된다. 김광섭의 시 「어디서 무엇이 되어 다시 만나랴」라는 제목을 살짝 빌린 듯한 최인훈의 희곡 「어디서 무엇이 되어 만나랴」는 1970년 곧바로 극단 '자유'에 의해 초연되고 집중적인 조명을 받음으로써 소설가 아닌 극작가 최인훈의 출발을 알린 작품이 된다.

최인훈은 이 작품의 완성과 공연의 성공에 힘입어 「옛날 옛적에 휘어이 휘이」(1976), 「봄이 오면 산에 들에」(1977), 「둥둥 낙랑둥」(1978), 「달아 달아 밝은 달아」(1978) 등의 주목할 만한 희곡들을 연이어 발표한다. 작가 최인훈에게 1970년대는 가히 '희곡의 시대'로 부를 만했다. 이 다섯 편의 희곡은 1979년 문학과지성사에서 펴낸 『최인훈 전집』 10권에 '옛날 옛적에 휘어이 휘이'라는 이름으로 실려 정본으로 확정되는데, 이 전집은 1992년 재판, 그리고 2007년 최종 결정판으로 다시 발간된다.

소설가 최인훈을 본격적인 드라마의 세계로 초대한 계기가 된 작품이 「어디서 무엇이 되어 만나랴」인 것은 맞지만, 이 작품이 그리 순탄하게 탄생한 것은 아니다. 최인훈은 1969년에 희곡이라는 장르명을 먼저 내걸고 「온달(溫達)」이라는 작품과 그 후속작이라 할 만한 「열반(涅槃)의 배―온달 2」라는 작품을 연달아 『현대문학』에 발표한다. 그런데 이 두 작품은 어느 순간 작가 최인훈의 공식적인 작품 연보에서 삭제되었고, 사람들의 기억에서 잊혔다.[4] 이 두 작품이 연보에서 삭제된 이유를 굳이 추측하자면, 실험적이었지만 실패작/미완성작이라는 것, 그리고 이들 작품이 1년 후 희곡 「어디서 무엇이 되어 만나랴」로 깔끔하게 재단장되어 완성작으로 발표되었기 때문으로 보인다.

아래의 표를 통해 정리해보면, 최인훈의 희곡 데뷔작이라 할

---

4 김향은 최인훈의 최초 희곡이 「놀부뎐」(『한국연극』, 1966. 6)임을 찾아냈지만, 「놀부뎐」은 본격적인 희곡 작품으로는 보기 힘든 것으로 평가된다. 김향, 『최인훈 희곡창작의 원리』(보고사, 2005) 참조.

수 있는 「어디서 무엇이 되어 만나랴」는 고려 말 『삼국사기』에 실린 '온달전'을 원전으로 삼고, 두 차례의 실험적 미완성작을 거쳐 완성된 것으로 볼 수 있다.

텍스트	주인공	주제	발표 지면
「온달전」	온달/공주	러브 스토리, 입신출세담	『삼국사기』, 1145.
「온달」	온달	성적 유혹의 위험성 (미완)	『현대문학』, 1969. 7.
「열반의 배— 온달 2」	공주의 오빠	욕망을 넘어 열반으로(미완)	『현대문학』, 1969. 11.
「어디서 무엇이 되어 만나랴」	공주	자신의 야망에 대한 환멸과 반성	『현대문학』, 1970. 7.

최인훈이 쓴 최초의 미완성 희곡 「온달」의 주인공은 온달이다. 이 작품은 온달이 한 여인의 성적 유혹에 빠져 죽을 위기에 처하지만, 결국 온달 어머니의 희생으로 목숨을 건지는 장면에 집중되어 있다. 나무꾼인 온달은 숲속에서 벌목 도중에 구렁이를 만나는데 그 이후에 이상하게도 산에서 길을 잃고, 그러다가 낯선 장소에서 한 여인을 만난다. 이후 그 여인과 사흘 동안 운우지정을 나누게 되는데, 여인의 정체는 원한을 품은 구렁이였고 빈 절간의 종이 세 번 울리지 않는다면 온달은 그 구렁이에게 죽임을 당하는 상황에 빠진다. 결말 부분에서 빈 절간의 종이 세 번 울림으로써 온달이 가까스로 목숨을 부지하는데, 이 이야기는 까마귀가 온몸을 던져 절간의 종을 울린다는 '까마귀의 보은'

설화와 유사한 방식으로 진행된다.

지루한 묘사문으로 진행되는 이 희곡은 장르상으로는 희곡을 표방했지만 거의 소설적 형식을 가지고 있으며, 모든 것이 꿈에서 일어난 일이라는 설정은 춘원 이광수의 아름다운 단편 「꿈」을 연상시키기도 한다. 이 작품은 사건과 심리를 모두 묘사문을 통해 제시하는데, 이러한 소설적 수법은 이후 수정된 희곡 「어디서 무엇이 되어 만나랴」에 이르러서야 비로소 그 지루함과 관념성이 극복된다.

한편, 몇 달 후에 발표된 희곡 「열반의 배—온달 2」는 「온달」의 후속편으로 창작된 듯하지만, 「어디서 무엇이 되어 만나랴」에 전혀 영향을 주지 못한 채 사라지고 만다. 「열반의 배—온달 2」의 주인공은 공주의 오라버니인 '왕자'이다. 아마도 작가는 왕자의 성격을 좀더 적극적이고 집중적으로 해석해 보임으로써 왕자와 공주, 왕자와 온달 사이의 팽팽한 논리적 대결을 시도해보려고 했던 것으로 추측된다. 다시 말해 왕자 또한 권력 쟁투의 와중에 눈치나 보는 나약하고 우유부단한 인물이 아니라, 적극적인 평화주의자로서의 태도를 갖추고 있었다는 점을 부각시키려는 의도를 보인다. 그러나 작품은 왕자가 자신의 생각을 일방적으로 설교하는 듯한 주관적인 관점, 왕자에 반대하는 세력들의 장황한 자기변명과 설명만으로 채워지다가 갑자기 열반의 배에 불이 붙고 적들이 쳐들어오는 장면으로 끝난다. 분명히 미완의 작품인데, 후속 연재물이 없는 것으로 보아 이 작품은 명백하게 실패한 것으로 판단된다. 작가 자신도 이후에 이 작품을 전혀 언급하지 않는다.

작가가 애초에 의도한 대로 「온달」과 「열반의 배—온달 2」가 합쳐지고 하나의 작품으로 꾸며진다면 어떤 모습이 될까. 아마도 온달의 관점에서 본 공주, 왕자의 관점에서 본 공주의 모습 등의 해석이 가능한 다원적인 2부작 형태가 될 텐데, 아마도 '욕망–욕망으로부터의 해탈–평화' 등의 핵심 개념이 자리 잡을 것으로 보인다(물론 두 작품 사이의 논리적 불균형은 거의 해소되지 못한 채 지루한 흐름으로 이어질 공산이 크다).

그러나 다음 해에 발표된 희곡 「어디서 무엇이 되어 만나랴」는 실패작에 가까운 「온달」과 「열반의 배—온달 2」와는 상당히 다른 수준의 작품으로 완성된다. 묘사는 절제되고, 극적 통일성을 해치는 인물(예를 들어 공주의 오빠)들은 축소된다. 이 작품은 놀라울 정도로 깔끔하게 「온달」과 「열반의 배—온달 2」의 한계를 넘어선다. 이 작품은 온달과 평강공주의 인연과 사랑, 그리고 비극적 죽음을 그린, 그야말로 시적인 희곡으로 평가된다. 부하 장수의 칼에 죽은 온달이 공주의 꿈에 나타나서 공주에게 전하는 다음의 대사를 보면, 이 희곡이 얼마나 비장미 넘치는 러브스토리로 짜여 있는지 알 수 있다.

온달 꿈이 아니오, 공주. 내 말을 잘 들으시오. 장수가 싸움에서 죽는 것은 마땅한 일. 비록 내 편의 흉계에 죽음을 당했을망정 나는 상관없소. 공주, 당신을 이 세상에 두고 가는 것이 내 한이오. 내가 없는 궁성에 의지 없을 당신을 생각하면 차마 내 어찌 저승길의 걸음을 옮기리까. 공주, 이 몸에게 베푸신 크낙한 은혜 티끌만큼도 갚지 못하겠습니다. 십 년 전 그날, 당신이 내 오막살이에 오신 날, 이 몸은 당신의 꽃다운 얼굴에 눈멀고 당신의 목소리에 눈멀었습니다. 당신은 그 전날 밤에 내게 오셨습니다. 산에서 동굴에서 지낸 하룻밤에 당신은 나와 더불어 천년을 맹세하였습니다.

물론 필자는 이 작품을 잘 짜인 러브스토리로만 읽는 것에 대해서는 반대한다. 작가는 러브스토리에 집중하기보다는 이야기의 주인공을 공주로 바꾼 다음, 공주의 내면에서 벌어지는 심리의 드라마를 추적하고 있기 때문이다. 작가 최인훈이 형상화한 인물인 공주는 남성을 대리자로 내세워 성공하고자 하는, 한국 고전소설의 전형적인 인물인 '여성 영웅'인 동시에, 주변의 방해자로부터 끊임없이 시달리며 이들에게 복수해야 하는 가련한 존재이다. 왕과 계모, 오빠, 그리고 정치적 반대자들에게 억압받고 고통받는 공주는 온달을 내세워 이들에게 복수를 감행하지만, 결국 복수는 이루지 못하고 온달마저 희생당한다.
　줄거리를 소개하면 다음과 같다.[5]

　(1) 처음은 온달의 꿈 장면으로 시작한다. 온달은 사냥을 하다 길을 잃고 깊은 산 어느 집에서 한 여인을 만난다. 이상한 힘에 이끌려 여인과 하룻밤 정을 나누는데 아침이 되고 보니 그 여인은 구렁이였다. 구렁이에게 잡아먹히기 직전 절의 종소리가 세 번 울리자 온달은 살아났고 꿈에서 깨어난다.
　(2) 공주는 권력에서 밀려나 출가를 결심하고 대사와 함께 깊

5 「어디서 무엇이 되어 만나랴」, 네이버 백과.

은 산을 찾는다. 우연히 온달의 집에 들렀는데, 모든 것이 꿈속에서 본 그대로다. 온달을 만난 공주는 출가를 포기하고 이 집의 며느리가 되겠다고 한다. 온달은 공주가 전날 꿈속에서 만난 여자임을 알고 무엇에 씐 듯이 공주를 바라본다.

(3) 앞의 이야기에서 10년이 지난 시점. 전쟁에서 공을 많이 세운 온달은 여전히 전쟁터에 있고, 궁궐에서 온달을 기다리던 공주는 꿈을 꾼다. 공주의 꿈에 온달의 영(靈)이 나타나 자신이 암살당했다는 사실과 공주를 두고 떠나야 하는 마음을 고백한다. 다음 날 온달의 죽음이 전해지고, 공주가 달려가 온달의 관을 만지자 그동안 움직이지 않았던 관이 움직인다. 공주는 잔악한 반역자들을 찾아내겠다고 다짐한다.

(4) 온달이 죽은 지 한 달 후, 공주는 온달의 유언대로 깊은 산속에 있는 온모(온달의 어머니)를 찾아가 함께 산다. 하지만 궁에서 온 병사들에게 살해된다. 온모는 온달의 죽음을 전해 들었지만, 실성한 사람처럼 눈발을 맞으며 온달을 기다린다.

이상의 요약된 줄거리를 보면, 이 작품은 정치적 반대자에 의해 비밀리에 살해되는 공주와 온달을 통해 정치권력의 비정함, 그리고 그 속에서도 빛을 잃지 않는 공주와 온달의 사랑을 그린 것으로 정리될 수 있다. 그러나 필자가 보기에 이 작품은 온달과 공주가 겪는 비극적인 사건보다는, 온달의 죽음 이후 공주가 겪는 심리적 혼란에 더 많이 공을 들이는 것으로 보인다.

사실 이 작품에서 공주를 억울한 정치적 희생양이라고 확정할 필연적인 근거는 없다. 극단적으로 본다면, 공주는 피해자가 아니라 가해자일 수도 있다. 많은 동화에서 어린아이들이 친모를 계모로, 친부를 괴물로 변형시키고 자신을 피해자로 간주하는 환상을 경험하는 것처럼, 평강공주도 자신의 고집과 환상 속에서 거짓 정치적 대립자를 상정하는 환상을 경험하는 것처럼 볼 수도 있기 때문이다. 이런 삐딱한 관점에서 본다면, 공주는 자신의 환상 충족을 위해 온달을 이용하는, 매우 집요하고 탐욕적인 인물일 수도 있다.

최인훈은 이 작품의 앞자리에 슬그머니 '은혜 갚은 까치'를 삽입한 바 있다. 까치는 머리를 부딪쳐 종을 울린 뒤 죽음으로써 은혜를 갚고, 꿈속에서 온달의 어머니는 같은 방식으로 구렁이로부터 온달을 살려낸 뒤 죽는다. 또한 온달은 억울하지만 장렬한 죽음으로 평강공주의 사랑에 보답한다. 그러나 공주는 까치, 온모(온달의 어머니), 온달이 보여준 바와 같은 보은(報恩)을 실천하지 못한 채 죽는다. 사랑을 실천하지 못하고 탐욕과 증오 속에서 인생을 마감한 인생이라면 더욱 가련하고 불쌍한 인물일 것이다. 이런 면에서 공주의 삶은 더욱 처참하고 비극적이다.

김광섭의 시 「저녁에」에 들어 있는 "어디서 무엇이 되어 다시 만나랴"라는 구절을 차용한 듯한 이 희곡의 제목을 통해, 작가는 공주의 불행하나 탐욕스러웠던 삶이 온달과의 만남을 통해 새로운 에너지로 변형될 수 있는 가능성을 보여주는 듯하다. 만약 공주에게 '다시 한번'의 삶이 주어진다면, 공주는 예전의 삶과는 다른 방식으로 온달을 만날지도 모른다.

가족 로망스: 민담의 변형과 환상

마르트 로베르에 의하면, 어차피 이야기는 꾸며진 것이다. 로베르는 업둥이 의식에서 낭만주의 소설을, 사생아 의식에서 사실주의 소설의 원천을 발견한다. 소설을 쓰는 두 방식으로서의 업둥이 의식과 사생아 의식은 현실을 부정하거나 도피하는 방식으로서의 '이야기'의 기원을 이룬다는 것이다.[6] 이러한 마르트 로베르의 관점에 따른다면, 이 글의 주요 분석 대상인 공주 또한 업둥이이거나 사생아일 수 있지도 않을까. 공주는 주워 온 자식이라서 줄곧 왕의 놀림감이 되고 있긴 않았을까. 혹 공주는 계모의 핍박 밑에서 자라면서 자신이 사생아라는 자기 학대에 시달리고 있지는 않았을까. 우리는 이러한 가설을 바탕으로 이 작품을 재해석해볼 필요가 있다. 이러한 해석에 따르면, 공주는 자신이 업둥이라는 환상, 혹은 자신이 사생아라는 환상에 지배받는 인물이다.

사실 이 작품의 표면에서는 왕비와 공주 사이의 권력 쟁탈전이 강조되고 있다. 공주의 친모는 일찌감치 권력에서 축출되었으며, 새로 왕비가 된 여자는 우유부단하고 순응적인 왕자(공주의 오라버니)를 자기 편으로 끌어들여 공주를 쫓아낸다. 공주를 궁궐에서 쫓아내 절로 보내고 급기야 공주를 잔인하게 죽이는 왕비는 분명 권력에 눈이 먼 악의 화신이다. 그러나 왕비가 악의 화

---

6 마르트 로베르, 김치수·이유옥 역, 『기원의 소설, 소설의 기원』(문학과지성사, 1999), p. 39.

신이라 해서, 역으로 공주가 선의 화신인가 하면 그렇지는 않다. 공주도 결코 정의의 편이라고 단언할 수 없다. 공주는 자신의 행동을 자주 조국 고구려의 정의를 위해서라고 합리화하고 있지만, 공주 또한 순진한 온달을 발판으로 삼아 자신의 정치적 야욕을 실현하고 있는 인물에 불과할지도 모른다. 이 글에서 필자가 주목하는 것은 공주의 양면성이다. 공주는 전적으로 착한 인물도 아니며, 그렇다고 해서 악인도 아니다. 이에 대한 베텔하임의 설명을 먼저 참고하기로 한다.

베텔하임은 옛이야기 「신데렐라」와 「라푼첼」을 예로 들어 소녀의 무의식에 잠재된 비밀을 탐구한다. 베텔하임에 의하면, 「신데렐라」의 '엄마'는 계모가 아닐 가능성이 크다. 다만 신데렐라는 자신의 욕망이 한껏 충족되지 못한 원인을 엄마에게 둔 다음, 욕망의 충족을 가로막는 엄마의 행동은 엄마가 친모가 아니고 계모이기 때문에 생겨났다는 거짓말을 만들어낸다. 이는 「라푼첼」의 경우에도 마찬가지다. 라푼첼은 높은 성에 갇혀 있어서 남자를 만날 수 없다. 라푼첼을 감시하는 것은 물론 마녀지만, 베텔하임의 해석에 따르자면 이 마녀 또한 라푼첼의 친모이다. 성장하는 소녀의 모습을 억제하고자 하는 엄마의 행동은, 소녀의 입장에서 보면 마녀의 그것과 다름없기 때문이다.[7]

이런 시각에서 공주를 해석해본다면 공주는 자신을 반대하는 왕비를 참을 수가 없다. 한편 공주는 왕비를 미워하면서도, 왕에 대해서만큼은 감미로운 애정의 눈길을 끝내 거두지 않는다.

7 브루노 베텔하임, 앞의 책, pp. 110~121.

왕비를 그토록 미워하면서도 왕비의 행동을 두둔하거나 방치하는, 혹은 의도적으로 외면하는 왕에 대해서 공주가 증오심을 표현하지 않는 이유는 엘렉트라 콤플렉스와 관련된 것일지도 모른다. 공주는 아버지(왕)에 대한 사랑과 어머니(왕비)에 대한 미움을 '왕비는 계모다'라는 환상으로 변형시킨다. 이러한 환상은 공주의 오빠조차도 아버지에 대한 공주의 사랑을 가로막는 경쟁자이자 방해자로 변형시킨다. 공주는 오빠를 점차 더 격렬하게 증오하기 시작한다. 마지막에 이르면 공주는 왕비의 '사악함'보다 왕자(오빠)의 '미지근한 태도'와 무능함을 더 증오하기 시작한다. 그러나 이러한 증오를 통해 공주는 온전한 단독자로서 홀로 서게 된다. 점차 어른으로 성장하는 것이다.

이에 대해서는 다시 베텔하임의 설명을 참조해야 할 것이다. 『빨간 모자』에서 매력적이고 순결한 어린 소녀는 늑대(나쁜 남성)의 유혹에 빠지지만 사냥꾼(좋은 남성)의 도움을 받아 온전한 여성으로 성장한다.[8] 왜 구조하는 남자의 인물형이 사냥꾼에게 주어질까? 사냥은 전형적인 남성의 직업이다. 실제로 사냥꾼은 옛이야기에서 빈번하게 나타나는데, 그것은 투사하기에 아주 좋기 때문이다. 모든 어린이는 가끔 자기가 왕자이거나 공주이기를 소망한다. 그리고 한때는 무의식적으로 자신이 환경에 의해 일시적으로 신분이 낮아진 왕자나 공주라고 믿는다. 무의식의 차원에서 사냥꾼은 무능력한 아버지와 반대되는 인물형이 된다.

---

8 '빨간 모자'는 성적인 상징이다. 빨간 모자의 소녀는 사냥꾼의 도움으로 늑대를 물리친다. 늑대라는 쾌락 원리를 부정함으로써 정상적인 자아의 발달이 이루어지는 것이다. 브루노 베텔하임, 같은 책, pp. 267~326.

어린이가 동물에 대해 공포심을 가지고 있다고 할 때, 동물들을 위협해서 쫓아낼 수 있는 사냥꾼만이 진정한 부모의 자리로 기대된다. 물론 이 사냥꾼은 숱한 소녀들의 공상인 '백마 탄 기사'와 연결된다. 여자아이는 성숙하면서 점차 무능한 아버지를 버리고 매력적인 사냥꾼을 찾아가는 것이다. 이런 관점을 적용해 본다면, 공주가 온달을 선택해야 하는 이유는 점차 명료해진다. 이제 공주는 오라버니의 "미지근한 태도", 잔소리가 심하고 과보호에 골몰하는 아버지(왕)와 어머니(왕비)의 감시에서 벗어나 온전한 성인으로 홀로 서야 하기 때문이다. 온달은 '빨간 모자'가 만난 누추한 사냥꾼과도 같지만, '빨간 모자'가 사냥꾼에게서 진정한 남성상을 발견하듯, 공주는 온달의 우직함과 정직함에서 진정한 짝을 찾게 되는 것이다.

사실 이 희곡은 온달의 죽음과 공주의 파멸 이후의 이야기가 텍스트의 1/3을 차지할 정도로 길고 장황하다. 대부분의 연구는 이러한 장황함의 원인을 본업이 소설가인 최인훈이 연극의 기법에 미숙했다는 점에서 찾고자 했다. 그러나 온달의 억울한 죽음이 정치적 반대자들 때문에 벌어진 게 아니라, 공주 자신의 야망에서 비롯된 것임을 통감하게 하는 뒷부분의 독백이 전혀 무용하다고 볼 수는 없다. 공주는 온달을 빌려 거세 콤플렉스를 극복하고 어엿한 성인으로 우뚝 설 수 있게 되었다. 그러나 자신이 온전한 성인이 되었다고 자부하는 순간 공주는 자신이 온달의 억압자에 불과했다는 사실에 직면한다.

공주 (……) 그런데 그러면 그럴수록 우리 사이에는 남이 들어왔지.

우리의 꿈속에서는 보지도 못하던 남이. 우리는 그 속에서 서로를 잃어버리지 않기 위해서 그 남들을 없애는 길밖에는 없었지. 그러면 더 많은 남을 없애야 했지. 더 많은 신라놈들 모두를, 백제놈들 모두를, 요하 건너편에 사는 놈들 모두를. 어디까지 가야 끝날 것이었는가. 우리가 우리를 만나기 위해서는. 그리고 장군은 가버리셨군. 어디로? 내가 모르는 어디로.[9]

공주는 온달의 죽음 이후에야 자신이 온달을 잔혹하게 이용하고 있었으며, 이로 인해 온달이 고통받고 있었음을 깨닫는다. 이들의 사랑에는 '남(타인)'이 늘 개입되어 있었고. 두 사람은 그 타인을 없애기 위해 끝없는 전쟁에 자신들을 바쳤음을 깨닫게 된다. 그리고 '우리가 우리를 만나기 위해' 벌인 싸움은 '어디까지 가야 끝날' 것인지 모를 종류의, 허망한 싸움이라는 점을 깨닫는다. 공주의 깨달음 이후에야 온달의 관이 움직이는 장면은 둘의 관계가 비로소 진정한 이해와 사랑의 단계로 고양됨을 보여주거니와, 공주는 장교들에 의해 살해됨으로써 그 끝날 수 없는 싸움의 종지부에 놓인다.

선한 마음을 키워서 악한 것을 이겨내기

융 심리학의 전문가 이부영 교수는 한국의 '지네 장터 설화'를

9 전집판. pp. 71~72.

분석한 다음, 이 설화야말로 한국적 영웅의 한 면을 표현한다고 말한 적이 있다. 이 설화에서, 마을 사당에 살면서 해마다 처녀의 희생을 강요하고 마을에 재앙을 일으키는 괴물인 지네를 물리치는 것은 페르세우스형 영웅 전사가 아니라 그녀가 불쌍히 여겨 길러온 두꺼비였고, 결말에서 두꺼비는 지네를 물리친 다음에 함께 죽는다. 결국 괴물을 물리친 힘은 밥찌꺼기로 두꺼비를 기르는 소녀의 마음, 못생기고 약한 동물에게 애정을 나누어주는 마음, 지극히 내향적이며 여성적인 마음, 그러니까 동양의 도가 지닌, 부드러움이 갖는 강인함을 기르는 자세로 해석될 수 있다. 이부영 교수는 선한 마음을 키워서 악한 것을 이겨내는 방법도 있다는 점을 상기하면서, 여기에 한국적 '측은의 정'이 있음을 강조한 바 있다.[10]

「어디서 무엇이 되어 만나랴」의 주인공인 평강공주는 외부의 악에 대해 어떻게 대결하고 있는가. 몇 가지 논거를 중심으로 분석해보면, 평강공주는 온달을 이용해 정치적인 야망을 채우려는 정략적 인물이었다. 자신의 목적을 위해 남녀의 사랑조차 이용하려는 그녀는 지나친 자기애 때문에 환상 속에서 착한 어머니를 악한 계모로 변형시키고, 착한 오빠를 비열하고 무능한 남자로 변형시키는 유아적 환상의 단계에 얽매인 인물일 수도 있다. 이러한 평강공주의 마음속에는 무력으로 악한 것을 물리치고자 하는 페르세우스적 야망이 강하게 자리 잡고 있었던 것으로 보인다. 평강공주는 온달의 죽음 이후에야 자신의 야망이 부정적

---

10 이부영, 『분석심리학의 탐구 1 ― 그림자』(한길사, 1999), pp. 250~251.

인 형태의 그림자 상에 휘둘리고 있었음을 자각하고 반성하게 된다. 공주는 그제야 온달의 바보스럽도록 따뜻한 사랑이 두꺼비의 사랑처럼 더 크고 근원적인 것이었음을 깨닫는 건 아닐까.

아차, 하나 잊은 게 있다. 필자는 이미 「열반의 배—온달 2」가 실패작이라고 단정 지은 바 있다. 그러나 최인훈이 그려내고자 고투한 새로운 인물의 전형은 안타깝게도 이 작품 내에 숨어 있는 것으로도 보인다. 그러므로 우리는 이제 이 작품을 다시 논의의 현장으로 소환해야 할지도 모른다. 이 작품에서 왕자는 정치적 야망가도 아니며 집착과 경쟁을 버린, 평화를 통해서만 모든 갈등을 넘어설 수 있다고 본다. 이러한 왕자의 생각은 「열반의 배—온달 2」를 관통하는 주제 의식인데, 이러한 작가의 생각은 「어디서 무엇이 되어 만나랴」의 뒷부분, 공주의 장황한 설명으로 이어지는 독백에서도 언뜻 빛을 발한다. 공주는 온달의 죽음을 겪고 나서야 자신도 억압자라는 사실, 지배의 욕망을 버려야만 비로소 진정한 자아의 위치를 점할 수 있다는 사실을 깨닫는다. 이러한 공주의 깨달음은 「열반의 배—온달 2」의 왕자의 깨달음과 겹치면서 이 작품들이 의도했을, '자아의 성장과 성숙의 드라마'를 제시하기 때문이다.

호동왕자와 낙랑공주:
최인훈의 「둥둥 낙랑둥」

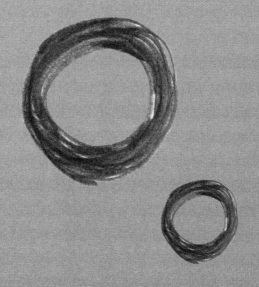

『삼국사기』의 국가주의, 남성 중심주의

왕자 호동에 관한 이야기는 『삼국사기』 권14 '고구려본기' 제1 '대무신왕' 편에 실려 있다. 『삼국사기』는 비교적 정사에 가까운 것으로 평가되지만, '호동왕자와 낙랑공주' 등 허구적이고 문학적인 성격이 짙게 투영된 이야기도 다수 발견된다. 잘 알려진 이 이야기는 낙랑의 멸망과 고구려의 승리, 낙랑공주의 죽음으로 끝나는데, 아래에 자세히 인용하겠지만, 고구려의 왕자 호동은 나라를 위해 애인마저 버리는 애국형의 영웅인 반면, 낙랑공주는 사랑 때문에 국가와 부모를 배신하는 사악한 여성으로 그려진다.

(A) 4월에 왕자 호동이 옥저 지방에 유람하고 있던 차, 마침 낙랑왕 최리가 거기에 출순하여 그를 보고 "군의 얼굴을 보매 보통 사람이 아닌 듯하니 혹 북국신왕의 아들이 아니냐" 하고 드디어 그를 데리고 돌아와 사위를 삼았다. 그 후 호동이 귀국하여 비밀히 사람을 보내어 최리의 딸에게 이르되, "네가 너의 나라 무고(武庫)에 들어가

고각(鼓角)을 부수면 내가 예로써 맞이할 것이요, 그렇지 않으면 맞지 않겠다"고 하였다. 앞서 낙랑에는 이상한 고각이 있어 적병이 오면 저절로 우는 까닭에 몰래 무고에 들어가 북의 피면(皮面)과 고각의 주둥아리를 부순 후 호동에게 알리었다. 호동은 왕을 권하여 낙랑을 급습하였다. 최리는 고각이 울지 아니하므로 방어치 않고 있다가 갑자기 아병(我兵)이 성하(城下)에 닥친 후에야 고각이 다 부서진 것을 알았다. 그래서 드디어 그 딸을 죽이고 나와 항복하였다.

(B) 11월에 왕자 호동이 자살하니 그는 왕의 차비(次妃), 즉 갈은 왕 손녀의 소생이었다. 호동의 얼굴이 미려하여 왕이 매우 사랑하는 까닭에 이름을 호동(好童)이라 한 것이다. 원비(元妃)는 왕이 적(嫡)을 뺏어 호동으로 태자를 삼을까 염려하여 왕에게 참소하되, "호동이 나를 예로써 대접치 않으니 아마 나에게 음란하려 함이 아닌가 합니다" 하였다. 왕이 가로되, "다른 아들인 까닭으로 해서 네가 미워하느냐" 하자, 비는 왕이 자기 말을 믿지 아니함을 알고 화가 미칠까 두려워 울면서 고하되, "청컨대 대왕은 가만히 엿보서서 만일에 이러한 일이 없으면 내가 스스로 죄를 받겠습니다" 하였다. 이에 대왕은 의심치 아니할 수 없어 장차 호동에게 죄를 주려 하매, 어떤 사람이 호동에게 이르기를, 그대가 왜 스스로 변명치 아니하느냐고 하였다. 대답하되, "내가 만일 변명하면 이는 어머니의 악함을 드러내어 왕의 걱정을 끼쳐줌이니 어찌 효라 할 수 있으랴" 하고 이내 칼에 엎드려 죽었다.

(C) 사신(史臣)이 논하여 가로되, 지금 왕이 참언(讒言)을 믿어 무

죄한 애자(愛子)를 죽이니 그 불인(不仁)함은 족히 말할 것도 없거니와, 호동도 아주 죄가 없다고 할 수 없다. 왜냐하면 아들이 아비에게 꾸지람을 들을 때는 마땅히 순(舜)이 기부(其父) 고수(瞽瞍)에게 대함과 같이 소장(小杖)으로 치면 맞고 대장(大杖)으로 치거든 달아나 아비를 불의에 빠뜨리지 않도록 할 것이다. 그런데 호동은 이렇게 할 줄을 몰라 그 죽음도 제자리에 하지 못하였으니 가위 소근(小謹)에 집착하여 대의에 어둡다 할 수 있다. 그것이 공자(公子) 신생(申生)에 비유할 만하다.[1]

인용한 위의 텍스트는 세 개의 서사 단위로 구성되어 있다. (A)는 호동 왕자와 낙랑 공주 사이의 이야기이며, (B)는 호동 왕자와 왕비, 왕 사이의 이야기이며, (C)는 이에 대한 사관의 논평이다. (A)에서는 호동 왕자의 충성심을 강조한 반면, (B)에서는 왕위 계승과 관련된 적자와 서자의 갈등이 포함되어 있으며, (C)에서는 개인적인 윤리와 국가 차원의 윤리의 차이점을 다루고 있는데 우선 (A)와 (B)의 대립이 흥미롭다. (A)에서 호동왕자는 나라를 위해서라면 자신의 애인을 죽음으로 몰아갈 만큼 철저하게 이용하는 강인한 인물인 반면, (B)에서는 왕비의 모함으로 곤경에 빠졌다가 자살에 이르는 비운의 인물로 등장하기 때문이다.

물론 위의 텍스트에 등장하는 두 여성은 모두 부정적인 모습을 보인다. 공주는 애인과의 사랑을 지키기 위해 나라와 부모

---

1 김부식, 이병도 역주, 『삼국사기(상)』(을유문화사, 1983), pp. 271~272.

를 배반하고 낙랑의 무기 창고를 파괴한 인물이며, 왕비는 자기 아들을 후계자로 삼기 위해 서자인 호동을 모함에 빠뜨리고 결국에는 자살에 이르게 만드는 인물이다. 반면 호동에게는 긍정과 부정의 관점이 동시에 적용된다. 나라를 위해서 낙랑공주와의 개인적인 사랑을 희생한 것은 높게 평가된 듯하며, 다만 모함을 벗어나기 위해 자살을 택한 것은 개인적으로는 효에 충실한 듯 보이나 좀더 큰 대의를 살피지 못했다는 점에서는 비난의 여지가 있다는 것이다. 이 텍스트의 저자는 사관의 관점을 동원하여 "소장(小杖)으로 치면 맞고 대장(大杖)으로 치거든 달아나라"고 충고하는데, 여기에는 개인적인 효는 소장(小杖) 정도의 작은 윤리이며, 왕자의 직위를 유지하며 국가의 미래를 생각하는 더 큰 윤리는, 마치 대장(大杖)이 그러하듯, 더 중시되어야 할 최종의 덕목이라는 생각이 깔려 있는 듯하다.

즉 국가주의, 남성 중심주의를 강조하는 닫힌 텍스트로서의 이 이야기는 감성(사랑)에 대한 이성(애국심, 충성심)의 우위, 여성적인 덕목(자기희생, 사랑)에 대한 남성적인 덕목의 승리로 종결되어 있다.

「둥둥 낙랑둥」의 해체적 읽기

작가 최인훈은 희곡 「둥둥 낙랑둥」(1980)[2]을 통해 『삼국사기』

2 이하 작품 인용은 최인훈, 『옛날 옛적에 훠위이 훠이』(문학과지성사, 재판, 1992)에 의거함. 본문에서의 인용은 괄호 속에 쪽수를 표기함.

에 등장하는 호동왕자와 낙랑공주의 이야기를 해체하고 다시 썼다. 최인훈의 새로운 해석에 따르면, 왕자 호동은 애인의 순수한 사랑을 이용하고 배반한 사악한 인물이며, 그런 뒤에는 애인의 죽음으로 인한 죄의식에 끊임없이 시달리는 강박증 환자일 뿐이다. 그는 낙랑의 북소리를 들을 때마다 공주의 죽음을 떠올리면서 죄의식과 불안감에 시달린다. 이 글은 호동왕자의 죄의식과 불안을 중심으로 최인훈의 희곡 「둥둥 낙랑둥」을 해석하고자 한다. 이는 크게 보아 해체적 읽기의 방법에 해당한다.[3]

『삼국사기』에 제시된 낙랑공주와 호동왕자의 이야기는 결국 개인적인 차원의 사랑이나 효보다는 국가 차원의 윤리가 더 중요하다는 것을 강조한다는 점에서 전형적인 국가 중심, 남성 중심의 이데올로기를 함유하는 반면, 최인훈이 창조한 희곡 「둥둥 낙랑둥」은 이러한 전반부 이야기의 종결 지점에서부터 텍스트가 시작된다.

열린 텍스트로서의 희곡 「둥둥 낙랑둥」은 단단한 중심으로 작용하던 이성(애국심, 충성심)의 해체, 남성성의 좌절과 더불어, 여성성의 승리, 현실에 대한 꿈의 우위를 다룸으로써 새로운 국면으로 열려 있다. 최인훈은 이 작품의 공연 팸플릿에서 다음과 같이 말하고 있다.

　　낙랑공주와 왕자 호동의 이야기가 언제쯤부터 나의 관심을 끌기

3　이하의 글은 김만수, 「일란성 쌍생아의 비극: 최인훈 「둥둥 낙랑둥」의 해체론적 연구」 (『한국현대문학연구』 6집, 1999)를 발췌, 보완한 것임.

시작했는지는 정확히 알 수 없다. (……) 여기서 두 사람이 부딪힌 문제는 아마도 사람으로서 풀기가 가장 어려운 것 중의 한 가지다. 그것을 곧이곧대로 풀자면 그럴수록 더 형클어지는 그런 수렁이다. 개인이 집단에 대해 어디까지 충성해야 하며 사랑이라는 것은 어디까지 갈 수 있는가 하는 것은 영원한 인간 문제이기는 하다. 모든 영원한 문제가 그런 것처럼 보통 사람은 이런 문제를 끝까지 밀고 가지 못한다. (……) 끝까지 갈 용기가 나지 않는 것은 파멸이 보이기 때문이다. 극 속의 인물들은 이 끝을 피하지 않고 거기까지 걸어간다. 낙랑공주와 호동왕자도 그런 사람들이다. 원래 이야기에 없는 호동의 의붓어머니와 낙랑공주의 쌍둥이라는 설정은 호동과 공주가 만난 문제를 더 어려운 것으로 만들어보기 위해서 지어낸 생각이다.[4]

위의 발언 중에서 가장 주목되는 부분은 '끝까지 걸어간 사람이 부딪히는 수렁과 파멸'이다. 우리는 여기서 인간의 근원적인 '욕망'이 해결될 수 없는 '수렁'과 같은 종류의 것이며, 그것을 끝까지 몰고 가서 그 욕망의 '파멸'을 보여주는 것이 곧 환상으로서의 무대가 가진 존재 가치[5]임을 알게 된다.

이 희곡이 원전 텍스트인 『삼국사기』와 결정적으로 구분되는 지점은 왕비 캐릭터의 변화이다. 작품의 맥락을 좀더 설명하자면, 낙랑국의 왕은 고구려와의 관계를 유지하기 위해 큰딸을 고구려의 늙은 왕에게 보내 정략 결혼시킨다. 그런데 재미있는 점

4 최인훈, 「연극이라는 의식」, 『길에 관한 명상』(청하, 1989), pp. 107~108.
5 자크 데리다, 「아르토의 잔혹극과 재현의 폐쇄(잔혹)성」, 김보현 편역, 『해체』(문예출판사, 1996).

은 낙랑국의 두 딸이 일란성 쌍생아여서 큰딸과 작은딸의 외모가 똑같다는 설정이다. 낙랑국의 큰딸은 고구려의 왕비가 됨으로써 자연적으로 호동왕자의 계모가 되는 셈이지만, 호동왕자는 외모상으로 구분이 어려운, 낙랑공주(동생)와 왕비(언니) 사이에서 혼란을 느낀다.

『삼국사기』 원전에서 왕비는 호동의 계모이자 호동을 계략에 빠뜨려 죽게 만드는 인물인 반면, 「둥둥 낙랑둥」에서의 왕비는 호동의 계모인 동시에 호동의 애인이다. 계모이자 애인이라는 설정은 근친상간 모티브에 가까우며, 정신분석학적인 맥락에서 보면 아들과 엄마 사이의 원초적인 유착 관계와 사랑을 설명하는 오이디푸스 콤플렉스에 가까운 것으로 해석될 수 있다. 실제로 라신의 「페드르」, 셰익스피어의 「햄릿」이 그려낸 바 있는 아들/엄마의 오이디푸스적 관계는 이 작품에서 한층 미묘한 형태의 애정 관계를 형성해낸다.

의미의 혼란

위의 장면 분석을 통해 드러나듯, 희곡 「둥둥 낙랑둥」은 고구려의 왕비와 낙랑의 공주가 일란성 쌍생아라는 극적 상황을 설정하고 그 사이에서 고민하는 왕자의 모습을 그림으로써 의미의 혼란이 빚어내는 비극을 만들어낸다는 점이 매우 흥미롭다. 이 텍스트는 여러 겹에서 '의미의 혼란'을 다루고 있다. 극의 중심 인물인 왕자와 왕비는 정체성의 혼란을 겪으며, 이들이 추구하는 사랑과 복수의 의미도 시시각각으로 바뀐다. 또한 이들은 현실과 꿈 사이에서 혼란을 느끼기도 한다. 이를 왕자의 혼란, 왕비의 혼란, 극중극을 통한 의미의 혼란으로 나누어 살펴보기로 한다.

1. 왕자의 혼란: 공주/왕비 사이에서

왕자는 공주의 죽음과 왕비의 출현에 의해 자신의 정체성에 혼란을 느낀다. 첫번째 혼란은 자신의 비겁한 행위에 대한 부끄러움의 의식에서 비롯된다. 왕자는 자신의 승리가 공주를 희생시킨 대가로 얻은 것임을 깨닫고, 심한 부끄러움과 죄의식을 갖게 된다. 그러나 왕자는 쌍둥이 언니인 왕비의 외모에서 죽은 낙랑공주의 '흔적'을 발견한다. 왕비와 공주가 쌍둥이라는 사실을 예전부터 알고는 있었겠지만, 공주의 죽음 이후에서야 공주와 닮은꼴인 왕비를 새롭게 인식하기 시작한 것이다.

그런데 공주와 너무도 똑같은 용모를 지닌 왕비는 새로운 혼란을 야기시킨다. 비록 의붓어머니지만, 왕비는 왕자에게 '어머니-연인'으로 다가오며, 국왕인 아버지는 '아버지-연적'이 되는 것이다. 이러한 왕자의 혼란은 곧 자기 자신의 정체성에 대한 회의는 물론, 국가의 정체성에 대한 회의로까지 이어진다. 이러한 혼란은 우리가 흔히 알고 있는 오이디푸스 콤플렉스에 가까운 형태로 보인다.

이제 왕자에게 든든한 국왕과 따뜻한 왕비, 사랑스러운 애인으로 구성된 안정된 세계는 사라졌다. 왕자는 자신이 애인을 죽게 만든 장본인이며, 계모에게 사랑을 느끼는 파렴치한임을 자각하는 가운데 궁극적으로는 아버지와 국가를 배신해야 하는 운명적인 존재로 떨어질 처지에 놓인 것이다. 이제 더 이상 왕자에게 절대 권위와 중심, 근원은 사라졌고, 남은 것은 자신의 정체성에 대한 해답 없는 질문뿐이다. 그는 "누리여, 너는 왜, 밤과 낮밖에는 가지지 못했느냐?"(p. 243)라고 절규하기에 이른다. "밤과 낮밖에" 가질 수 없는 세계, 양자 외에는 선택이 불가능한 이항대립의 세계는 남녀 간의 사랑과 국가에 대한 충성심이 양립할 수 없는 세계, 왕비와 공주의 구분이 분명한 세계, 꿈과 현실이 분명하게 나누어진 세계를 의미하는 것으로, 이는 이분법적인 대립쌍으로 구성된 세계 속에서 혼란을 겪고 있는 왕자의 무의식을 잘 보여준다.

앞에서 말했듯, 이 작품은 셰익스피어의 「햄릿」, 라신의 「페드르」와 유사점을 지닌다. 왕이 된 숙부와 왕비를 증오하는 햄릿 왕자의 모습, 왕의 전처 소생인 이폴레트에게 구애하는 왕비 페드르의 모습은 「둥둥 낙랑둥」의 왕자와 왕비의 관계와 중요한 상호텍스트성의 관계에 놓인다. 특히 프로이트는 『꿈의 해석』에서 「햄릿」을 분석하는 가운데 왕비를 사이에 둔 왕과 왕자의 갈등이 오이디푸스 콤플렉스의 양상을 띠고 있다고 했는데, 이러한 오이디푸스 콤플렉스도 「둥둥 낙랑둥」에서 반복된다.[6]

---

6 물론 약간의 차이도 있다. 「햄릿」의 번민이 선왕인 유령의 등장에서 비롯된 반면, 「둥둥 낙랑둥」은 죽은 공주의 환상과 환청에서 비롯된다. 「햄릿」에 나타난 욕망의 해석은 라캉 정신분석의 요체인 '기표의 불확정성과 기의의 미끄러짐'에 바탕을 두고 있어, 이 글의 논의에도 많은 시사점을 주고 있다(자크 라캉, 『욕망, 그리고 「햄릿」에 나타난 욕망의 해석』.

어쨌든 왕자는 왕비와의 위험한 사랑의 연극놀이를 지속하기 위해 두 가지 비밀을 지켜야만 한다. 하나는 자신이 비굴하게 공주의 힘을 빌렸다는 사실을 감추는 것이며, 다른 하나는 의붓어머니에 대한 사랑 자체를 감추어야 하는 것이다. 의붓어머니와의 사랑은 초자아의 검열 대상이 되고, 자신의 비겁한 행위에 대한 은폐는 시종 그의 무의식을 사로잡는다. 그는 이러한 위태로운 상태를 계속 유지해나간다. 물론 왕자의 비굴함이라는 비밀은 왕자에 의해 철저하게 배제, 은폐된다. 왕자는 시종 '귀족적/남성 우월적' 태도를 유지한다. 따라서 그의 비장한 죽음도 결국은 '고귀한 자의 비극적 종말'이라는 고전적 구도에 가깝다.

2. 왕비의 혼란 : '약/독'으로서의 파르마콘

호동왕자는 낙랑공주와 똑같은 외모를 가진 왕비를 사랑의 대상으로 받아들임으로써 이미 죽어서 사라진 공주를 다시 얻은 듯한 희망(환각)에 빠진다. 그러나 바로 다음 장면에서 호동은 왕비가 결코 공주가 아니라는 사실을 깨닫는다. 물론 호동은 이미 왕비와 사랑을 맺은 직후이므로, 그의 희망(환각)은 곧 근친상간이라는 '공포'로 대체된다.

이러한 희망(환각)과 공포의 극적 진행은 호동왕자의 내면에서만 일어나는 게 아니고, 왕비의 내면에서도 진행된다. 왕비는 호동에게 격렬한 사랑의 감정을 가지기도 하지만, 때로는 질투심과

권택영 편, 『자크 라캉, 욕망 이론』, 문예출판사, 1995).

복수심에 불타기도 한다. 왕비는 초자아와 자아, 이드 사이를 오간다. 왕비는 왕비이자 국가의 무당으로서의 초자아를 지닌 반면, 호동과의 사랑이라는 이드를 감추고 있다. 그녀는 혼란에 빠져 "아, 내가 누군가. 내가 누군가?"(p. 237)라고 절규한다.

왕비는 두 가지 감정 사이에서 혼란을 겪는다. 젊은 연인으로서 왕자와의 사랑이 환상 속에서 그녀를 사로잡고 있다면, 낙랑공주의 언니로서 그녀는 왕자에게 복수를 해야 하는 의무감에 빠지기도 한다. 왕비는 왕자를 '고구려의 독'이라고 간주하기도 하고, 때로는 늙은 왕을 대체할 수 있는 고구려의 희망이라고 생각하기도 한다. 예컨대 다음의 (A)에서 왕자는 '독사뱀'으로 규정되지만, (B)에서는 다시 '사랑하는 님'으로 규정된다.

(A) **왕비** (생각에 잠겨—사이) 그래? (걸어 다니면서) 오 낙랑의 북이 그래서 울지 않았구나, 고구려는 이리처럼 몰래 낙랑을 덮쳤구나. 미리 독사뱀을 보내 낙랑의 마음에다 눈멀고 귀먹는 약을 쏟아부어넣구 (……) (p. 208)

(B) **왕비** (……) 독사뱀과 더불어

낙랑공주를 살아주자

왜 그에게서 도망치려는가

아니다

그에게로 가자

호동에게로

내 사랑하는 님에게로 (p. 224)

이 극에서 왕비의 사랑은 왕자의 고민을 덜어주는 '치료약'으로 기능하지만, 결국에는 왕자와 자신의 죽음을 가져오는 '독약'으로 귀결된다. 이처럼 두 가지 기능을 가지고 있는 왕비의 사랑은 분할된 자아의 '파르마콘(pharmakon)'이 된다. '약/독'으로서의 파르마콘이야말로 이분법적인 논리가 적용될 수 없는 세계, 즉 의미의 불확정성을 보여준다.

3. 극중극을 통한 의미의 혼란: 현실 원칙과 쾌락 원칙

이미 죽은 공주는 마치 「햄릿」에서의 유령과 같이 실체를 알수 없다. 그녀의 존재는 소리를 통해서만 현존한다. 즉, 공주의 유령은 절대적인 현존으로 고착된 게 아니라, 흔적으로 존재하게 된다. 공주의 모습과 행동은 전적으로 왕비에 의해 재현되는데, 이 장면은 극중극(play within play)의 형태로 진행된다. 즉, 왕비는 스스로 공주의 대체물이 된다.

왕비 동생아 너하고 지낸 세월을 다시 살아보는 일이 그렇게 즐겁다면 내가 너처럼 살아주마. 이상한 의붓어미의 사랑이여, 그러나 이것이 내 길이라면 네 아닌 너를 살아주마, (……) 너와 내가 다니던 길, 앉은 자리, 웃던 연못, 놀라던 골짜기, 모두 걸어주마, 앉아주마, 그대로 웃어주마, 그렇게 놀라주마, (……) 나도 오랜만에 낙랑에 다녀오니 한결 마음이 가볍다. 동생아 네가 왕자와 더불어 지낸 일을 다 가르쳐다오, 내가 너를 살게, 그래서 네가 나를 살게, 그래서 너와 왕자가 너희들의 꿈같던 세월을 아무렴 몇 번이라도 고쳐 살게, 동생아

네가 왕자와 지낸 일을 낱낱이 말해다오

　낙랑공주의 죽음으로 인해 호동왕자와 왕비는 극심한 상실감에 휩싸인다. 이때 호동왕자는 왕비의 모습이 낙랑공주의 모습과 너무도 닮았다는 사실에 충격을 받고는, 결국에는 자신의 의붓어머니인 왕비를 자신의 연인으로 착각하게 된다. 왕자는 왕비와의 만남을 계기로 이러한 고뇌에서 벗어나 다시 즐거움의 세계로 들어가는 것이다.

　왕자와 왕비 사이에 사랑의 놀이는 이른바 '포르트-다(fort-da) 게임'[7]과 유사하다. 프로이트가 밝힌 그 실례는 어린 아기가 실패에 실을 매달아서 노는 놀이이다. 실패를 침대 가장자리에 던지면서, 아이는 "오오"라고 말한다. 그 발음은 독일어의 fort라는 것으로 쉽게 해석되는데, fort는 '멀리' 혹은 '떠난'의 뜻이 담겨 있다. 그러다가 다시 실패를 자기 가까이 잡아당기면서 기쁨에 찬 모습으로 인사하듯 "아"라고 말한다. 이 '아'는 독일어의 da(여기! 자!)이다. 아기의 어머니는 바깥에서 일을 해야 하기 때문에 하루에 몇 시간씩 아이를 혼자 남겨둘 수밖에 없었다. 18개월 된 아기가 이런 놀이를 반복하는 것은 어머니가 사라졌다 다시 나타나는 고통스런 체험을 참는 과정에서, 포기의 대가에 해당한다. 드와렌스는 이 '포르트-다' 놀이가 현실에서 분리되어 독자적인 기능을 행사하는 언어활동의 탄생을 뜻한다고 본다. 즉, 앞의 실례는 아이로 하여금 점차 체험적 진실로부터 거

7　김형효, 『구조주의의 사유 체계와 사상』(인간사랑, 1989), p. 234.

리를 취하게 하는 것이 언어활동임을 보여준다. 아기는 어머니의 부재와 현존을 실패의 멀리 던짐과 잡아당김, 그러면서 말하는 'fort'와 'da'로 대체시키고 있다.

이런 언어의 대체는 무의식에서 일어나는 치환과 압축을 미리 대변해주고 있다. 왕자는 마치 '포르트-다' 게임을 하는 어린아이처럼 왕비에게서 멀어지기도 하고 가까워지기도 한다. 이들의 관계는 연인이 되었을 때 가까워지고, 모자(母子) 관계가 될 때 다시 멀어진다. 그러나 어머니/연인으로서의 왕비는 결코 공주가 될 수 없다. 왕자와 왕비가 연인이 될 수 있는 '쾌락 원칙'은 시간적으로는 밤에만, 공간적으로는 왕자의 밀실에서만 유지될 수 있다. 왕비는 국가의 무당이자 왕비라는 사회적 신분이 있으며, 왕자 또한 자신의 위치로 돌아가야 하는 엄연한 '현실 원칙'이 있기 때문이다.

그러므로 이러한 쾌락 원칙과 현실 원칙의 교차는 왕자/왕비 사이에서 '포르트-다' 게임의 지속적인 반복 형태로 진행된다. 극의 상당 부분을 차지하는 왕자와 왕비의 사랑놀이는 이러한 갈등을 제시한다. 왕자는 왕비와 함께 정원을 구경하고, 뱃놀이, 사냥놀이를 떠난다. 이들 사건은 극중극으로 진행된다. 장면 12)와 장면 25)가 그것이다. 이때 왕비는 연출자/배우가 되고, 왕자는 배우가 된다.

왕비 자 뜰로 나왔습니다. 저기 아버님이 손을 흔들고 계시는군요. 손을 흔드세요

호동 (손을 흔든다) (p. 227)

왕비 우리는 쉬고 있는 겁니다

호동 네 우리는 쉬고 있습니다 (p. 228)

이들의 극중극은 공주와 왕자의 사랑을 반복하기 위한 놀이다. 그러나 그 놀이는 곧 현실로 바뀐다. 놀이로서의 사냥이 호랑이가 공주를 덮치는 절체절명의 위기 상황으로 진전되며, 이 사건은 왕자와 공주, 왕자와 왕비 사이의 현실적인 벽을 뛰어넘는 사건으로 급변한다. 즉, 둘 사이에 진행되던 대체로서의 놀이(극중극)가 급기야 엄격한 현실 원칙의 금기인 근친상간으로 급진전된 것이다.

텍스트에서 이러한 꿈과 현실의 대비는 예전의 호동과 낙랑공주가 사냥길에서 호수 속의 물그림자를 물끄러미 바라보는 장면과 중첩되어 표현된다. 사냥에 나선 왕자와 공주, 이들을 반영하는 물그림자 속의 왕자와 공주, 이들을 흉내 내는 왕자와 왕비의 모습은 무대와 격리된 휘장 뒤의 사랑 행위로 표현된다. 우리는 이 텍스트에서 세 겹의 사건을 접하게 되는 셈이다. 즉, 예전의 호동과 낙랑공주가 나누던 사랑, 물그림자 속의 두 연인에 대한 호동과 낙랑공주의 대화, 그리고 '지금-여기'에서 벌어지는 왕자와 왕비의 사랑이 그것이다.

왕비 (……) 무엇인가 우리는 다른 길로 들어섰습니다. 꿈보다 더 꿈같은 길입니다. (……) 우리는 손을 잡고 있습니다. (왕자의 손을 잡는다.) 물속 남자와 물속의 여자가 물러나면서 쓰러집니다.

왕비, 호동을 이끌어 무대 한가운데 비치는 휘장 뒤로 간다. 휘장 뒤의 그림자 끌어 안는다.

사이

침대 위에 쓰러진다. (p. 234)

그러나 이들에게 사랑의 유희 공간은 단순한 환상의 세계가
아니다. 오히려 이들이 벌이는 극중극은 현실의 삶에 영향을 주
며 삶을 재구성하는 실제적인 힘을 가지고 있다. 왕자와 왕비가
벌이는 극중극은 부재하는 인물에 대한 현존의 보충이자, 대체
작용이기도 하다. 왕자는 국왕의 대체이며, 왕비는 공주의 대체
물이다. 이로 인해 의붓어머니/아들이라는 이분법적 논리는 해
체된다.

왕비 호동님, 오늘은 사냥 가는 날입니다.

호동 네 어머님.

왕비 호동님. (교태를 부리며)

호동 네 공주.

왕비 호동님은 저보다 의붓어머니가 더 좋으십니까?

호동 무슨 말씀을. 그분은 제 어머니시라 자식 된 마음으로.

왕비 그러니, 저한테는 언니 얘기를 그만하세요. (p. 226)

이들의 연극놀이는 곧 기호놀이이며, 이 연극의 가장 현란하
고 극적인 장면들을 보여준다. 이들의 관계에서 어머니/자식, 언
니/동생, 과거/현재의 의미는 새롭게 바뀐다. 이러한 극중극은
결국 이 작품에 대해 메타 연극으로 기능하며, 극의 중심을 공백

상태로 이끌어간다.

일란성 쌍생아 : 하나의 기표에 내재한 두 개의 기의

공주와 왕비는 '일란성 쌍생아'다. 이들은 겉으로 표출된 모습 (기표)은 일치하지만, 그들의 실체(기의)는 각각 개별적으로 존재한다. 기표와 기의의 관계가 자의적이라는 언어학적 발견은 최인훈의 이 텍스트에서 예리한 틈새를 만들어낸다. 공주와 왕비 사이에서 왕자가 겪는 심리적 불안은 기표와 기의 사이의 균열과 미끄러짐 사이에서 벌어지는 불안이다. 최인훈은 공주와 왕비의 '같음과 다름' 사이에서 중요한 언어학적 발견에 이른다.

라캉과 데리다가 소개되기도 전에, 최인훈이 추구했던 이러한 '언어의 불확정성'에 대한 탐구는 이 작품의 문제의식이 현대극의 가장 핵심적인 주제에 걸쳐 있음을 시사한다. 작가는 이러한 의미의 불안을 점차 확대시켜가면서, 작품의 주제를 '중심의 부재' 쪽으로 끌고 나간다. 현대문학의 주된 경향인 '중심의 부재 (off-center)'에 대해 린다 허치언은 이렇게 정리하고 있다.

포스트모더니스트 소설가들은 우리가 흔히 자유주의적 휴머니즘이라고 명명한 것과 결합되어 있는 일련의 개념들, 즉 자율성, 초월성, 확실성, 권위, 조화, 총체성, 체계, 보편화, 중심, 연속성, 목적론, 종결, 위계 질서, 단일성, 개성, 원본성 등에 대해 의문을 제기한다. (⋯⋯) 이제 중심이 주변에 자리를 양보하기 시작하고, 총체적 보편성이 스스로 해체되기 시작하면, 예컨대 장르와 같은 문학적 관습 내에서의 충동의 복합성이 점차 두드러지게 된다(데리다와 이합 핫산의 논의). 문화적 호모성(homogeneity) 또한 그 갈라진 틈을 노출하며, 총체화된(아직은 복수지만) 문화에 대립되는 의미에서의 헤테로성(heterogeneity)은 이러한 개인적 주체에 기반한 고정된 형태를 띠지 않게 되고, 그 대신에 성(性), 종족, 민족, 성차별, 교육, 사회적 역할 등에 의해 새롭게 컨텍스트화된 아이덴티티의 흐름 속에 놓인다. (……) 포스트모더니즘 이론에 있어 이러한 모순은 전형적이다. 우리의 사고 범주에서 탈중심화(ex-centric)는 항상 개념 정의를 위해 대결해야 하는 중심에 대립된다. 잡종적인, 헤테로적인, 불연속적인, 반총체적인, 불확실한 어떤 것 등으로 형용사는 바뀔 수 있다. 또한 은유도 바뀔 수 있다. 말하자면 중심이 없는 미로의 이미지, 혹은 예언이 우리가 도서관에 대해 품고 있는 전통적으로 매우 정연한 개념을 대치하는 것이다. (……) 우리는 이러한 변화의 근원을 발견하기 위해 다시 1960년대로 돌아가야 한다. 왜냐하면 1960년대는 종족, 성, 성차별, 민족, 출신 성분, 계급 등의 차이에 의해 규정되는 "안정된" 집단들이 역사에서 점차 벗어나며 획을 그은 시기이기 때문이다. 그리고 1970년대와 1980년대에는 남성적인 것, 헤테로적인 것, 유럽적인 것, 종족적인 자기중심주의로서의 논리적 담론과 예술적 실천에서 급속하게 탈중심화(off-center)가 진전된 시기였다.[8]

---

8 Linda Hutcheon, *A Poetics of Postmodernism: History, Theory, Fiction*(Routledge, 1988), pp. 57~74.

이와 같은 포스트모더니즘의 경향은 해체 이론과 함께 진행된다. 이 글에서는 데리다의 해체 이론, 라캉의 정신분석학, 기타 포스트모더니즘에서 논의되는 '탈중심화'의 기초 개념을 토대로 삼아, 최인훈의 작품을 분석해보았다.

호동왕자가 자신의 애인을 정략적으로 이용하여 승리를 얻는 순간, 인간으로서는 끝장이 났다고 볼 수 있다. 호동왕자의 행위로 인해 고구려는 낙랑을 얻었고, 고구려의 왕자는 왕위 계승의 단계에 더 근접할 수도 있었겠지만, 왕자 자신의 인격은 파탄 났고, 그에게 남은 것은 죄의식과 불안감뿐이었을지 모른다. 예민한 작가 최인훈은 희곡 「둥둥 낙랑둥」을 통해 절대 지워질 수 없는 흔적으로서의 '낙랑의 북소리', 거기에 부수되어 연이어지는 공주의 목소리와 그 현존, 그리고 이러한 죄의식에서 결코 벗어날 수 없는 왕자 호동의 모습을 담아낸 것이다.

세조와 단종: 상처와 해방의 서사

세조와 단종

　조선의 6대 임금 단종과 7대 임금 세조 사이에는 엄청난 비극이 가로놓여 있다. 사람들은 어린 나이에 임금 자리에 오른 단종을 허약하고 불쌍한 존재로 여기는 반면, 그의 숙부였던 세조는 좀더 강력한 정치적 리더십을 가지고자 했던 야망가로 기억한다. 한국 근대문학의 맞수였던 춘원 이광수와 금동 김동인이 단종과 세조를 주인공으로 각각 소설을 쓴 바 있는데, 두 임금을 바라보는 작가의 태도가 아주 극단적으로 대립되어서 흥미롭다. 이광수는 소설 『단종애사』를 통해 단종의 슬픔을 그려냈지만, 김동인은 소설 『대수양』을 통해 강력한 정치적 지도자가 되고자 했던 세조의 야망을 그려냈다. 이광수가 다소 애상적인 '감정의 문학' 편에 선 반면, 김동인은 예술적 천재의 강력한 '광기'를 자주 다루었다는 점을 상기해보면, 『단종애사』와 『대수양』의 질적인 차이는 참으로 재미있는 대조를 이룬다고 볼 수 있다.

　공교롭게도 필자 또한 두 차례에 걸쳐 단종을 다룬 희곡 「영월행 일기」(1995)와 세조를 다룬 희곡 「태」(1973)를 집중 분석한 바 있다.[1] 결론부터 서둘러 말하자면, 이강백의 희곡 「영월행 일기」에서 단종은 현실 정치세계의 패배자이지만 역설적으로는 권력의 포기를 통해 자유와 해방을 얻어낸 존재로 그려지며, 오태석의 희곡 「태」에서 세조는 현실 정치세계의 승리자였지만 불안과 죄책감에 시달리는 신경증 환자, 혹은 '상처 입은 화자'의 전형으로 그려진다.

이 글은 필자의 두 논문에서 단종과 세조의 이항대립적인 부분만 발췌하여, 그 대립의 의미를 적극 규명하는 것에 목적을 둔다.

세조의 심리적 상처: 오태석의 「태」

오태석의 「태」는 안민수 연출로 1973년 9월 드라마센터 극단에 의해 초연된 작품이다. 이 작품은 단종의 폐위와 세조의 즉위, 단종과 사육신의 죽음 등 역사적 사실이 극의 줄거리를 이룬다. 하지만 초점은 삼족을 멸하는 끔찍한 살육의 한복판에서 세조의 용서에 의해 사육신인 박팽년 집안의 한 아이가 살아남는 이야기에 맞춰져 있다.

단종을 폐위하고 왕위에 오른 세조는 결국 사육신을 멸족할

---

1 이 글은 아래 두 편의 논문에서 필요한 부분을 별도의 인용 없이 발췌, 인용했다. (1) 김만수, 『이강백의 희곡 「영월행 일기」의 정신분석적 읽기』, 『한국 현대문학의 분석적 읽기』, 월인, 2004. (2) 김만수, 「오태석 연극에서 '상처 입은 화자'의 의미와 기능」, 『문학치료연구』, 2015. 7.

수밖에 없는 처지에 놓인다. 사육신의 한 사람인 박팽년 집안도 멸족의 위기를 맞는데, 사정을 알게 된 이 집의 종은 갓 태어난 자신의 아이를 대신 죽게 만들고 주인의 아이를 살려냄으로써 가문을 잇게 하자고 간청한다. 이 과정에서 갓난아이의 어머니인 여종의 마음은 묵살된다. 결국 손부(박팽년의 며느리)는 아들을 낳은 다음 종의 자식과 바꿔치기하여 아들을 살려낸다.

그러나 사건이 여기에서 끝난 것은 아니다. 졸지에 자식을 잃은 여종은 실성하여 아이를 부르면서 떠돌아다닌다. 급기야는 종이 어린아이를 안고 세조 앞에 와서 이 아이가 박팽년의 손자임을 고백한다. 그러나 세조는 하늘의 뜻이 사람의 의지와 다름을 깨닫고 결국 그 아이를 살려준다. 엄청난 살육 속에서 박팽년의 자식 하나가 살아남은 것이다.

세조는 사육신과 그들 가족 전체를 몰살시키는 과정에서 갓 낳은 아이마저 용서하지 않는 잔인함을 보이다가, 결국에는 박팽년의 손자 하나를 살려준 셈이다. 세조는 단종을 폐위하고 왕위를 차지하는 과정에서 숱한 살육을 저지른 바 있는데, 그 결과 사육신 등의 "허공에 뜬 헛것들"에게 끊임없이 시달림을 당한다. 작품 곳곳에서 세조는 헛것들에 시달리는 모습을 보인다.

벌판 저쪽에서 패싸움이라도 하는 듯한 설레임 소리. 세조는 마치 허공에 뜬 헛것들하고 대치하는 듯도 하다.[2]

---

2 오태석, 「태」, 『백마강 달밤에』(평민사, 1994). p. 59. 이하 작품 쪽수만 표기.

세조의 이러한 심리적 상처는 치유가 거의 불가능한 것으로 보인다. 신숙주는 단종이 아직 살아 있기 때문에 세조가 시달린다고 판단하여 왕방연을 앞세워 단종을 죽게 하지만, 단종의 제거만으로 세조의 악몽이 치유될 수는 없다. 세조의 악몽은 자신이 저지른 숱한 살육에 대한 죄의식에서 비롯되었기 때문이다. 결말 부분에 이르러, 세조는 박팽년의 자손이 살아남게 된 비밀을 알게 되지만, 이를 용서하고 아기를 살려둠으로써 조금이나마 마음의 위안을 얻는다. 그제야 비로소 살육과 그로 인한 죄의식이 다소 정화되는 것이다. 죽음의 비극을 넘어 '태'의 의미를 발견하는 장면을 인용해볼 필요가 있다.

세조 어명을 어기어 이것이 태어났네. 과인의 손이 미치지 못하니 어쩌겠나. (안고서) 이것의 손이 산호가지 같으니 일산(壹珊)이라 부르도록 하고 취금헌 박팽년의 후손으로 대를 잇도록 하여라. 어명이다. (p.74)

위의 대사에서 알 수 있듯, 세조는 박팽년 손자의 조그맣고 하얀 손이 산호가지 같다며 '일산'이라는 이름을 지어주고 그 아이의 삶을 축복해준다. 여기서 우리가 주목할 것은 박팽년의 자식 하나를 살려줌으로써 세조 또한 치유의 가능성을 얻게 된다는 점이다.

이 작품에서 세조의 잔혹한 살해는 어쩔 수 없는 정치적 선택으로 그려진다. 퇴위했으나 아직 단종이 살아 있는 한 세조의 위치는 늘 불안하며, 이를 잘 알고 있는 신숙주는 세조에게 단호한 살육만이 이러한 정치적 불안을 끝장낼 수 있다고 지속적으로 간언하기도 하고, 때로는 세조를 다그치기도 한다. 신숙주는 왕방연을 시켜 금성대군에게 사약을 내려 화근을 없애려 하며, 왕방연은 고심 끝에 어명을 사칭하여 단종에게 사약을 마시게 한다. 이 작품에서 신숙주는 단종 살해를 주도하는 등 단호하고 적극적인 행동형의 인물로 그려지는 반면, 조카를 죽이지 못하고 망설이는 세조는 오히려 나약한 군주처럼 그려진다. 이처럼 나약한 세조가 심리적인 상처로 고통받는 것은 당연한 귀결로 보인다.

조카를 죽이고 왕위에 오른 세조에게 심리적 상처가 없을 리 없다. 셰익스피어의 『맥베스』에서 왕을 죽이고 왕위에 오른 맥베스와 그의 부인이 악몽에 시달리듯, 세조는 끔찍한 악몽에 시달린다. 조카인 단종을 몰아내고 임금 자리에 오른 세조는 얼마 못 가서 몹쓸 괴질에 걸린다. 일설에 의하면, 단종의 어머니 현덕왕후가 세조의 꿈에 나타나 침을 뱉었는데, 이후 세조는 몸에 종기가 나는 피부병에 걸려 고생했다고 한다(피부병에 대한 설화는 세조의 심리적 상처의 근원을 잘 보여준다).

강원도 오대산 상원사에 오르는 길목에는 피부병에 걸린 세조가 목욕하기 위해 벗은 옷을 걸어두었다는 '관대걸이'가 남아 있는데, 상원사에는 이와 관련된 두 개의 일화가 전해진다.

'세조, 문수보살을 친견하다.'

세조는 영험하기로 이름난 상원사에 기도를 드리고자 오대산을 찾아와 먼저 월정사를 참배하고 상원사로 향했다. 도중에 더위를 식히고자 신하들을 물리치고 청량한 계곡물에 몸을 담갔다. 그때 마침 동자승이 지나가기에 등을 씻어달라는 부탁을 했다. 시원스레 등을 씻어주는 동자승에게 세조는 "임금의 옥체를 씻었다고 말하지 말라" 했다. 그러자 동자는 한술 더 떠서 "대왕도 문수보살을 보았다고 말하지 말라" 하고서는 홀연히 사라졌다. 혼미해진 정신을 가다듬은 세조가 몸을 살피자 종기가 씻은 듯 나았다.

'세조의 목숨을 구한 고양이'
상원사에서 병을 고친 세조는 이듬해 다시 상원사를 참배했다. 예배를 하러 법당에 들어가는데, 별안간 고양이 한 마리가 튀어나와 세조의 옷을 잡아당기면서 못 들어가게 막았다. 퍼뜩 이상한 예감이 든 세조는 법당 안을 샅샅이 뒤지게 했다. 과연 불상을 모신 탁자 밑에 칼을 품은 자객이 숨어 있었다. 자객을 끌어내 참수한 세조는 자신의 목숨을 건진 고양이에게 전답을 하사했다. 상원사 뜰에 있는 고양이 석상은 이와 같은 고사와 관련된 것이다.[3]

이러한 일화들은 세조가 조카와 많은 신하들을 죽였다는 죄책감으로 인해 피부병은 물론 많은 심리적 질환을 앓고 있었으며, 자객을 걱정해야 할 만큼 지독한 원한 관계에서 헤어나지 못하고 있었음을 보여준다. 그러나 세조는 상원사에 시주하고 많은 공덕을 베풂으로써 이러한 심리적 상처에서 벗어나려 했던 것으로 보인다. 위의 '세조, 문수보살을 친견하다'를 보면, 세조는 동

---

3 한국문화유산답사회, 『답사여행의 길잡이 3—동해 · 설악』(돌베개, 1994).

자승으로 변한 문수보살로부터 용서를 받은 것으로 보인다. 문수보살이 세조의 상처를 어루만져주었고, 이로 인해 피부병이 나았다는 것은 이제 심리적 상처에서 벗어날 수 있게 되었음을 의미하는 것이기 때문이다.

한편 주인집의 아이를 살려내기 위해 자신의 아이를 죽게 만드는 종의 심리적 고통은 그들을 실성의 단계로 몰고 간다. 세조에게 간청하기 위해 시할아버지를 죽여야 하는 손부 또한 잔혹한 운명의 희생물이며, 선왕과의 약속을 지키기 위해 목숨을 초개와 같이 버려야 하는 사육신 또한 잔혹한 운명의 희생자들이다. 오태석은 이러한 피의 살육을 끊임없이 보여주면서, '상처 입은 자'들의 여러 모습을 보여준다. 자신의 아들을 살려내기 위해 남의 아이를 죽이고 시할아버지까지 죽여야 했던 여자의 사연, 주인을 위해 자기 아들의 목숨을 바치기로 결심했지만 그 참혹한 죽음 뒤에 찾아오는 죄의식과 자책감으로 허덕이는 종과 여종의 사연 또한 '상처 입은 화자'로서의 진면목을 보여주기에 부족함이 없다. 오태석은 이들 인물들의 처참한 상처를 통해 권력욕, 혹은 욕망의 집착이 얼마나 무서운 것인가를 보여준다. 그들은 사연이야 모두 다르지만, 자신의 이념에 대한 집착 혹은 모종의 운명에 의해 죽음으로 삶을 마감한다. 「태」가 지독한 비극의 전형임은 이들 인물들의 몰락을 통해 잘 드러난다. 그러나 「태」는 모든 인물들의 죽음으로 끝나는 전형적인 비극은 아니다. 제목이 단적으로 드러내듯, 이러한 살육과 증오의 현장에서도 삶의 원천으로서의 태(胎)는 죽지 않고 이어진다. 우리는 태를 잇도록 어명을 내리는 세조의 심리적 변화 속에서 이 작품을 새롭게 읽어내야 하는 것이다.

우리는 작품 분석의 마지막 단계에서 과연 「태」의 주인공인 세조의 상처는 치유되었는가, 혹은 치유의 계기를 마련하였는가에 대해 질문해야 한다. 「태」에서 작가는 세조의 심리적 상처가 헛것을 불러올 정도로 극심했다는 것을 보여주었다. 그리고 이러한 세조의 상처는 그를 둘러싼 조신들의 권력욕에 의해 더욱 커졌으며, 이런 의미에서 볼 때 세조를 둘러싼 조신들은 모두 악인에 해당하는 인물들로 분류될 수 있다. 그러나 관점을 바꾸어 놓고 보면, 이러한 조신들이야말로 세조의 감춰진 상처를 밖으로 드러나게 하는, 다시 말해 세조가 스스로의 상처에 대해 성찰할 수 있도록 돕는, 일종의 보조자로서의 기능을 담당하고 있음을 알게 된다. 세조는 조신들과의 대화를 통해 자신이 추구했던 권력욕이 얼마나 허망하며 고통스러운 것인가를 알게 되며, 자신의 심리적 상처의 근원과 마주하게 된다. 세조는 조신들의 비인간적이고 집요한 권력욕을 보면서 이러한 집착이 병의 근원임을 깨닫는데, 마침내는 극적으로 살아남은 한 아이를 살려주는 심경의 변화를 통해 자신의 고통을 해소할 수 있는 계기를 찾게 되는 것이다. 한 아이를 부둥켜안고 파안대소하는 세조의 모습은 고통의 완전한 치유는 아니되, 고통의 치유를 위한 과정에 그가 놓여 있음을 보여준다.

세조가 그 갓난아기를 품에 안고 연극을 통틀어 처음으로 환하게 웃으면서 끝이 난다. 이 미소는 박팽년의 가문이 대표하는 사육신의 핏줄 잇기가 이루어짐으로써 세조는 사육신에 대한 죄의식에서 어느 정도 벗어날 수 있고, 새로운 왕의 탄생이 오직 파괴 행위만은 아니었음을 확인하게 된 환희의 표현이라 할 수 있다. 이제 세조는(그리고 관객도) 어둡고 무거웠던 죽음의 드라마에 숨겨져 있던 한 줄기 빛—어린 생명에 의해서 생과 화해할 수 있게 된 것이다.[4]

어쨌든 세조가 살육의 심리적 고통에서 벗어나 점차 정상적인 상태로 복귀하기를 바라는 작가의 이러한 마음은 위에서 인용한 상원사에서의 두 설화와도 상통하는 것으로 보인다.

단종의 죽음과 해방의 서사: 이강백의 「영월행 일기」

이강백의 「영월행 일기」[5]는 제19회 서울연극제에서 초연되었다. 이 연극은 세조와 단종, 신숙주와 한명회의 과거 이야기가 드라마의 출발점이 되지만, 정작 작품의 주제는 복종하는 노예의 삶과 이에 저항하는 자유인의 해방의 삶 사이의 대비에 맞추어져 있다. 「영월행 일기」를 관류하는 몇 겹의 이야기는 다음과 같다.

---

4 신현숙, 앞의 글, 한국극예술학회 편, 『오태석』, 연극과인간, 2010, p. 58.
5 작품 인용은 이강백, 『이강백 희곡전집 6』(평민사, 1999)에 의거하며(이하 『전집 6』으로 표기), 인용 쪽수만 밝힘.

인물의 대립	갈등
단종 : 세조	세조는 단종을 살려둘 것인가
신숙주 : 한명회	군주인 세조의 뜻을 어떻게 받아들일 것인가
(신숙주의) 하인 : (한명회의) 하녀	복종과 자유 중 어느 길을 선택할 것인가
조당전 : 김시향	복종과 자유 중 어느 길을 선택할 것인가

　단종과 세조 사이에는 정치적 긴장이 존재한다. 세조는 여러 가지 이유로 단종을 살려둘 것인가, 죽일 것인가의 기로에서 갈등을 겪고 있다. 신숙주는 단종을 살려두어야 한다는 쪽이고, 한명회는 단종을 빨리 제거하여 안정을 꾀해야 한다는 견해를 내세우며 서로 대립하고 있다. 세조는 신숙주의 하인과 한명회의 하녀를 단종이 유배 중인 영월로 보내 단종의 심리 상태를 염탐하게 한다. 이 영월행 여행길에서 하인은 자유의 소중함을 깨닫고 고난의 길이 될 수도 있는 자유의 길을 선택한다.

　극작가 이강백은 세조/단종, 한명회/신숙주, 하인/하녀의 대립쌍을 현재적 사건으로 끌어들인다. 현재적 사건에서 남자 주인공 조당전은 고서적 수집과 판매를 하는 40대 남자이며, 여자 주인공 김시향은 시댁의 재산인 고서 『영월행 일기』를 조당전에게 팔아 돈을 마련하기로 결심했다가 남편이 두려워 이를 취소하려 하는 30대의 순종적인 여성으로 설정된다. 한편 아내 김시향이 책을 팔고 다시 찾으려고 노력하는 이유는 남편 때문이다. 남편은 강력한 힘을 가진 인물이며, 늘 아내에게 위협적인 존재로 비친다.

이 작품의 제목이면서 극중에 등장하는 고서의 이름이기도 한 '영월행 일기'는 신숙주의 하인이 500년 전에 썼다는 일기의 제목이다. 물론 작품 속 신숙주의 하인은 허구의 인물이며 '영월행 일기'라는 글 역시 작가가 만들어낸 허구이다. 이강백은 단종, 세조, 한명회 등과 같은 역사적 실존 인물과 작가가 창조해낸 허구의 인물을 활용하여 현재와 전생을 오가는 작품을 구성해냈다. 연극「영월행 일기」는 현재의 시점에서 고서『영월행 일기』의 진품 검증을 위해 모인 '고서적연구회' 회원들을 중심으로 현재와 과거를 넘나들며 진행된다.「영월행 일기」는 일기를 쓴 500년 전 신숙주의 하인과 영월에 유배 갔던 단종의 표정을 통해 인간이 가진 자유에 대한 갈망을 주제화했다.

1. 세조와 단종: 주인과 노예의 변증법

이 작품은 숙부인 수양대군과 한명회, 신숙주 등에 의해 폐위되어 영월로 유배되었다가 마침내는 죽임을 당한 단종의 이야기를 담고 있다. 그러나 이 작품은 단종을 폐위당한 불행한 패배자로 그리기보다는 온갖 현세적 욕망에서 벗어나 정신적 자유를 얻는 해탈한 자의 모습으로 재현하고 있다.

세조와 단종 사이의 정치적 갈등은 신숙주의 하인과 한명회의 여종이 세 차례나 영월로 가는 동기가 된다. 세조는 왕위를 찬탈하고 단종을 노산군으로 강등하여 영월의 청령포에 유폐시켰지만 안심하지 못한다. 주인이 주체성을 상실하고 오히려 노예가 의식을 회복한다는 역설은 헤겔의 『정신현상학』에 나오는 유명한 주장이다.[6] 노예는 주인을 타자화함으로써 자기의식을 확보하게 된다. 이러한 역설은 세조와 단종의 역전으로 표출된다. 왕인 세조는 불안에 떨고 있으며, 단종은 몇 차례의 전이 과정을 통해 자아를 회복해나간다.

숙부로부터 배반당하고 왕위를 빼앗긴 단종이 가질 수 있는 최초의 감정은 '두려움'이다. 영월에 유폐된 이후 단종은 '무표정의 얼굴'이 되는데, 그것은 두려움의 지표(index)다. 그러나 단종은 점차 충격에 대응하면서 '슬픈 표정'을 띠게 된다. 슬픈 표정은 분노, 절망 등의 지표가 될 수 있다. 신숙주의 하인과 한명회의 여종은 세조에게, 단종이 처음에는 '무표정'을, 다음번에는 '슬픔'의 표정을 띠고 있었다고 보고한다. 한명회는 이러한 표정들이 왕을 향한 분노와 반항에 바탕을 두고 있다고 보고 노사군으로 강등된 단종의 처형을 주장한다. 그러나 세조는 단종이 보인 무표정과 슬픔의 태도를 군왕다운 너그러움으로 받아들일 것을 권하는 신숙주의 주장에 동조하여 단종을 살려둔다. 단종은 살아 있지만, 아직 노예에 불과한 셈이다.

그러나 세번째로 하인들이 단종을 찾아갔을 때, 단종은 웃고 있었다. 인형으로 신하를 만들고 자기만의 허구적인 인형 왕국을 건설한 단종은 세속의 충격과 슬픔을 잊고 자기가 창조한 세계에 몰두하며 만족하고 있었던 것이다. 단종은 슬픔과 분노의 감정을 승화하여 자기만의 연극 놀이에 몰두하고 있었던 셈이

---

6 헤겔, 임석진 역, 『정신현상학 1』(지식산업사, 1988), pp. 243~308.

다. 이제 더 이상 단종은 세조의 현실적인 적수가 될 수 없다. 주인과 노예의 질서가 정립되었다고 보아도 된다. 그러나 세조는 군왕의 위엄을 잊고 단종을 처형하라고 명령한다.

> **염문지** (『해안지록』을 자신의 앞으로 당겨놓고 세조의 발언 대목을 찾아 읽는다.) "경들은 들으라! 노산군의 무표정을 견뎠던 내가, 슬픈 표정도 견뎌냈던 내가, 기쁜 표정만은 도저히 견딜 수가 없도다! 만약 노산군의 기쁜 표정을 그대로 두면 온갖 시정잡배마저 제왕과 다름없다고 뽐낼 터인즉, 대체 짐이 무엇으로 그들을 다스릴 수 있겠느냐?"

> **염문지** "당장 영월로 사약을 보내라. 하늘에는 오직 한 태양만이 빛을 내고, 땅에는 오직 짐만이 웃는 얼굴임을 보여줘라!" (p.73)

세조는 제왕인 자신만이 웃을 수 있으며, 다른 사람은 어느 누구도 웃어서는 안 된다고 말한다. 이처럼 '주인과 노예'의 세계에서는 오직 주인(제왕)만이 웃을 수 있다는 세조의 생각은 권력의 무서움을 상기시키기에 모자람이 없다. 그러나 단종은 죽음을 통해 노예에서 벗어나 불멸의 영웅으로 재탄생한다. 시공간의 물리적 제약에서 벗어나 영원한 자유인으로 재탄생하는 모습이 신화 속에서 '천의 얼굴을 지닌 영웅'으로 보편화되듯, 단종은 바느질로 얻은 조잡한 신하 인형을 거느렸을망정, 자신의 왕국을 구축한 영웅으로 다시 태어난다. 세조는 '웃음'이라는 지표의 의미를 '반역'으로 읽었지만, 단종은 '웃음'을 통해 '해방'에 이르게 되는 것이다.

소년 형상 보아라, 그대여! 내 몸은 비록 왕관 빼앗기고 곤룡포 벗김 당하였으나, 내 마음은 헝겊으로 만든 만조백관들을 바라보며 흡족 하도다! 들어라, 봇짐장수여! 그대는 돌아가서 그대를 보낸 자들에 게 내 말을 전하여라! 내 마음이 진정 왕과 같거늘, 어찌 구차한 왕 관을 쓰기 바라고, 구태여 곤룡포를 입기 바라겠느뇨? 나는 나를 왕 좌에 복위시키려는 그 어떤 짓도 관심이 없고 그 어떤 사람과도 관 련이 없으니, 그대는 돌아가 이 사실을 명명백백하게 전할지어다! (pp. 69~70)

세조가 실로 노예와도 같은 권력 강박에서 벗어나지 못하는 반면, 단종은 죽음을 통해 세조의 억압에서 벗어나 해방을 얻는 다. 이러한 역설이야말로 헤겔이 말한 '주인과 노예의 변증법', 즉 주인이 노예가 되고 노예가 최종적으로 주인이 되는 역전과 도 통하는 것이다.

2. 해방과 억압: 『영월행 일기』와 『해안지록』

이 작품에는 두 권의 책이 허구로 등장한다. 신숙주의 하인이 썼다는 『영월행 일기』와 양성지의 『해안지록(解顔之錄)』이 그것이 다. 물론 이 두 권의 책도 대립적인 자질을 부여받고 있다. 국가 의 공적 문서로서 『세조실록』과 양성지가 남긴 『해안지록』은 단 종의 표정에 대한 해석의 담론을 담고 있는 책인데, 단종의 표정을 감시하고 억압하고 있으며 결국에는 단종의 처형으로 끝난다는 점에서 '억압과 죽임의 서사'라 부를 만하다. 특히 『해안지록』은 권력자들의 언어이며, 이성적인 언어들로 채워져 있다. 그러나 이 책은 '얼굴을 해석한 기록'이며, 세조의 신하 양성지가 저자라는 것 외에는 알 수 있는 바가 거의 없다. 책의 정체의 모호함은 오히려 이 책의 권위를 강화시키고 있는데, 저자와 집필 과정을 짐작할 수 없는 텍스트는 눈에 보이지 않는 독재와 권위의 상징물로 읽힌다.

반면 이 작품의 제목이기도 한 허구의 책 『영월행 일기』는 신숙주의 하인이 한명회의 여종과 함께 주인의 명령에 따라 세 차례 영월을 다녀오고, 어려운 임무를 수행한 대가로 자유를 얻기까지의 체험을 스스로 적어놓은 책이다. 『영월행 일기』는 하인이 어려운 과제를 수행하고 자유로운 신분을 얻게 되기까지의 역정을 담은 기록인 동시에, 주인공 조당전과 김시향이 이 기록에 따라 또 하나의 상상적인 여행을 감행함으로써 해방의 가능성을 얻게 하는 기록이라는 점에서 '해방의 서사'라 부를 만하다.

독자들은 물론 『해안지록』보다 『영월행 일기』에 동참하길 원한다. 해방의 서사인 『영월행 일기』는 궁극적으로 정신분석학적 문예학이 거론하는 문학과 예술의 치유적 기능을 구현해낸다. 규제와 금지에 의해 규정된 일상을 일시적이고 우회적으로 잊게 하는 의미로서의 『영월행 일기』는 억압된 자인 김시향, 권력을 찬탈당하고 세조의 감시 아래 놓인 단종, 그리고 세 차례 영월 여행을 떠나는 하인과 여종을 하나로 묶어, 이들의 소망과 갈등에 관객들이 참여하도록 하는 것이다. 그 정점에 죽음으로써 해방을 얻는 단종의 극적 아이러니가 놓인다.

3. 조당전과 김시향: 해방과 억압 사이에서

이 작품에서 김시향의 남편은 폭력적인 존재로 비친다. 남편은 아내를 일종의 소유물로 간주하며, 아내 김시향은 늘 남편에게 억눌려 있다. 아내는 친정의 빚을 갚기 위해 남편 몰래 시댁의 재산인 귀중 도서를 내다 판다. 그러나 아내는 너무 무력하게도 그 사실을 남편에게 들키며(스스로 자백한 것처럼 보이기도 한다), 곧 다시 책을 찾아오겠다고 약속한다. 남편은 몸을 팔아서라도 책을 찾아오라고 윽박지르며, 아내는 결국 조당전에게 몸을 팔아 책을 돌려받고자 한다. 아내의 몸은 750만 원짜리 책으로 계량된다.

그러나 고서적 수집가인 조당전은 김시향의 몸값을 훨씬 헐하게 친다. 골동품 수집가는 오래된 물건을 높게 치는데, 30세 여성의 몸은 낮게 평가된다는 것이다. "당신이 100살, 500살이라면 제대로 값을 쳐주겠소"라고 조당전은 말하기도 한다. 여주인공 김시향은 남편과 조당전으로부터 각각 육체의 주인으로만 냉혹하게 계산된다. 그러므로 그녀의 주체는 없다. 그녀는 남편의 소유물일 뿐이다. 그녀의 욕망은 남편의 욕망에 의해 형성된 것이며, 이런 면에서 그녀는 소외(alienation)되어 있다. 그녀는 남편이라는 타자의 욕망으로부터 분리(separation)의 과정을 거쳐야 한다.

아내는 남편을 "모든 것의 형태만 가진 주인, 내용은 전혀 갖지 못한 주인"(p. 24)이라고 규정한다. 형태만 있고 내용은 갖지 못한 남편은 기표만 존재하고 기의는 미끄러지고 지연되는 무의식의 구조를 연상시킨다. 라캉을 참조하자면, 남편이야말로 전형적인 남근(phallus)의 상징이다. 남근은 보이지 않으며, 실체도 없다. 남편이 무대 위에 등장하지 않고 목소리조차 존재하지 않을 때, 우리가 남편으로부터 보이지 않는 남근, 보이지 않는 권력의 난폭한 힘을 연상하게 되는 이유가 여기에 있다.

4. 분석자와 환자의 관계

아내는 이러한 억압으로부터 탈출해야 한다. 이를 돕고자 하는 이가 주인공 조당전이다. 조당전은 눈에 보이는 존재로서 김시향과 감정을 교류하고 있다는 점에서 남편과 다른 자질을 부여받고 있으며, 이를 통해 조당전은 새로운 극적 기능을 부여받는다. 조당전은 남편에게 억눌려 있는 김시향을 돕기로 작정한다. 김시향에게 연극놀이를 제안하고, 김시향이 이 놀이에 참여했을 때에는 조건 없이 고서적을 돌려주기로 약속하는 것이다. 물론 김시향은 이 놀이에 참여하는데, 이 연극놀이 속에서 조당전은 분석자가 되고 김시향은 환자가 된다.

분석자인 조당전이 고서적 감정가라는 고고학적 입장을 취하고 있는 점도 흥미롭다. 프로이트는 정신분석을 고고학에 비유한 바 있다. 고고학은 정신분석 작업과 매우 유사하다. 즉, 발굴된 조각을 모아서 전체 모양과 그 시절의 문화나 생활상을 찾아내는 것이 고고학이다. 정신분석도 자유연상을 통해서 떠오른 기억이나 감정의 조각들을 모아서 비의식(무의식—인용자)의 갈등과 욕망을 찾으며, 트라우마를 형성한 그 시절의 경험을 파악한다. 정신분석이 고고학과 다른 점은, 고고학은 지적 작업으로 끝나지만 정신분석은 유년 시절의 감정을 전이를 통해 현실에서 다시 경험한다는 것이다.[7] 조당전은 이러한 고고학적 방법으로 김시향의 내면 세계(internal world)에 대한 탐색을 시작하는 것이다.

정신분석학에서 분석자와 환자 사이에 선호되는 전통적인 방법은 '대화 치료'이다. 분석자는 환자와의 대화를 통해 환자가 억압된 심리를 표출해내게 하고, 이를 통해 환자의 불안을 다른 형태로 전이(transference)시킨다. 프로이트가 꼬마 한스와 젊은 여성 도라에게 사용한 요법이 바로 대화 치료였다. 문학에서 대화 치료의 효능을 발견한 괴테를 향해 프로이트가 찬사를 보내는 이유도 여기에 있다.[8]

그러나 「영월행 일기」에서 조당전과 김시향은 연극놀이를 활용한다. 조당전은 연극놀이가 책보다 생생하다고 말함으로써, 슬라보예 지젝이 말한 바와 유사한 '언어의 스탈린주의'[9]를 넘어

---

7 이무석, 『정신분석에로의 초대』(이유, 2003), p. 33.
8 프로이트는 프랑크푸르트 시에서 제정한 '괴테상'을 수상하는 자리에서 괴테의 편지 하나를 인용한다. "어제 저녁 나는 심리학상의 놀라운 업적을 하나 수행했다오. 헤르더 부인이 칼스크타에서 겪은 온갖 불쾌한 일 때문에 흡사 심기증 비슷한 긴장 상태에서 아직도 빠져나오지 못하고 있었소. (……) 그래서 내가 그 부인에게 말을 하도록 했소. 모든 것을 다 고백하라고 말이오. (……) 결국 나는 그 부인의 기분을 풀어줄 수 있었소. 그리고 농담 비슷하게 그 부인에게 이제 그 모든 것들은 다 끝났고, 모두 다 바다 깊은 곳에 던져진 셈이라고 분명히 말했다오. 그러나 부인도 모두 별거 아니라고 코웃음을 치는 것이 이젠 완전히 치료가 되었다오."(프로이트, 『괴테와 정신분석』, 앞의 책, pp. 52~53)
9 백현미·정우숙, 『현대 이론과 연극』(월인, 1999), pp. 94~96.

서는 어떤 깨달음을 보여준다.

> **조당전** 이 책을 보세요. 이 책은 오백 년 전 과거의 책입니다. 지금은
> 사용하지 않는 옛날 글자로 씌어 있지요. 물론 나는 이 옛 글자들을
> 읽을 수는 있어요. 그러나 읽는다는 것으로는 내용의 참맛이랄까, 생
> 생한 느낌을 맛보지는 못합니다. 내가 당신을 당나귀에 태우고 다녔
> 던 걸 장난이라 생각지 마세요. 그건 이 책의 과거 내용을 현재의 생
> 생한 감정으로 맛보기 위해섭니다. (pp. 42~43)

정신에 대한 육체의 우위는 철학자 니체와 극작가 아르토에
의한 재발견의 산물로, 이러한 인식론은 현대 연극의 주류인 '극
장주의'와 밀접하게 연관된다.[10] 조당전은 연극놀이를 통해 이성
적인 문자로는 얻을 수 없는 어떤 깨달음을 향해 나아가고자 한
다. 당나귀를 타고 달리는 속도감, 무사히 강을 건넜을 때 느끼
는 쾌감, 상쾌한 바깥바람이 안겨주는 해방의 감각은 이 극의 주
제에서 크게 벗어난 것이 아니다.

이 작품 속의 연극놀이들은 그 자체만으로도 재미있는 볼거
리를 제공한다. 당나귀를 타고 마구 달리는 장면, 없는 강물 위
를 건너가는 기묘한 육체 동작들, 없는 물에 빠져 허우적거리는
장면 등은 배우의 연기를 통해 창조되는 허구적 세계의 연극성
을 잘 구현한다. 그러나 좀더 중요한 점은 이러한 연극놀이의 반
복을 통해 조당전과 김시향의 위치가 바뀐다는 점이다. 김시향

---

10 엘리자베드 라이트, 권택영 역, 『정신분석비평』(문예출판사, 1991), p. 12.

은 조당전의 도움으로 점차 불안에 사로잡혀 있던 환자 상태에서 벗어나 자유의 기분을 즐길 줄 아는 건강한 여성으로 거듭나기 시작한다. 극의 후반부에 이를수록 김시향은 대담해지며, 강을 건널 때에도 조당전 이상으로 용감한 모습을 보인다. 두 사람은 서울에서 영월까지 세 차례 여행을 하는데, 이 과정을 통해 드러나는 김시향의 성격 변모는 연극놀이가 지닌 치유적 효과를 여실히 보여준다. 마침내 극의 결말에 이르러서는 누가 분석자이고 누가 환자인지 구별할 수 없게 된다. 김시향은 오히려 조당전을 걱정하고, 조당전의 심리 상태를 분석하는 분석자의 역할을 맡기도 한다. 연극놀이를 통해 분석자와 환자 사이에 역전이(counter transference)가 일어난 것으로 보아도 된다.

고서적에 묻혀 있던 조당전은 원래 성격 고착자의 모습을 가지고 있다. 그런 그가 젊은 여인과의 만남을 통해 무생물에 대한 관심에서 인간에 대한 관심으로 옮겨가는 모습은 자연스럽다. 조당전이 김시향에게 연극놀이를 제안했을 때, 그 연극놀이의 대부분은 당나귀 타기와 관련된다. 조당전과 김시향은 왜 당나귀를 타고 가는가? 주지하다시피, 말(馬)은 남성의 상징으로 받아들여진다. 그러므로 김시향이 말을 타고 정신없이 달리는 장면은 곧바로 섹스를 연상시키기에 충분하다.

> **조당전** 발갛게 상기된 얼굴, 흘러내린 머리카락, 흐트러진 옷자락 사이로 엿보이는 뽀얀 가슴…… 임자 모습이 참 아름답군. (……)
> **김시향** 제발 그런 소리 말아요! 무서운 우리 주인이 저도 죽이고 당신도 죽일 거예요. (pp. 32~33)

조당전과 김시향은 '현실 원칙'과 '쾌락 원칙' 사이에서 끊임없이 흔들리는 존재들이다. 두 사람은 고서적을 거래하는 공적인 관계로 만났지만, 영월로 가는 연극놀이 속에서 위험한 쾌락에 노출되기도 한다. 당나귀를 타고 가면서 느끼는 현기증은 두 사람의 사랑의 감정에 대한 비유로서의 의미를 가진다. 그들은 연극놀이 속에서 하인과 여종 역을 맡지만, 어느 순간 이들은 현실 속의 조당전과 김시향으로 돌아오기도 한다. 조당전이 당나귀를 타고 영월에 가자는 연극놀이를 제안한 것은 '연극놀이'라는 방어기제를 동원하여 자신의 애초 소망을 감추고자 하는 억압 전략에 해당한다. 먼 길을 가기 위해서 당나귀가 필요하다는 생각은 지극히 논리적이지만, 거기에는 성적인 무의식이 깔려 있는 것이다.[11]

남녀는 당나귀를 타고 가는 긴 여행을 통해 현실의 억압을 벗어나 해방감을 만끽한다. 그 해방감은 마치 '포르트-다 게임(fort-da game)'처럼 조심스럽고 상징적인 것에 불과하지만, 텍스트 속에서 자주 반복되면서 해방의 주제에 근접하게 만든다.

상처 입은 화자, 상처 입은 치유자

정신분석학은 인간의 정신에 대한 이론일 뿐만 아니라 정신이

---

11 프로이트, 정장진 역, 「빌헬름 옌젠의 「그라디바」에 나타난 망상과 꿈」, 『프로이트 전집 18』(열린책들, 1996), p. 220.

병들어 있거나 혼란되어 있는 사람들을 치료하기 위한 실천이다. 「영월행 일기」는 세조와 단종, 하인과 여종, 조당전과 김시향 등의 대립적인 인물군을 통해 이러한 정신병리학을 실험하고 있다. 작가는 조당전과 김시향의 연극놀이를 통해 우리 인류가 가지고 있는 원천적인 상처, 즉 폭력과 억압의 현장으로 우리를 안내한다. 그리고 억압과의 고투를 통해, 역설적으로 자유의 모습을 드러낸다.

「영월행 일기」는 신경증을 앓고 있는 환자에 대한 정신분석가의 접근으로 이해될 수 있다. 이 연극은 환자와 분석자 사이의 활발한 감정적 투여와 회합의 반복으로 구성되어 있다. 정신분석이 개인의 과거를 불러오는 '말하기 치료(talking cure)'에서 출발한다면, 「영월행 일기」야말로 현재의 시점에서 500년 전의 과거를 불러내 분석자와 환자 사이, 현재와 과거 사이의 말하기를 시도한 텍스트로 볼 수 있다. 분석자와 환자의 관계는 조당전과 김시향, 세조와 단종, 하인과 여종 사이에서 반복되며, 이러한 반복된 회합을 통해 관객은 이들 사이에서 벌어지는 감정적 전이를 목격하게 되는 것이다.

한편 앞부분에서 다룬 오태석의 희곡 「태」는 상처 입은 주인공을 무대 위에 올려놓고, 그들로 하여금 자신의 상처를 고백하고 스스로 치유하도록 이끈다는 점에서 대화 치료의 효능을 강조한 프로이트의 발견, 독자의 능동적인 역할을 강조한 포스트모더니즘 의학에 근접하는 것으로 평가될 수 있다. 특히 세조의 정신병리학적 질환을 극화한 「태」는 세조의 상처와 그 치유 가능성을 다루고 있다는 점에서 '상처 입은 화자'의 한 전형으로 볼 수 있을 것이다.

환자 자신이 자신의 상처에 대해 말하기 시작하는 것이 치유의 출발이 된다는 프로이트의 발견[12]은 아서 프랭크에 의해 모더니즘 의학과 포스트모더니즘 의학을 가르는 중요한 분기점이 된다. 모더니즘 의학에서 의사는 치료의 전문적인 기술을 전유한 존재이며 환자는 이러한 의사에게 치료를 맡긴 수동적인 존재에 불과하다. 이는 고도의 지적인 능력을 소유한 작가에 의해 주도되어 온 모더니즘 문학, 예술을 연상시킨다. 독자는 그 난해한 모더니즘 문학을 작가에 대한 존경심만으로 읽어내야 하는 것이다. 반면 포스트모더니즘 의학에서 의사와 환자는 상호작용적인 존재가 된다. 의사는 나름의 지식을 가지고 있지만, 치료는 환자의 능동적인 역할에서부터 출발한다. 환자는 의사의 치료와 처방을 수동적으로 기다리는 존재가 아니라, 자신의 질병을 치유하는 최초의 능동적인 치유자가 되어야 한다. '상처 입은 화자(wounded storyteller)'야말로 '상처 입은 치유자(wounded healer)'가 되는 것이다. 이는 독자의 능동적이고 창조적인 수용을 강조하는 포스트모더니즘 미학과도 상통하는 것이다.[13]

---

12 프로이트, 한승완 역, 『나의 이력서』(열린책들, 1997), pp. 25~37.

13 Arthur W. Frank, *The Wounded Storyteller ─ Body, Illness and Ethics*(The University of Chicago Press, 1995), pp. 27~52.

왕과 광대: 진짜와 가짜의 대립

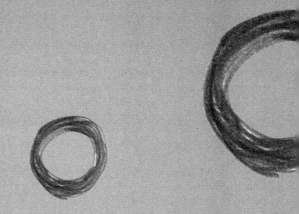

왕과 광대: 가장 높은 자와 가장 낮은 자

최근 넷플릭스를 통해 미국 드라마 「지정 생존자(Designated Survivor)」[1]를 재미있게 보았다. 미국의 대통령이 갑자기 사망하게 되었을 때, 급작스럽게 대통령직을 승계해야 하는 인물을 주인공으로 다룬 드라마인데, 너무 재미있어 거의 두 달을 이 시리즈 보기에 매달린 듯하다. 이 드라마의 핵심 포인트는 대통령으로 적합하지 않을 것 같은 사람이 갑자기 대통령이 되었을 때 어떤 일이 벌어질 수 있는가에 맞춰져 있다. 미국의 대통령이라면 세계를 지배하는 강력한 리더십의 상징적 존재이므로 그에 걸맞은 유능한 인물이 맡는 게 상식일 수 있는데, 전혀 그렇지 않은 캐릭터가 그 직을 수행하게 될 때 벌어질 수 있는 또 하나의 역사를 다룬다는 점에서 이 드라마는 전제에서부터 흥미진진했다.

---

1 미국 ABC 제작. 2016년에 시즌1을 시작으로 2019년 6월까지 시즌3 제작.

'현자와 바보', '왕자와 거지', '왕과 광대', '진짜와 가짜' 등은 민담의 오랜 주제였다. 가장 높은 자와 가장 낮은 자 사이의 대립이 이러한 민담의 핵심인데, 민담에서는 역설적이게도 가장 낮고 약하고 어리석은 자가 최종 승리자가 된다.

이 글에서는 「광해, 왕이 된 남자」(추창민 감독, 2012)를 다루기로 한다.[2] 이 영화는 미국 드라마 「지정 생존자」와 거의 비슷한 발상에서 출발하는데, 살해 위협을 느낀 국왕이 자신은 숨어버리고 외모를 닮은 대역에게 국왕 역할을 맡기는 사건에서 출발하고 있기 때문이다.

우리는 국왕은 그가 누리는 권위에 걸맞게 훌륭한 인격을 가지고 있으리라 기대한다. 그러나 국왕 자리와 개인적인 인격이 늘 일치했던 것은 아니다. 무능하거나 비겁한 국왕, 패륜을 서슴지 않은 국왕도 많았고, 그런 시대일수록 훌륭한 제왕에 대한 여망은 더 컸으리라 짐작된다. 어떤 인물이 지도자가 되어야 하는가 하는 문제는 선거를 통해 정치적 지도자를 선출하는 민주주의 사회에서도 여전히 중요한 문제이다.

심리학적 유형의 문제

카를 구스타프 융의 사상 가운데 일반인에게 가장 익숙한 것

---

2 이 글은 김만수, 「캐릭터의 심리학적 유형 분석—「왕의 남자」와 「광해, 왕이 된 남자」를 중심으로」, 『어문연구』(2014. 3)의 일부를 발췌, 보완함.

은 심리학적 유형론이다. 융은 『심리적 유형론』(1921)에서 성격의 유형을 일단 태도의 측면에서 내향성(introverted), 외향성(extroverted)으로 나누고, 이들 두 유형의 성격에 각각 네 가지 기능(사고, 감정, 감각, 직관)을 범주로 제안했다. 감각(sensing)과 직관(intuition)은 어떤 방식으로 대상을 인식하는가에 관련된 인식 기능에 관여하며, 사고(thinking)와 감정(feeling)은 어떻게 결정하는가에 관련된 판단 기능에 관련된다.

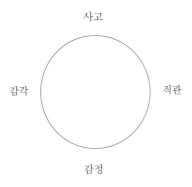

이 경우, 네 가지 기능은 위 그림의 '정신의 나침판'으로 배치되는데, 나침판의 각 점은 그 대극을 가지고 있다. 예컨대 '사고'형에게는 '감정'이 가장 덜 발달된 부분이며, '감각'형의 사람에게는 '사고'와 '감정'이 거의 똑같이 강할 수 있다. 다시 말해 위의 네 가지 기능 중 한 가지가 '주기능'으로 형성되면, 그에 연접한 좌우의 기능은 '부기능'이 되며, 대극에 놓인 것은 '열등 기능'이 되어 잠재된다. 이처럼 융은 내향과 외향의 두 짝에, 위에서 제시된 네 가지 기능인 사고와 감정, 감각과 직관을 병렬해 8개

의 성격 유형을 제시한다.[3]

이러한 성격 유형론은 이후 MBTI 지표에 의해 상용화된다. 1942년 이사벨 브릭스 마이어스와 그의 어머니 캐서린 쿡 브릭스는 융의 성격 유형 이론을 근거로 성격 유형 선호 지표인 MBTI 지표(Myers-Briggs Type Indicator, MBTI)를 개발하였는데, 그 지표는 다음과 같은 네 가지 척도로 성격을 표시한다. 이를 도표화하면 다음과 같다.

지표		설명
외향(E)	내향(I)	주의 초점: 에너지의 방향은 어느 쪽인가?
감각(S)	직관(N)	인식 기능: 무엇을 인식하는가?
사고(T)	감정(F)	판단 기능: 어떻게 결정하는가?
판단(J)	인식(P)	생활양식: 어떤 생활양식을 채택하는가?

현재 브릭스 마이어스 등이 개발한 MBTI 검사는 인성, 적성검사 등에 광범위하게 활용되고 있는 가장 대표적인 심리검사 방법으로 알려져 있다.[4] 사실 MBTI 검사는 융이 제시한 성격 유형인 내향/외향(Introjection/Extrojection), 감각/직관(Sense/Intuition), 사고/감정(Thinking/Feeling)의 이분법에 판단/인식(Judgement/Perceiving)의 축 하나를 추가했을 뿐이다. 그러므로 브릭스 마이어스의 도식은 대부분 융의 심리학적 유형에 근거를

---

3 Ruth Snowden, *Jung-The Key Ideas*(Hodder Education, 2010), pp. 115~132.
4 최정윤, 『심리검사의 이해』(시그마프레스, 2009) ; Hirsh & J. Kummerow, 심혜숙·임승환 역, 『성격 유형과 삶의 양식』(한국심리검사연구소, 1997) 등 참조.

두고 있다고 보아도 무방하다. 그럼에도 캐릭터를 분석한 많은 논문들이 MBTI를 활용하는 이유는 이 검사가 캐릭터들 사이의 이항대립을 가장 명확하게 제시할 수 있기 때문이다.

MBTI 지표 내에서 바람직한 제왕의 성격 유형을 찾아본다면 어떻게 될까. 우리는 일단 바람직한 제왕의 성격에 '지도자형'으로 소개된 '외향, 직관, 사고, 판단(ENTJ)'의 성격을 부여해볼 수 있다. 제왕은 많은 사람들을 상대하는 까닭에 내향적인 성격보다는 '외향적(Extrojection)'인 성격이 도움이 될 것이다. 또한 눈에 보이는 몇 개의 사물에 대한 구체적인 감각에 따르는 것보다는 전체적으로 숲을 볼 줄 아는 '직관(Intuition)'을 가지는 게 좋을 듯하며, 감정적인 대응보다는 논리적인 '사고(Thinking)'를 할 줄 아는 게 좋을 듯하다. 또한 수동적으로 상황을 '인식'하고 수용하는 데에서 그칠 게 아니라 능동적으로 '판단(Judgement)'하고 실행할 수 있는 과단성을 갖추는 게 좋을 듯하다. 이런 이유에서 이를 범주화한 ENTJ를 '지도자형'이라고 흔히 명명하기도 한다.

물론 훌륭한 제왕이 반드시 이러한 '외향, 직관, 사고, 판단(ENTJ)'의 유형을 충족시킬 필요는 없다. 논리적인 사고보다 인간적인 감정을 중시하는 제왕, 섣부른 '판단'보다 신중한 '인식'을 중시하는 제왕도 얼마든지 훌륭한 제왕이 될 수 있기 때문이다. 실제로는 '내향적'인 사람이 '외향적'인 사람보다 훨씬 더 조직을 잘 관리하는 경우가 많은데, 대개 사람들은 여러 부하직원과 직접 접촉하지 않는 '내향적'인 리더를 더 무서워하기 때문이라는 것이다.

이제 우리는 영화 「광해, 왕이 된 남자」를 보면서 훌륭한 제왕은 과연 어떠한 사람이어야 하는가, 그리고 모든 인물들은 자신의 성격으로 인해 타인과 어떻게 대립하고 화해해나가는가, 혹은 융의 관점을 빌리면, 인물들은 자신의 지배적인 성격을 유지하면서도 어떻게 자신의 열등한 성격과 만나고 이를 받아들이는가 등등의 문제에 대해 살펴보기로 한다.

진짜 왕과 가짜 왕

영화 「광해, 왕이 된 남자」의 시간적 배경은 왕위를 둘러싼 권력 다툼과 붕당정치로 혼란이 극에 달한 광해군 8년이다. 자신의 목숨을 노리는 자들에 대한 분노와 두려움으로 점점 난폭해져 가던 왕 '광해'는 도승지 '허균'에게 자신을 대신하여 위협에 노출될 대역을 찾으라고 지시한다. 허균은 기방의 취객들 사이에서 걸쭉한 만담으로 인기를 끌던 하선을 발견한다. 왕과 닮은 외모는 물론 타고난 재주와 말솜씨로 왕의 흉내도 완벽하게 내는 하선은 광해군이 자리를 비운 사이 왕의 대역을 맡게 된다. 하선(이병헌 분)은 기생집 술자리에서 왕을 농락하며 재주를 부리는 광대이고, 광해(이병헌 분)는 수저를 뜰 때마다 시해 위협에 시달리는 왕이다.

영화는 두 인물의 캐릭터를 각각 하나의 장면으로 강렬하게 압축해 보여준 뒤, 곧장 두 사람을 맞닥뜨리게 한다. 그 장면에서 하선과 광해, 1인 2역을 오가는 배우 이병헌의 연기가 흥미로운 볼거리를 이룬다. 그는 눈빛, 표정, 목소리, 말투 하나하나의 미묘한 차이를 통해서 개구쟁이 같은 하선과 차가운 광해의 두 얼굴을 잘 표현해냈다.

일단 하선의 성격은 외향적이다. 많은 사람들의 환호를 이끌 어내는 데 익숙한 그에게는 늘 술과 여자와 무대가 갖추어져 있으며, 그는 이들의 환호에 민감하다. 반면 광해의 성격은 내향적이다. 그는 신변의 위협을 피해 늘 어두운 폐쇄 공간으로 숨으려 하며, 정치적인 문제의 해결을 위해 정면 돌파를 선택하는 대신에 자신만의 공간으로 도피하기를 즐긴다. 축출 직전의 상황에 놓여 있는 왕비의 안위조차 아랑곳하지 않고 자신만의 공간에 숨어 있는 그는 내향형의 인물 전형으로 손색이 없다. 그는 영화적 시간대의 대부분을 편전에서, 그리고 궁궐에서 벗어난 절(길 상사)에 숨어 있으며, 이러한 내향성은 왕으로서의 자질을 의심 하도록 만든다. 관객들은 왕이 내향적이어야 하는가, 아니면 외 향적이어야 하는가라는 최초의 질문을 하게 되는 셈인데, 이 점 이야말로 진정한 왕의 속성에 대한 질문으로 이어진다.

저잣거리의 한낱 만담꾼에서 하루아침에 조선의 왕이 되어버린 천민 하선은 도승지인 허균의 지시 아래 말투부터 걸음걸이, 국정을 다스리는 법까지, 함부로 입을 놀려서도 들켜서도 안 되는 위험천만한 왕 노릇을 연기(演技)하기 시작한다. 하지만 예민하고 난폭했던 광해와는 달리 따뜻함과 인간미가 느껴지는, 달라진 왕의 모습에 궁정이 조금씩 술렁이고, 점점 왕의 대역이 아닌 자신의 목소리를 내기 시작하는 하선의 모습에 도승지인 허균도 당황하기 시작한다.

관객은 하선과 허균의 대립 속에서, 진정한 국왕은 '사고'의 지배에 따라야 하는가, 아니면 '감정'의 지배에 몸을 맡겨도 되는가에 대한 두번째 질문을 던지게 된다. 도승지인 허균은 광해를 임금으로 모시면서 왕의 성격 유형을 어느 정도 파악하고 그 유형에 맞춰 왕의 행동과 판단을 예측했을 것이다. 도승지 허균은 전형적인 2인자 성격으로, 궐내의 정치 역학을 낱낱이 관찰하고 이해하면서 모든 문제를 비판적이고 이성적인 사고를 통해 차근차근 해결하고자 하는 사고형의 인물이었을 가능성이 크다. 허균은 가짜 왕인 광대 하선을 접하면서 원래의 왕과는 다른 성격 유형에 당혹해하며, 가짜 왕은 무조건 진짜 왕의 생각과 패턴을 따라야 한다고 압박한다.

그런데 하선은 이러한 기대의 반대편에 서 있다. 무엇보다 하선은 감정의 지배를 받는다. 하선은 인간의 희로애락을 잘 표현하는 천상 광대이며, 국가 전체에 대한 이성적 사고보다는 개개인의 운명에 대한 감정적 대응에 훨씬 적극적이다. 하선은 부패한 관리에게 아기 기생을 상납한 다음 자신의 행동에 대한 죄책감에 시달리기도 하며, 어린 나이에 몸종으로 팔려 궁으로 흘러들어온 15세 아이 사월이에 대해 왕의 입장이 아닌, 마치 오빠와 같은 입장에서 그 처지를 동정하면서 사월이를 엄마의 품으로 돌려보내고자 한다. 또한 궁지에 몰린 왕비에 대해서도 늘 안타까움을 표현하면서, 자신의 정체가 노출될 위험이 있음에도 불구하고 왕비에게 다가가 왕비의 웃음을 되찾아주려고 노력한다. 허균의 입장에서 보자면, 하선은 개인적인 감정에 사로잡혀 국사를 망치는, 대책 없는 인물에 불과하다. 도승지의 입장에서 가짜 왕인 하선을 혼내고 다잡는 것은 왕이 갖춰야 할 덕목이 '감정'이 아니라 '사고'임을 가르치기 위함이다. 그러나 하선은 감정 위주의 행동을 멈추지 않는데, 하선의 감정적인 태도를 견제하려는 허균의 고투가 영화의 많은 부분을 차지한다.

'그림자'의 활용: 허균과 하선의 관계

이 영화의 마지막 부분에서 빛나는 활약을 벌이는 인물은 허균이다. 희극적인 인물 유형을 적용해보자면, 허균은 '자기비하자(eiron)'이다. 자기비하자는 자신을 낮춤으로써 정체를 감춘 다음, 계략을 꾸미고 그 계략을 실행해나간다. 왕이 양귀비에 중독되어 위중한 병환에 빠졌을 때, 허균은 재빠르게 계략을 꾸미고 이를 말없이 실행해나간다. 그의 계략과 실행은 너무도 용의주도해서 이 영화의 초반부에서 시작된 계략은 별 차질 없이 영화의 종반부까지 유지된다. 또한 영화의 종반부에 이르러 왕이 가짜라는 사실이 거의 폭로될 순간이 닥쳐왔을 때에도 그는 기민하게 움직여 진짜 왕을 다시 궁으로 모셔옴으로써 위기를 극복한다.

이처럼 완벽해 보이는 그에게도 한순간 흔들리는 때가 있었다. 허균은 가짜 왕인 하선이 비록 지나치게 감정적이어서 정사를 망치는 듯 보이지만, 하선의 따뜻한 품성과 과감한 결단력이 오히려 왕의 자리에 적절할지도 모른다는 판단에 이른다. 허균은 하선이 불쌍한 아이 사월이의 죽음을 계기로 백성들의 고통에 같이 아파하고 관료들의 허위의식에 치를 떠는 모습을 보면서 그가 차라리 진짜 왕의 자리에 있으면 어떨까 하는 망설임에 직면한다. 더욱이 지극히 감정적인 방법이긴 하나 하선이 과감하게 대동법과 호패법의 실시를 명하고, 명나라에 대한 사대의식을 통렬하게 꾸짖고, 금나라와의 균형 외교를 지시하는 장면을 보면서 허균은 마침내 하선에게 "허면 진짜 왕이 되시던가" 하는 충격적인 제안을 하기에 이른다.

허균과 하선은 영화에서 대립하는 인물로 보이지만, 이들의 공통점은 '판단'에 있다. 이들은 상황을 '인식'하기만 하고 행동하지 않는 인물 유형과는 달리, 과감하게 '판단'에 근거하여 행동에 나선다는 공통점이 있다. 영화의 마지막 장면에서 길을 떠나는 하선을 바라보는 허균의 시선에는 '판단'의 의지를 공유한 두 사람만의 공감이 포함되어 있다.

한 영화평은 이 영화의 주인공 하선에 주목한다. "이 영화는 하선이 어떻게 허균, 중전, 도부장, 조내관(장광), 사월이의 마음을 얻는지, 각각의 관계가 하나의 멜로드라마라고 해도 좋을 만큼 뭉클하게 펼쳐진다. 그 속에서 영화는 '자신의 사람들을 모두 살리려 애쓰는 것이야말로 선정의 근본 이념'이라는 값진 진실을 길어 올린다"는 것이다.

MBTI 지표에 따른다면, 광대이자 가짜 왕인 하선은 ESFJ(외향/감각/감정/판단)의 속성을 가지고 있다. 이쯤에서 진짜 왕인 광해와 가짜 왕인 하선의 성격 유형을 정리해보면 다음과 같다.

국왕 광해(진짜 왕)	광대 하선(가짜 왕)
내향-직관-사고-인식(INTP)	외향-감각-감정-판단(ESFJ)
내향: 숨었을 때 편안하다고 느낀다. 직관: 전체적인 관점에서 분위기를 　　　파악한다. 사고: 감정에 얽매이는 것을 위험하 　　　다고 생각한다. 인식: 주변 상황을 관찰하며 인식하 　　　려고 한다.	외향: 많은 사람들 앞에 설 때 즐거 　　　워한다. 감각: 음식, 옷 등 취향에 집중한다. 감정: 무엇보다 감정이 중요하다고 　　　생각한다. 판단: 무엇보다 실행력을 강조한다.
자신의 안전을 지키는 문제 등 매사에 신중하고 실수가 적으나, 변혁의 의지가 없다.	위험해 보일 정도로 감정적이고 충동적이지만, 인간적인 정이 넘치고 변혁적이다.

　이 작품에서 주목할 점은 광대패에 불과했던 하선이 점차 바람직한 제왕의 모습으로 근접해간다는 것이다. 하선은 감정 일변도의 인물에서 정책의 과오를 비판할 줄 아는 사고형의 인물로 발전하며, 음식과 여색을 탐하는 감각형의 인물에서 보이지 않는 타인의 마음을 헤아릴 줄 아는 직관형의 인물로 발전해나가기도 한다. 허균이 하선에게 "허면 진짜 왕이 되시던가" 하는 충격적인 제안을 하기에 이른 것도 하선이 감각-감정 지향의 하찮은 광대의 모습에서 벗어나 점차 직관-사고 지향의 성격을 보충(compensation)해가는 모습에 크게 감동을 받아서일 것이다. 이처럼 하선이 점차 '전체로서의 자기'에 도달하는 모습이야말로 이 영화의 제목인 '광해, 왕이 된 남자'가 보여주고자 하는 점일 것이다.

　이 영화에서, 하선은 국왕인 광해의 심리 유형이 억압하고자 했던 '그림자'의 기능을 수행한다. 궁중의 법도에 시달리는 인물들인 광해, 허균, 왕비 등은 자신의 심리 유형에 얽매어 있는 반면, 하선은 감정 일변도의 인물에서 벗어나 사고 지향의 성격을 배우며, 감각형에서 벗어나 나중에는 직관의 힘까지 얻게 된다. 하선이 이 영화의 주인공인 까닭은 여기에 있다. 광대에 불과했던 하선이 기왕의 제왕이 가져야 할 덕목으로서의 심리 유형인 '외향-사고-직관-판단'의 덕목을 점차 획득해가는 과정이야말로 새로운 제왕을 원하는 관객의 심리에 호소할 수 있는 근거가 되었기 때문이다.

결론

최근의 영화는 남성과 여성, 지배자와 피지배자, 서양과 동양, 이성과 감성 등의 경계에서 열등한 것으로 여겨지는 후자의 상승 가능성을 보여준다. 이러한 경계 없애기와 지위 역전은 크게 보아 포스트모더니즘적인 것이라 할 수 있는데, 왕과 광대 사이의 지위 역전, 혹은 경계 없애기 또한 자주 활용되는 소재이다.[5]

드라마에서 왕과 광대의 대립은 원형적인 것이기도 하다. 아리스토텔레스의 분류에 따른다면, 우월한 자인 왕을 다루는 것은 비극이며, 열등한 자인 광대를 다루는 것은 희극이다. 그러

---

5 인물의 지위 역전은 '왕자와 거지', '바보와 현자'를 다룬 대부분의 민담에서도 단골 소재가 된다. Stith Thompson, *The Folktale*(Holt, Rinehart and Winston, 1946). pp. 130~145.

나 이러한 분류는 전통적인 의미의 장르론일 뿐이며, 실제로는 광대가 왕을 풍자하기도 하고, 왕을 위로하기도 하는 다양한 형태의 연극을 낳는다. 실제로 서구 고전주의 극에서는 광대가 왕을 신랄하게 풍자하는 연극을 보여줌과 동시에 대단원에 이르러서는 단지 웃음을 만들기 위해서 왕을 풍자했다는 점을 사과하고 새로운 충성을 맹세하는 장면으로 끝내는, 이른바 '의무 장면(obligatory scene)'을 삽입한다. 연극사가들은 이러한 '의무 장면'으로 인해 광대가 왕과 권력층에 대한 풍자를 지속하지 못하고, 충성을 맹세하는 체제 유지의 연극으로 변질된다는 점을 지적하기도 하지만, 광대와 왕의 관계는 이러한 정도에서 벗어날 수 없었을 것이다.

「광해, 왕이 된 남자」는 지존의 존재인 제왕과 가장 비천한 신분인 광대를 대립시켰다는 점에서 대조(contrast)로서의 캐릭터를 가장 잘 살린 영화로 볼 수 있다. 특히 광대이자 가짜 왕인 하선은 왕, 왕비, 허균 등의 상층부 인물들이 가지고 있지 못한 심리 유형의 장점을 극대화하면서 새로운 제왕의 모습을 암시하는 '그림자'로서의 역할을 하고 있다는 점이 주목된다.

기호학과 구조주의:「헨젤과 그레텔」

신화학자 조셉 캠벨은『천의 얼굴을 가진 영웅』에서 주인공의 서사 행로를 출발(departure)→입문(initiation)→귀환(return)으로 크게 삼분한다. 어린아이의 곁에는 늘 부모가 있어야 하지만, 영웅담에서 어린 주인공에게는 부모가 부재중인 경우가 많다. 어린 주인공은 부모, 혹은 잃어버린 가족을 찾기 위해서 길을 떠나야 한다. 물론 길을 떠난 후에는 많은 고난을 겪지만 결국에는 가족을 되찾고 돌아와 결혼하고 행복하게 산다.

　어떤 이야기에서는 부모를 찾아 떠나는 '출발' 장면만 보여주기도 한다. 앞에서 다루었던 함세덕의「동승」은 이러한 사례에 속한다. 반면 '귀환' 장면에 좀더 집중한 이야기도 있다. 여기에서 다루고자 하는「헨젤과 그레텔」의 이야기는 '귀환'을 다룬다는 점에서 좀더 성숙한 아이의 모습을 담고 있는 것으로 볼 수 있다.

「헨젤과 그레텔」

그림 형제가 정리한 「헨젤과 그레텔(Hansel and Gretel)」은 이미 샤를 페로에 의해 「엄지 소년(Petit Poucet)」 등으로 정리된 바 있으며, '버려지는 아이'의 심리적 공포, 즉 분리불안의 원형적 형태로 잘 알려져 있다. 줄거리는 다음과 같다.

남매인 헨젤과 그레텔은 가난한 나무꾼 아버지, 마음씨 고약한 계모와 함께 살고 있다. 네 식구가 먹을 식량이 부족해지자 계모는 나무꾼에게 아이들을 깊은 숲속에 버리자고 제안한다. 우연히 이를 듣게 된 헨젤과 그레텔은 밤에 몰래 나가 하얀 조약돌을 주워 오고, 다음 날 계모와 함께 숲으로 들어가는 길에 이 돌들을 땅바닥에 흘려둔다. 아이들은 버려지지만 숲길에 뿌려둔 조약돌을 따라 무사히 집으로 돌아온다.

계모는 다시 한번 아이들을 버리기로 계획한다. 계모는 아이들이 자갈을 주우러 가지 못하도록 문을 잠가두고, 아침이 밝자 남매에게 빵 한 조각씩만을 안겨준 채 그들을 다시 숲으로 데려간다. 이번에도 길을 표시하기 위해 빵 조각을 떼어 길에 뿌려두지만, 산새들이 쪼아 먹어버린 바람에 헨젤과 그레텔은 결국 숲에서 길을 잃고 만다.

허기진 채로 숲속을 헤매던 중 남매는 과자집을 발견하고, 할머니의 도움을 받게 된다. 하지만 그곳에 살던 할머니는 늙은 마녀였다. 마녀는 친절하게 아이들에게 음식과 잘 곳을 제공하며 안심시킨다. 하지만 다음 날이 되자 그녀는 속내를 드러내며, 헨젤을 살찌워 잡아먹기 위해 우리 안에 가두고 그레텔을 하녀처럼 부린다. 늙은 마녀는 헨젤이 살이 쪘는지 확인하기 위해 팔을 내밀어보라고 하지만 헨젤이 우리 안에 있던 뼈다귀를 내밀어 위기를 모면하자, 마녀는 그레텔부터 잡아먹기로 결심한다. 그녀는 그레텔에게 오븐의 온도가 적당한지 들어가보라고 유인하지만, 그레텔은 꾀를 부려 도리어 마녀를 오븐 안으로 밀어 넣는다.

마녀를 처치한 헨젤과 그레텔은 그곳에 있던 보석들을 가지고 집으로 돌아오는데, 계모는 알 수 없는 이유로 세상을 떠난 후였다. 아이들을 잃은 슬픔에 휩싸여 있던 아버지는 헨젤과 그레텔을 보고 무척 기뻐하고, 그 후 그들은 오래오래 행복하게 산다.[1]

이 이야기는 부모의 사랑에서 벗어나 결국에는 자립해야 하는 아이들에게 부모로부터 독립해서 사는 일의 중요함을 보여주는 '성장담'에 속한다. 이 이야기에서 오빠인 헨젤도 제법 똑똑하고 현명한 존재로 묘사되지만, 결국 마녀를 오븐 속에 밀어 넣고 마지막 승부의 정점을 찍는 아이는 여동생 그레텔이다. 그레텔의 승리는 가장 어린 아이가 가장 강한 존재로 성장한다는 '성장담'의 한 표본으로 삼을 만하다.

이 이야기에 대한 심리학적 해석은 매우 다양하지만, 나는 이 이야기에서 기호학의 여러 재미있는 측면을 살펴보고자 한다. 먼저 헨젤은 흰 조약돌을 기표(시니피앙, 기호의 표지)로 남김으로써 자신의 안전한 귀가를 보장받을 수 있었다. 기표야말로 생존

---

1 그림 형제, 김열규 역,『그림 형제 동화 전집』(현대지성, 2015), pp. 152~164.

의 방편이었던 셈이다. 그러나 기표가 완벽한 것은 아니다. 다음에는 빵 조각을 기표로 남겨두었는데, 그 기표는 사라져버려 위기에 빠진다. 기표는 매우 안정적인 것처럼 보이지만, 시간과 공간 혹은 사회적 맥락이 바뀌면 아무런 의미도 만들지 못하고 허망하게 사라질 수도 있는 것이다. 다시 말해 기표와 사물의 관계는 자의적이며 불완전한 측면도 있다.

가끔 기호는 오히려 안전을 위협하는 요인으로 작용할 때도 있다. '먹음직한 과자로 만든 집'이야말로 화려한 독버섯처럼 이들을 위기에 빠뜨리는 것이다. 그런데 현명한 두 아이는 잠깐 기호의 착각(화려한 과자집)으로 위기에 빠지지만, 종내에는 마녀로 하여금 기호의 착각에 빠지게 하여 위기에서 벗어난다. 마녀는 시력이 약한데 두 아이는 이 약점을 잘 이용한 것이다. 헨젤은 자신의 팔뚝을 내밀어야 할 때 뼈다귀를 내밀어 팔뚝/뼈다귀 사이의 기호의 착각을 유도하고, 그레텔은 눈이 어두운 마녀를 오븐 안으로 유도한 다음 오븐에 밀어 넣음으로써 마침내 죽게 만든다.

「헨젤과 그레텔」이 담고 있는 기호학적 착각은 크게 보아 은유(metaphor)의 혼란에서 비롯된 것과 환유(metonymy)의 혼란에서 비롯된 것으로 나누어볼 수 있다. 우리는 다음 장에서 구조의 개념을 먼저 정리한 다음, 은유와 환유의 능력이 어떻게 구조화에 기여하는지 논의를 이어가고자 한다.

구조의 발견: 레비스트로스의 구조인류학

레비스트로스는 신화를 더 이상 쪼갤 수 없는 가장 작은 구성 단위로 분해하여 신화의 구조를 확립하였고, 이 구성 단위를 신화소(mythemes, 언어학에서의 음소와 같음)라 불렀다. 신화소는 '관계들의 다발'인데, 레비스트로스는 하나의 행위에 이어 다른 행위가 일어난다는 식의 수평적 차원의 이야기에는 별로 관심이 없었다. 그가 관심을 둔 것은 수평의 축(행=row)이 아니라 수직의 축(열=column)이었다. 예를 들어 '카드모스는 용을 죽인다'와 '오이디푸스는 스핑크스를 죽인다'는 전혀 다른 수평적 이야기 축에 삽입되어 있지만, 수직적 차원의 열(column)에서 보면 동일한 신화소로 작동한다는 것이다.

단선율로 진행되는 음악이 있는 반면, 다른 음계들이 공존하며 진행되는 화성음악도 있다. 레비스트로스가 제시한 신화의 구조는, 서로 다른 리듬이 함께 공존하여 진행되는 화성음악의 형태와 유사하다.

아래의 도표에서 카드모스, 오이디푸스, 안티고네를 주인공으로 한 이야기는 각각 수평의 축에서 별개의 세 이야기로 진행된다. 하지만 수직적 축에서 보면 공통의 이항대립을 각각 반영하고 있다.

	통합체적 축			
	1. 혈연의 과대평가 (혈연의 긍정)	2. 혈연의 과소평가 (혈연의 부정)	3. 괴물을 죽임 (토인 기원설의 부정)	4. 신체적 불균형 혹은 장애(토인 기원설의 긍정)
계열체적 축	카드모스는 제우스에게 겁탈당한 여동생 유로파를 찾는다.		카드모스는 용을 죽인다.	
	오이디푸스는 어머니인 이오카스테와 결혼한다.	오이디푸스는 아버지인 라이오스를 죽인다.	오이디푸스는 스핑크스를 죽인다.	오이디푸스= 부어오른 발 라이오스= 왼쪽으로 기울어짐 람다코스= 다리를 절뚝거리는
	안티고네는 판결을 어기고 오빠의 시신을 묻는다.	서로가 서로를 죽인다.	에테오클레스는 형제인 폴리네이케스를 살해한다.	

　　레비스트로스는 신화가 인간 기원에 대한 인류의 보편적인 관심사를 드러낸 것이라 말한다. 인류는 땅/피(earth/blood)에서 나왔는가? 아니면 인간의 생식 과정을 통해 나왔는가? 인간은 하나(땅)에서 출발했는가, 아니면 둘(남녀)에서 출발했는가? 인류의 기원에 대한 관심은 인간이 혈연의 산물인가, 아니면 자연의 산물인가에 대한 상충된 해석 사이에서 머뭇거린다. 사람들은 인류의 근원이 혈연이라는 결론을 내렸다가도, 이내 그 결론을 부정한다. 레비스트로스에 의하면, 위에 제시된 세 개의 이야기는 각각 이러한 명제(인간은 남녀의 결합과 혈연에서 나왔다)와 반명제

(인간은 땅에서 나왔다) 사이의 곤혹감을 반영한다는 것이다.

레비스트로스는 오이디푸스 이야기가 그 당시 사람들이 믿고 있었던 신앙, 즉 인간은 땅으로부터 나왔다는 토착 신앙인 '토인 기원설'[2]과 인간은 남녀의 결합에서 생긴다는 사실을 화해시키기 위한 일종의 논리적 도구였다고 말한다. 그의 도식에 따르면, 1열(칼럼)은 공통적으로 혈연의 과대평가(overrating of blood relations)를 말하고, 2열은 혈연의 과소평가(underrating of blood relations)를 뜻한다. 3열은 인간과 괴물과의 싸움에서 인간의 승리를 보여주는데, 이는 인간이 땅에서 나왔다는 '토인 기원설'의 부정을 뜻한다. 반면 4열은 공통적으로 등장하는 인물의 이름이 걷기에 어려운 신체장애를 말하고 있는바, 그것은 질척한 늪에서 걷기 힘들어하는 인간의 모습, 즉 토인(土人, chthonian being)을 보여줌으로써, '토인 기원설'의 유지와 긍정을 나타내는 것이다. 혈연의 과대평가와 혈연의 과소평가는 '토인 기원설'에서 탈출하고자 하는 노력과 그 노력의 실패와 대응한다는 것이다.[3]

카드모스 이야기를 예로 들어보자. 카드모스는 여동생 유로파를 찾아오라는 명령을 받고 길을 나선다. 레비스트로스는 이 부분을 '혈연관계의 과대평가'로 정리했다. 그런데 여동생을 찾지는 못하고, 용과 만나 싸워서 용을 죽인다. 다음 이야기가 재미

---

2 '토인 기원설(autochthonous origin of mankind)'은 식물이 땅에서 자라듯이 인간도 땅에서 자라 나왔다고 보는, 당시 그리스의 토착 신앙이다.

3 Claude Levi-Strauss, "The Structural Study of Myth", Mark Gottdiener, Karin Boklund-Lagopoulou, Alexandros PH. Lagopoulos ed. Semiotics, *Vol. 2*, SAGE Publications, 2003, pp. 235~255.

있는데, 카드모스가 죽은 용의 이빨을 땅에 뿌리자, 거기에서 용감한 병사들이 탄생했다는 것이다. 이 용감한 병사들은 매우 강해 보이며 이들이 테바이라는 도시를 건설하는 주인공이 되지만, 테바이는 그리스 신화 체계에서 가장 저주받은 사람들이 사는 장소가 된다. 용의 이빨에서 태어난 인간은 '토인(土人) 기원설'과 관련되기 때문이다. 서양에서 용은 저주받은 동물인데, 인간이 용의 신체 중에서도 가장 더러운 것으로 볼 수 있는 용의 이빨(썩은 고기를 연상해볼 것)에서 태어났다면, 그 인간은 저주받은 존재임이 당연할 것이다. 인간이 용의 썩은 이빨처럼 더러운 땅/피(earth/blood)에서 태어났다면 저주받을 수밖에 없으며, 그러니까 그들은 늘 다리를 절뚝거리거나 다리에 큰 상처를 가진 운명을 감당해야 한다는 것이다.

이처럼 신화나 오이디푸스 이야기에서는 혈연의 과대평가 및 과소평가 이후, 괴물(땅/피의 결합물로서의 생명체, 혹은 토인)이 살해되며, 이들 주인공의 이름에서는 불균형과 무능력의 표지가 나타나는데, 이는 인간의 탄생 기원에 관한 이야기와 관계가 있다는 것이다. 인간은 균형을 잡을 수 있는 능력과 힘을 가지게 된 연후에야 일어설 수 있는 것이다. 그런데 다른 여러 신화에서 보면, 일어서는 데에 장애를 가진 인간들은 땅에서 태어났기 때문이다. 그러므로 위의 도표에서 네 개의 열(칼럼)들은 인간 기원의 문제에 함의된 모순적인 입장뿐만 아니라 이 문제에 접근하는 관점이 무엇인지를 나타낸다는 것이다.[4]

---

4 Thomas G. Pavel, "Literary Narratives," Mieke Bal ed., *Narrative Theory*(*1*), Routlege, 2004. p. 28.

은유와 환유, 계열체와 연합체

　우리는 위의 레비스트로스가 제시한 신화적 요소 중에서 수직축과 수평축의 관계에 새삼 주목해볼 필요가 있다. 다시 말해, 수직축의 이야기를 배열하는 데에 능한 사람이 있고, 수평축의 이야기에 능한 사람도 있을 수 있다는 사실을 떠올려볼 수 있을 것이다. 수평축은 이야기가 통합되기 위해 필요한 요소들이 배열되어 있다. 요소와 요소 사이를 잇고 있다는 점에서, 이러한 통합의 능력은 주로 소설가들의 능력에 대응된다. 이러한 능력은 '인접성'에서 출발한다. 반면 수직축은 한 요소를 다른 요소로 대치하고 있다. 대체적으로 시인들은 이러한 '유사성'을 읽어내는 능력이 비상하다. 이러한 관계를 은유와 환유, 계열체와 연합체의 관계를 통해 확인해보자.

　은유와 환유에 대한 언어학적 설명은 로만 야콥슨에 의해 제시되었다. 그는 선택(selection)과 결합(combination)에 대해 이야기한다. 예를 들어, '어린이'가 메시지의 토픽이라면 화자는 '어린이, 아이, 젊은 애, 꼬마' 등 어떤 면에서 동일한 의미를 갖는 단어 중에서 하나를 선택할 것이고, 그다음에는 이 토픽에 대해 언급하기 위해 '자다, 졸다, 낮잠 자다' 중의 하나와 결합시킨다는 것이다. 이때 '선택'의 근간은 등가성, 유사성에 있고, '결합' 곧 배열(sequence)의 구성을 이루는 밑바탕은 인접성이다. 이런 면에서, 시적 기능은 등가의 원리를 선택의 축에서 결합의 축으로 투사한다.[5] 이를 간단하게 도표화하면 다음과 같다.

5　로만 야콥슨, 신문수 편역, 『문학 속의 언어학』(문학과지성사, 1989), p. 61.

연합체 (syntagme)	환유 (metonymy)	인접성 (contiguity)	결합 (selection)	전치(displacement), 응축(condensation)
계열체 (paradigm)	은유 (metaphor)	유사성 (similarity)	선택 (combination)	동일시 (identification), 상징화(symbolism)

우리의 인식 능력은 크게 보아 은유(metaphor)와 환유(metony-my)의 방식으로 구성된다. 이 중에서 은유는 두 사물의 유사성을 파악하여 그것을 이해하는 방식이다. 여기에는 선택의 원리가 작동되어야 하는데, 가끔 잘못된 선택으로 인해 인식의 장애를 초래하는 경우도 있을 수 있다. 특히 매사를 환유에 의해서만 파악하고자 하는 사람은 은유 장애를 겪는다. 「헨젤과 그레텔」 속의 마녀 할멈이 여기에 해당하는데, 할멈은 눈이 어두워 전체를 조망하지 못한 채 부분과 부분의 연결(인접성)을 통해서만 사물을 인식하는 환유의 능력에만 전적으로 의존한다. 반대로 헨젤과 그레텔은 풍부한 상상력으로 유사성을 파악하는 데에는 능력을 보여주지만, 빵과 과자로 만들어진 집의 인접성, 즉 전체적 맥락을 이해하지 못한다.

사실, 은유와 환유에 대한 최초의 언급은 프로이트의 『꿈의 해석』에서 비롯된다. 프로이트는 무의식적 사고가 꿈을 이루는 내용으로 변화되는 과정에서 전치(displacement), 응축(condensation), 동일시(identification), 상징화(symbolism) 등의 작업이 이루어진다는 점을 제시한 바 있다.[6]

---

6 프로이트, 김인순 역, 『꿈의 해석』, 열린책들, 2003, pp. 337~370.

이 가운데 환유적 전치(displacement)와 제유적 응축(condensa-tion)은 '인접성'과 연관되며, 동일시(identification)와 상징화(sym-bolism)는 '유사성'과 관련된다. 언어학자 야콥슨은 프로이트의 꿈 작업 이론의 연장선상에서, 실어증에 걸린 어린이들이 언어의 두 가지 능력, 즉 은유와 환유 중 어느 하나에 장애가 있다는 점을 발견한다. 야콥슨에 의하면, 실어증에 걸린 한 환자는 '인접 혼란(contiguity disorder)'을 나타냈는데 그는 언어 요소들을 하나의 정연한 순서로 결합시키지 못했으며, 또한 '유사 혼란(simi-larity disorder)'을 겪고 있는 한 환자는 한 요소를 다른 요소로 치환시키지 못하는 현상을 나타냈다는 것이다.[7]

이러한 그의 논의는 일반적인 문학 이론으로 확대되어 우리의 정상적인 언어 행위도 은유와 환유의 두 축 중에서 어느 한 극단으로 향하는 경향이 있으며, 문학의 스타일도 은유적인 것이나 환유적인 것의 어느 한쪽으로 편향되어 표현된다는 것으로 정리되었다. 낭만주의로부터 리얼리즘을 거쳐 상징주의로의 역사적 발전 과정도 은유에서 환유로, 환유에서 다시 은유로의 스타일 변화로 이해될 수 있다는 것이다.

---

7 이러한 분류는 제의학자 프레이저에 의해 제의의 두 유형으로 활용된 바도 있다. 즉, 유사성의 원칙에 입각한 주술은 '동종적 감정의(homeopathic)' 혹은 '모방적인(imitative)' 것이며, 인접성에 입각한 주술은 '전염적(contagious)'이라는 것이다. 로만 야콥슨, 위의 책, p. 115.

디자인(design): 기호(sign)를 해체하기(de-)

우리는 앞에서 수직축에서 진행되는 은유의 능력과 수평축에서 진행되는 환유의 능력에 의해 문장 구조가 성립된다는 점을 살펴보았다. 다시「헨젤과 그레텔」을 환기하자면, 두 아이들은 은유의 능력이 뛰어났던 것 같다. 그들은 흰 조약돌, 흰 빵 조각을 흰색의 유사성에 근거하여 동일한 기호 내용으로 사용하는 지혜를 보이기도 했다. 그렇지만 아이들은 환유에 조금 약점을 보인 듯하다. 다시 말해 과자로 만들어진 집을 전체의 논리적 맥락에서 파악하지 못하고, 과자＝음식의 단순한 의미로만 읽어낸 듯하다. 그러므로 두 아이의 성공은 은유적 능력의 확보 때문에 가능했고, 두 아이의 위기는 환유적 능력의 부족함에서 기인한 것으로 보아도 된다.

반면 늙은 마녀는 아이들과는 전혀 다른 능력을 보인다. 늙은 마녀는 시력이 매우 좋지 않아서 부분적인 감각인 촉각만 이용한다. 즉, 마녀는 전체를 보지 못하고 부분에 의존하여 전체를 추론하는 환유적 능력에만 의존하는 셈이다. 늙은 마녀는 과자로 만든 집으로 아이들을 속일 수 있었지만, 앙상한 닭뼈와 아이의 손목을 구분하지 못한다. 형태적인 유사성은 시력을 통해 확보해야 하지만 마녀는 시력이 약하기 때문이다. 마녀는 은유적 능력의 부족으로 인해 아이들의 속임수에 넘어가고 결국 죽게 된다.

그렇다면「헨젤과 그레텔」이야기는 은유(시각)와 환유(촉각)의 대결이라 불러도 되지 않을까. 은유적 능력을 가진 두 아이와 환유적 능력만 가진 늙은 마녀의 대결에서 아이들은 승리한다. 물론 아이들이 은유적 능력으로만 성공한 것은 아니다. 아이들은 매우 빠른 학습 능력으로 마녀의 환유적 능력까지 배우고 이를 역이용했기 때문에 성공한 것이다.

「헨젤과 그레텔」 이야기의 끝부분에 아무도 주목하지 않는 사소한 이야기 두 개가 덧붙여져 있다는 점도 잊지 않았으면 좋겠다. 늙은 마녀를 죽이고 보물을 얻은 다음에는 집으로 돌아가야 하는데, 큰 강을 건너야 하는 마지막 난관에 부딪혔을 때의 이야기가 그중의 하나다. 강을 건널 수 없어서 절망에 빠져 있을 때 오리가 나타난다. 오리는 오빠 헨젤의 부탁으로 두 아이를 태워 주려 하는데, 동생 그레텔이 조용히 제동을 걸고 나선다. "안 돼. 이 오리는 우리 두 사람이 함께 타기에는 너무 작아. 한 번에 한 사람씩 건너야 해." 이 대목에서 우리는 동생 그레텔이 오빠의 미숙한 상황 판단 능력에 제동을 걸면서 오리 한 마리가 두 사람을 한꺼번에 태우고 강을 건널 수는 없으리라는 현실적인 판단까지 할 수 있는 아이로 성장했음을 알 수 있다. 그림 형제는 위의 사소한 이야기를 왜 버리지 않고 기어이 추가했을까. 그 이유를 확정하기는 힘들지만, 어쨌든 이 이야기의 최종 주인공이 동생 그레텔이라는 점을 새삼 강조하기 위한 것은 아닐까 하는 추측이 가능하다. 그리고 드디어 「헨젤과 그레텔」의 결말 부분이 나온다.

이야기는 이걸로 끝입니다. 저기 쥐 한 마리가 달아나고 있군요. 저놈을 잡는 사람은 그 털가죽으로 큼직한 모자 하나를 만들 수 있을

테지요.[8]

이 대목이야말로 엽기적이기도 하고 당혹스럽기도 하다. 그 동안의 이야기에서 전혀 나오지 않던 쥐 한 마리의 등장이 그렇고, 쥐 털가죽으로 큼직한 모자를 만들 수 있다는 주장도 당혹스럽다.

혹 이런 건 아닐까. 헨젤과 그레텔의 몸이 아직 엄청 작다는 사실. 그러니까 쥐 털가죽만으로도 그들의 모자를 만들 수 있다는 것. 혹은 아직 가난이 청산되지 않았다는 이야기일 수도 있다. 먹을 것이 없어 자식마저 죽여야 하는 대기근의 시대에 마녀의 금은보화는 거짓 환상이라는 것이다. 쥐 한 마리의 고기마저 값진 보물이라는 것.

어찌 보면, 기호학이라는 게 쥐 한 마리의 시선으로 세상을 달리 해석하는 작업일 수 있다. 기호학은 세상에 기왕 존재하는 온갖 기호(sign)에서부터 멀리 벗어나는 것(de-)인 동시에, 기호를 새롭게 디자인(de-sign)하는 것이라는 점. 그렇다면 헨젤과 그레텔은 자신의 몸 크기와 능력이 감당할 만큼의 이야기만 디자인해낸 셈이다.

---

8 그림 형제, 앞의 책, p. 164.

미녀와 야수: 한국적 변형의 의미

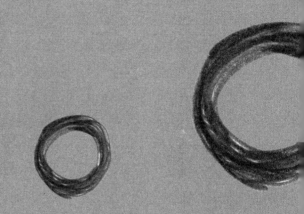

우리는 흑백 논리 혹은 이분법을 다소 부정적인 의미로 사용하는 경우가 많지만, 사실 이러한 이항대립(binary opposition)은 이야기 생성의 출발 지점이 된다. 세계 창조의 이야기에 이러한 이분법적인 도식이 늘 적용되는 것도 이 때문이다.

세계는 늘 혼돈(chaos)에 대립되는 질서(cosmos)의 생성에서부터 시작된다. 그리스 신화 속의 창조는 무시간성의 우라노스에 맞서는 시간성의 크로노스로부터 시작되며, 중국 신화 속의 창조는 혼돈이 숙과 홀에 의해 일곱 개의 구멍이 뚫리고 혼돈이 죽으면서 시작된다. 이후의 세계는 성서 창세기에 묘사되듯, 천지-일월-주야-남녀 등의 이항대립이 차곡차곡 쌓이면서 형성되기 시작한다.

'미녀와 야수(Beauty and the Beast)'는 네 겹의 이항대립이 한꺼번에 등장한다는 점에서 흥미로운 분석 대상이 될 수 있다. '미녀와 야수'는 인간과 동물, 여성과 남성의 범주를 대립쌍으로 지니고 있으면서도 아름다움과 추함, 선과 악 등의 미적·윤리적 가치와 결합되기 때문에 매우 다양한 해석의 가능성을 제시하는 셈이다. 이 글에서는 이러한 대립항을 통해 제시되는 여러 이야기들이 결말에 이르러 이분법적인 경계를 넘어서서 '전체로서의 자기'를 완성해가는 과정에 집중하고 있다는 점에 주목한다.[1]

'미녀와 야수'의 현대적 변용

'미녀와 야수(Beauty and the Beast)' 혹은 인간이 개구리, 두꺼비, 뱀 등과 같은 동물과 결혼하는 내용을 다룬 이류교혼담(異類交婚談) 유형의 설화는 전 세계적으로 폭넓게 발견된다. 그리스 신화 가운데 '큐피드(Cupid)와 프시케(Psyche)'에서 그 형태를 확인할 수 있는 이 설화는 보롱 부인의 소설 「미녀와 야수」(1756)에서, 그리고 이를 각색한 동명의 애니메이션을 통해서 대중들에게 친숙하게 알려졌다. 여러 차례 리메이크된 영화 「킹콩」 또한 '미녀와 야수' 이야기의 가장 대중적인 판본 중 하나인데, 사실 '미녀와 야수'를 대립쌍으로 내건 작품들은 영화, 애니메이션, 소설, TV 드라마, 뮤지컬 등 다양한 방식으로 제작되고 있어 일일이 헤아리기 힘들 정도이다.[2]

---

1 이하 내용은 김만수 · 김하나, 「'미녀와 야수'의 현대적 변용 양상」(『한국학연구』, 2014. 12)을 수정, 보완한 것임.

2 (1) 김중현, 「'미녀와 야수', 보몽의 소설에서 디즈니 애니메이션까지」, 『동화, 콘텐츠를 만나다』, 건국대학교 동화와번역연구소, 2010. (2) 김환희, 「「구렁덩덩신선비」와 외국 뱀신랑 설화의 서사 구조와 상징성에 대한 비교문학적 고찰」, 건국대학교 동화와번역연구소, 『동화와 번역』 제4권, 2008, pp. 101~123. (3) 김종갑, 「고전적 몸과 근대적 몸─'큐

'미녀와 야수'는 실사 영화보다 애니메이션에서 더욱 활발한 각색과 제작이 이루어졌다. '야수'는 일단 동물이기 때문에 실사 영화로 표현하기 힘든 측면이 이런 애니메이션 제작의 한 이유가 될 것이다. 그러나 '미녀와 야수'는 디즈니의 대표작으로 알려진 「미녀와 야수」(1991) 외에도 드림웍스의 「슈렉」(2000), 미야자키 하야오 감독의 「하울의 움직이는 성」(2004), 조엘 슈마허 감독의 「오페라의 유령」(2004), 피터 잭슨 감독의 「킹콩」(2005), 크리스 벅/제니퍼 리 감독의 「겨울왕국」(2014) 등의 형태로 원형을 감춘 채 매우 다양하게 변용되어 있어, 애니메이션만으로는 그 전체적인 윤곽을 포괄하기 힘들다. 또한 한국에서도 이계벽 감독의 「야수와 미녀」(2005), 조성희 감독의 「늑대소년」(2012) 등의 실사 영화 형태로 산포되어 있음을 알 수 있다.

이 글에서는 미국 애니메이션 「백설공주」「슈렉」「겨울왕국」과, 한국 영화 「늑대소년」「파이란」「내 깡패 같은 애인」에 제한하여 '미녀와 야수'의 현대적 변용이 지닌 의미를 추적하고자 한다. 앞으로 거론할 미국 애니메이션은 디즈니사의 소위 '디즈니 르네상스' 이후의 작품들로, 근대 산업사회의 가치관과 이념이 온존하면서도 개인성의 부상, 여성상의 변화, 사회 정의의 문제, 정체성의 문제 등 초창기 디즈니 이념과는 다른 모습을 보여주고 있다는 점에서 분석의 의미가 있다.[3] 그리고 한국에서 제작된 세 편의 영화는 멜로드라마라는 트렌드에 입각하고 있으면서도

피드와 프시케'와 '미녀와 야수'를 중심으로」, 한국비교문학회, 『비교문학』 제44집, 2008. 2, pp. 59~88.

3 김용석, 『미녀와 야수, 그리고 인간』, 푸른숲, 2000.

새로운 여성상과 사회 현실을 반영한다는 점에서 비교의 가치가 있다.

기본형과 변형에 담긴 의미

'미녀와 야수'에는 대략 다음과 같은 대립쌍이 숨어 있으며, 이들 대립쌍들이 다양한 이본의 원천이 된다.

	속성(범주)		가치	
미녀	인간	여성	미	선
야수	동물	남성	추	악

대부분의 작품에서 '미녀'에게는 여성이되 아름다움과 선함의 가치가 부여되는 반면, '야수'에게는 동물이되 추함과 악함의 가치가 부여된다. 그러나 이러한 이분법은 가치와 속성의 기준 자체가 절대적이지 않다는 점에서 늘 변용을 낳을 가능성을 지닌다. 예를 들어 미추의 개념에도 내면/외면의 측면이 개입되고, 선악의 개념에도 개인적/사회적 정의와 선의 측면이 개입될 수 있으며, 인간과 동물의 이분법도 얼마든지 다양하게 변용될 수 있는 여지를 가진다. 영화 「슈렉」은 여주인공＝미녀의 가치 범주를 살짝 비트는 정도만으로도 재미있는 이야기를 만들어낼 수 있었는데, 실제로 많은 설화와 신화 등에서도 인간과 동물의 이분법을 넘어선 존재들의 내적 변환, 외적 변신 등을 담고 있다.

이 글에서는 일단 '미녀와 야수'를 기본형으로, '프시케와 큐피드'를 변형으로 설정한 다음, 이들 이야기에 담긴 심층 의미의 일부를 먼저 분석하기로 한다.

1. 기본형으로서의 '미녀와 야수'

1756년에 출간된 보몽 부인의 『미녀와 야수』는 1740년 빌너브 부인에 의해 발표된 동명의 소설을 원전으로 하며, 1946년 장 콕토에 의해 최초로 영화화된 이래, 월트 디즈니사에 의해 1991년에는 애니메이션으로, 1994년에는 뮤지컬로 각색되는 등 수없이 변용되었다. 1756년판 『미녀와 야수』는 영국에 체류하면서 귀족 자제들의 교육을 담당하던 보몽 부인이 원전 소설을 아동문학으로 각색한 것으로, 원래 소설 속의 진부하고 원색적인 부분은 삭제되고 윤색된 것으로 알려져 있다. 보몽 부인의 작품은 '미녀와 야수'의 원형을 잘 보여주고 있어 가장 많이 인용되는 원전 중 하나이다. 이 작품은 이후 많은 애니메이션의 원작으로 간주되었으므로 그 내용을 간단히 정리함으로써 일단 '미녀와 야수'의 원형으로 삼고자 한다.[4]

(1) 사치스럽고 교만한 언니들과는 달리 착하고 부지런한 데다 독서를 즐기며 아름답기까지 한 벨은 아버지의 사업 실패로

---

4 류선정, 「프랑스 전래동화 '미녀와 야수'의 애니메이션화—영웅 서사와 환상성을 중심으로」, 『프랑스 연구』, 55호(2011. 2), pp. 401~402에서 재인용.

시골에 내려가 살아야 할 위기에 처한다.

(2) 시골에서 산 지 1년이 지났을 때 거래를 위해 집을 떠나게 된 아버지에게 언니들은 값비싼 물건을 사달라고 조르지만 벨은 장미꽃 한 송이만 갖다달라고 말한다.

(3) 거래 실패로 허탈하게 집으로 돌아오던 벨의 아버지는 숲에서 길을 잃어 우연히 야수의 성에 들어가게 되고, 그곳에서 허기를 채운 후 잠이 든다.

(4) 야수는 벨의 아버지가 자신의 정원에서 장미꽃을 꺾는 걸 보자 화를 내고 그 벌로 그가 죽든지, 그의 딸 중 한 명이 대신 죽으러 와야 한다고 말한다.

(5) 집에 돌아온 벨의 아버지가 자신이 겪은 이야기를 자식들에게 털어놓자, 벨은 아버지 대신 자신이 죽겠다면서 아버지와 함께 야수의 성으로 간다.

(6) 아버지와 작별 후 벨은 야수의 성에서 홀로 지내면서 야수가 자신을 잡아먹으려고 하지도 않을 뿐만 아니라 오히려 매우 친절하며 착한 마음씨를 가졌다는 걸 알게 되지만, 갑작스러운 야수의 청혼을 거절한다.

(7) 벨은 계속해서 청혼을 하는 야수에게 결혼은 싫지만, 일단 아버지를 뵙고 일주일 후에 돌아오겠다고 맹세한 뒤 집으로 간다. 그러나 겉모습이나 말재주보다 따뜻하고 진실한 마음이 중요하다는 걸 깨달은 벨은 그녀를 시기하는 언니들의 방해에도 불구하고 벨이 떠난 뒤 슬픔으로 굶어 죽어가던 야수에게 다시 돌아가 그의 아내가 되겠다고 말한다.

(8) 벨은 마법이 풀려 멋진 모습을 되찾은 야수와 결혼해 왕비

가 되고 심술궂은 두 언니들은 석상이 된다.

이 작품의 여주인공은 셋째 딸인데, 사치스럽고 교만한 두 언니들과는 달리 그녀에게는 착함의 속성이 부여되어 있다. 그녀는 아름다움과 착함으로 인해 멋진 결혼이 보장되는데, 우리는 여기에서 보수적인 훈육을 통한 여성의 성숙이라는 교훈을 읽어낼 수 있다. 그러나 여성의 진선미에 대한 강조와는 별개로, 미녀와 야수 사이에 아버지의 사건이 개입되어 있다는 점은 특별히 유념해둘 필요가 있다.

2. 변형으로서의 '큐피드와 프시케'

그리스 신화 속 '큐피드와 프시케'에 관한 이야기는 '야수'의 형상을 감춘 존재로서의 큐피드, 잃어버린 신랑인 큐피드를 찾아 나선 프시케의 이야기가 등장한다는 점에서 '미녀와 야수' 변형의 흥미로운 사례를 보여준다. '미녀와 야수'와의 공통점을 중심으로 줄거리를 간단히 정리하면 다음과 같다.

어느 왕에게 세 명의 딸이 있었다. 막내인 프시케는 특히 아름다웠기 때문에 사람들은 베누스에 대한 신앙을 버리고 프시케를 숭배하게 되었다. 베누스 여신은 자신에 대한 숭배의 의식을 빼앗긴 데 화가 나서, 프시케를 벌하려고 했다. 여신은 아들인 큐피드에게 명하여 프시케가 가장 추한 생물과 사랑에 빠지게 하라고 했다. 그러나 큐피드는 프시케를 보는 순간 스스로 사랑에 빠져 어머니의 명령을 따를

수 없었다. (……) 밤이 되어 프시케가 자리에 눕자 인간의 모습을 한 큐피드가 들어왔다. 그는 자신이 프시케의 남편이라면서, 자신의 정체를 알려 하거나 모습을 보려고 하지 않는다면 행복한 일생을 보내게 될 것이라고 말했다. (……)

언니들은 프시케가 살고 있는 화려한 궁전을 보는 순간 심한 질투를 느꼈다. 언니들은 프시케가 아직 남편의 모습을 한 번도 보지 못했다는 사실을 알았다. 이에 언니들은 프시케의 남편이 뱀이 되어 그녀의 배 속에 들어와 그녀와 태아를 잡아먹을지도 모른다고 겁을 주었다. 프시케는 남편의 경고와 언니들의 이야기 사이에서 갈등을 느꼈으나, 결국 호기심과 갈등을 이기지 못하고 그날 밤 잠자리에 들때 램프와 단도를 가지고 들어갔다. 프시케가 램프에 불을 켜는 순간, 프시케는 상대의 아름다운 모습에 너무 놀란 나머지, 자기도 모르게 램프의 뜨거운 기름 한 방울을 그의 어깨에 떨어뜨리고 말았다. 큐피드는 깜짝 놀라 눈을 떴다. 프시케에게 정체가 드러나 자신의 비밀이 밝혀진 것을 안 큐피드는 벌떡 일어나 그길로 달아나고 말았다. 절망한 프시케는 그를 찾아 백방으로 수소문했으나 허사였다. (……) 마침내 프시케는 베누스가 살고 있는 궁정으로 그녀를 찾아갔다. 그러자 여신은 프시케를 노예로 삼아 도저히 불가능한 일들만 시켰다. 먼저 그녀는 뒤섞인 여러 종류의 곡물을 밤이 되기까지 선별하지 않으면 안 되었다. 그러자 개미 떼가 나타나 그 일을 해주었다. (……)

아내를 잃은 적적함을 견디지 못한 큐피드는 유피테르(제우스)의 옥좌에 다가가 자신이 명령에 따르지 않았다는 점을 자백하고, 프시케를 정식 아내로 인정해달라고 탄원하는데 유피테르도 이에 동의한다. 그동안 프시케는 지상으로 돌아오면서 호기심을 이기지 못하여 뚜껑을 열어서는 안 된다는 경고를 무시하고 병을 열어본다. 그런데 그 병에 들어 있던 것은 죽음의 수면이었다. 프시케는 잠에 빠져들었다. 큐피드가 그녀를 발견한 것은 그때였다. 그는 프시케를 다시 살려내 올림포스로 데려갔다.[5]

이 이야기에서 프시케는 매우 아름다운 여성으로 묘사되지만, 여러 면에서 인간적 약점을 지닌 존재로 등장한다. 프시케는 두 차례나 금기를 위반한다. 프시케는 남편의 모습을 보기 위해 램프를 켜서는 안 된다는 금기를 어긴다. 또한 절대로 병을 열어보아서는 안 된다는 금기도 위반하는데, 이는 아직 성숙하지 못한 여성으로서의 프시케의 약점을 보여준다. 반면 프시케는 노동, 인내, 지혜의 힘으로 이러한 난관들을 하나씩 극복해간다. 프시케가 보여준 이러한 미덕은 여성에게 부여된 인내와 순종 등의 윤리적 가치를 상징하는 것이다. 반면 뾰족한 창을 지닌 큐피드에게는 여성에게 들켜서는 안 되는 동물적인 속성인 '남근'이 암시되어 있다.

우리는 위의 이야기에서 '미녀'에게 내재된 장점과 약점, '야수'에게 내재된 장점과 약점을 동시에 발견하게 되는데, 그리스 신화는 이러한 장애물을 넘어설 때 비로소 '큐피드'로 상징되는 성스러운 사랑(큐피드는 영어 식으로는 '에로스'로 읽는다)에 이를 수

---

5 M. 그랜트, J. 헤이즐 공저, 김진욱 역, 『그리스 로마 신화사전』(범우사, 1993), pp. 529~531.

있으며, 사랑의 결과물(이들이 낳은 딸의 이름은 '희열'이다)에도 도달할 수 있다는 인식을 보여준다. 이처럼 그리스 신화 속의 '큐피드와 프시케'는 여자들이 노동, 인내, 순종, 지혜 등의 미덕을 갖출때 비로소 행복한 결혼에 도달할 수 있다는 가르침을 담고 있다.

3. 이들 이야기에 내재된 심리적 원형 분석

위의 두 이야기 유형에서 이야기를 끌고 가는 원동력은 여성의 미션 수행이다. '미녀와 야수'의 여주인공 벨과 그리스 신화 속의 여주인공 프시케는 '문제-해결'의 반복을 경험한다. 벨은 아버지를 살리기 위해 흉측한 야수와의 결혼을 결심한다. 프시케는 아름다움이라는 '능력' 덕분에 큐피드라는 남자를 얻지만, 금기를 위반해 남자를 잃는다. 그다음에 벨과 프시케는 여러 난제를 해결하면서 점차 '잃어버린 신랑'을 되찾는다.

오해와 시련에도 불구하고, 아내가 여러 모험 끝에 마침내 남편을 찾아낸다는 이야기는 민담 유형에서 '성실한 아내가 남편을 찾아내다', '성실한 누이'의 형태로 전승되는바,[6] 사실 이러한 과정을 통해 여주인공들이 궁극적으로 얻게 되는 것은 여성으로서의 자기 성숙이다. 벨은 부모의 보호에 감싸여 있는 나약한 딸이 아니라 난제를 해결하기 위해 자신을 희생하는 어른스러운 숙녀로 성장하며, 프시케는 베누스가 부여한 여러 겹의 숙제를 해결해가는 과정에서 점차 성장한다. 이들 두 주인공은 고난

---

6 Stith Thompson, *The Folktale*(*Holt* Rinehart and Winston, 1946). p. 108.

을 감수하고 인내하는 과정을 통해 전통적인 여성에게 요구되는 가장 소중한 덕목, 즉 희생과 인내라는 미덕을 얻기에 이르는 것이다. 특히 보롱 부인의 『미녀와 야수』는 여성의 절대 복종이 미덕으로 간주되던 영국 하노버 왕조의 보수적 여성상을 반영하는데, 이러한 보수적인 태도로 인해 보롱 부인의 각색물은 가장 대중적인 텍스트로 환영받는다.

그러나 이들 이야기에 여성의 '문제-해결'의 대립쌍만 포함되어 있는 것은 아니다. 위의 이야기에는 성적인 에너지들이 산재되어 있다. 이들 이야기의 주인공을 '미녀', 즉 아직 성을 경험하지 못한 처녀로 볼 경우, '야수'를 환유하는 것으로 제시된 뱀, 개구리, 고릴라 등이 상징하는 것은 너무 자명하다. 물컹물컹하고 징그러운, 음습하고 형태를 분간할 수 없는 이러한 생물들은 이른바 '달 동물(lunar animal)'로서 다산성을 의미하기도 하고 궁극적으로는 남성의 성기를 상징한다. 「개구리 왕자」에서 연못에 빠뜨린 구슬을 주워준 개구리를 힘껏 집어던지는 공주의 모습은 징그러운 남성성을 아직 용납할 수 없는 처녀의 심리적 상태를 상징하기에 충분하다.

이에 대해 브루노 베텔하임과 조셉 캠벨은 적절한 해석을 제공한다. 베텔하임은 이들 이야기가 결혼을 하지 않은 처녀의 원초적인 사랑이 인자한 아버지로부터 멋진 남편으로 이행해가는 과정을 다루고 있다고 해석한다. 처녀는 아버지의 사랑 속에서 성장하지만, 아버지의 사랑 안에는 동물적인 사랑, 즉 성이 결여되어 있다. 아버지의 사랑에서 벗어나 성의 세계에 들어서기 위해서는 동물적인 남자에 대한 이해가 필요한데, 이러한 망설임의 과정이 「개구리 왕자」나 「라푼젤」 속에 성적인 상징으로 숨어 있다는 것이다. 공주가 개구리를 벽에 집어 던져버렸을 때, 아버지는 준엄하게 딸을 질책한다. 약속은 지켜져야 한다는 아버지의 엄명은 동물적인 사랑으로서의 성의 세계로 딸이 진입하도록 돕는다. 물론 이러한 이야기는 여러 변형을 일으킨다. 예를 들어 '미녀와 야수'에서 셋째 딸은 약속을 지키기 위해서, 혹은 아버지의 목숨을 구하기 위해서 야수와의 동물적인 사랑을 선택해야 하는 것이다. 이때 야수를 선택하는 미녀의 행동은 약속 지키기와 아버지 구하기 등의 윤리적 가치로 포장되면서, 자연스럽게 아버지에 대한 사랑에서 벗어나 새로운 남자와의 동물적 사랑으로 이행하는 것이다. 이러한 과정에 대한 조셉 캠벨의 설명은 좀더 광범위하게 적용될 수 있다. 모든 영웅은 고난을 통과하기 위해 '관문'을 지난다. 그 관문은 위험하고 혐오스러운 미궁의 형태를 띠는데, 이러한 형태는 지하 세계 혹은 여성의 자궁, 남성의 성기 등의 물리적 형태로 제시된다. 위험한 관문을 지나야 영웅이 될 수 있는 것은 미숙한 처녀가 동물적인 남자와의 위험한 성적 경험을 통해 어른이 되는 과정에도 어김없이 적용된다는 것이다.[7]

이러한 이야기는 수없이 재생산되고 있다. 여러 차례 리메이크된 「킹콩」은 물론, 「백설공주와 일곱 난쟁이」「눈의 여왕」 등은 아름다운 여성과 동물적인 남성의 대립을 다룬다. 왜 백설공주는 하필 못나고 혐오스럽게 보이는 난쟁이들의 도움을 받아야 하는

---

7 (1) 브루노 베텔하임, 김옥순·주옥 역, 『옛이야기의 매력 2』(시공주니어, 1998), pp. 456~464. (2) 조셉 캠벨, 이윤기 역, 『천의 얼굴을 가진 영웅』(민음사, 1999), p. 107 참조.

가. 난쟁이와 개구리, 뱀, 고릴라 등의 공통점은 무엇인가. 베텔하임은 이러한 이야기의 목표를 '자연스러운 성교육'으로 설정하지만, 사실 여기에는 좀더 다양하고 심층적인 문화적 의미가 있다. '미녀와 야수'는 성교육 텍스트로서의 아동문학에 국한된 게 아니라 21세기 대중들이 향유하는 가장 대중적인 콘텐츠 중의 하나이기 때문이다.

이 글에서는 '미녀와 야수' 이야기를 '미녀의 성장담'과 '야수의 성장담'으로 나누어 그 의미를 분석해보고자 한다.

'미녀'의 성장담

1. 「백설공주」에서 「슈렉」으로

'미녀와 야수' 이야기 중에서 야수가 약화되고, 미녀가 부각된 이야기로는 「잠자는 숲속의 미녀(Sleeping Beauty)」와 「백설공주(Snow White)」를 들 수 있다. 그런데 이들 두 이야기에 등장하는 미녀는 대단히 수동적이다. 여주인공은 '잠자는(Sleeping)' 상태이거나 '눈(Snow)'에 가까운데, 이 어휘에는 행동 없음, 수동적인 이미지는 물론 결국은 부모의 과보호 아래 그저 얌전히, 활력 없이 살아가는 수동적이고 순종적인, 감정(무의식)마저 눈처럼 차갑게 잠들어 있는 여성의 모습이 숨어 있다.

「잠자는 숲속의 미녀」는 왕자에 의한 공주의 구원을 다룬다. 공주의 생일 축하 모임에 초대받지 못한 요정이 끼어드는데, 요정은 공주가 어른이 되기 전에 물레 바늘에 찔려 죽게 되리라는 저주를 내린다. 마침내 공주의 성년식 전날, 공주는 물레 바늘을 가진 노파를 우연히 만난다. 공주는 호기심에 물레 바늘을 만지다가 죽음과도 같은 잠에 빠진다. 왕과 왕비는 공주를 가시로 둘러싸인 성에 격리시킨다. 그러나 가시덤불 속의 성을 가까스로 통과한 한 왕자가 잠에 빠진 공주에게 키스함으로써 공주는 깨어난다. 공주는 저주에 걸려 가사(假死) 상태에 빠졌지만 왕자의 사랑으로 삶을 되찾게 된 것이다. 이 이야기에서도 공주가 처음 겪는 고통인 물레 바늘의 아픔, 그리고 왕자와의 키스에는 성적인 상징이 숨어 있다.

「백설공주」에도 성적인 상징이 숨어 있다. 백설공주의 아름다움으로 인해 질투심에 휩싸인 의붓어미인 왕비는 사냥꾼에게 백설공주를 숲으로 데려가 죽이고 그 증거로 심장을 가져오라 명령한다. 그러나 백설공주는 숲속에서 가까스로 살아남고 일곱 난쟁이의 오두막을 발견한다. 난쟁이들은 "우리가 일하는 동안 집을 돌봐준다면 머물러도 좋다"고 백설공주를 받아들인다. 이후에도 왕비는 백설공주를 없애고자 세 번 난쟁이의 오두막을 찾는다. 마침내 왕비가 내민 독 사과를 먹고 백설공주는 쓰러진다. 집으로 돌아와 쓰러져 있는 백설공주를 발견한 난쟁이들은 크게 슬퍼하며 유리로 된 관에 백설공주를 눕힌다. 시간이 흘러 숲을 지나던 왕자가 유리관에 놓인 백설공주를 보고 한눈에 반한다. 왕자는 난쟁이들에게 사정하여 유리관을 얻는다. 숲을 지나 유리관을 옮기는 동안 유리관이 덜컹거리자 목에 걸린 독 사과의 씨가 빠져나오고 백설공주는 다시 정신을 차린다. 왕자는

매우 기뻐하고 백설공주와 결혼한다.[8]

위의 이야기들이 '미녀와 야수'의 변형담인 것은 분명하다. 그런데 '야수'보다 '미녀'에 초점을 둔 위의 두 이야기, 「잠자는 숲 속의 공주」와 「백설공주」는 백인을 주인공으로 한 서사에 의존한다는 점에서도 공통적이다. 이들 공주는 난쟁이와 대립된다는 의미에서 키가 크며, 피부는 하얀 눈에 가까울 정도로 희거나 창백하다. 이들이 디즈니 애니메이션의 단골 메뉴가 된 데에는 이러한 사정도 작용했을 것으로 보인다.

그러나 최근 들어, 디즈니의 백인 중심 서사를 비판하고 나선 픽사와 드림웍스에서는 이러한 백인 중심의 서사를 전복시킨다. 픽사의 경우는 디즈니처럼 멋지고 착하고 사회적으로 훌륭한 '영웅'이 아니라 말썽부리고 겁 많고 사고뭉치이며 몸이 불편한 캐릭터를 등장시키는 전략을 사용한다. 이로써 픽사는 디즈니의 영웅 신화에 대비되는, '민중 서사'의 스토리를 구사하는데, 이는 「백설공주」의 해석에도 적용된다. 「일곱 난쟁이와 백설공주」에서 왕자 대신 일곱 난쟁이를 선택하는 순간, 이야기는 민중 서사로 변하는데, 이것이 픽사의 전략인 셈이다.

드림웍스 또한 디즈니의 전략을 비판하면서 새로운 서술 전략을 선택했다. 선악의 이분법, 코믹한 캐릭터를 배제하고 사실적인 캐릭터 기술을 목표로 한 드림웍스의 작품들은 결국 거대하고 못생기고 지저분한 녹색 괴물인 '슈렉'이라는 독특한 캐릭터

---

8 두 작품에 대한 소개는 다음을 참조함. (1) 김만수, 『스토리텔링 시대의 플롯과 캐릭터』 (연극과인간, 2012), pp. 203~217. (2) Christopher Booker, *The Seven Basic Plots: Why We Tell Stories*, (Continuum, 2010), pp. 193~214.

를 성공시킨다. 「슈렉」은 패러디를 통해 얻을 수 있는 효과를 잘 활용했다. 기본적으로 스토리는 영웅 모험담을 기초로 하는데, 「슈렉」은 누구나 익숙하게 알고 있는 이 모험담에 독특한 캐릭터와 낯선 배경을 결합하여 패러디 효과를 가져온 것이다. 예를 들어 성에 도달한 슈렉을 막는 용을 암컷 용으로 설정해 당나귀와 사랑에 빠지게 하거나, 성주를 다리 짧고 못생긴 인물로 설정해 호감을 갖지 못하게 하고, 공주를 밤마다 마법에 걸려 못생기고 뚱뚱하게 만드는 등 기존 인물을 상식 밖의 인물로 설정하는 것이 「슈렉」의 서사 전략 중 하나였다.[9]

어쨌든 이들 작품에서 여주인공의 부활 혹은 재탄생에 결정적으로 기여하는 것은 남성의 키스이다. 「잠자는 숲속의 미녀」는 왕자의 키스를 통해 부활하며, 「백설공주」는 유리관이 덜컹거려 목에 든 사과 씨가 빠져나오는 것으로 되어 있지만, 유리관을 옮기는 주체가 왕자라는 점에서 '왕자의 키스'라는 모티브가 그대로 유지된다는 점을 알 수 있다(「백설공주」는 아동용 판본이 되는 과정에서 성적인 이미지로서의 '키스'가 은폐되었을 공산이 크다).

그러나 「백설공주」에서 「슈렉」에 이르기까지의 다양한 변용들은 여성의 성장 서사에 초점을 둔다는 점에서 중요한 공통점을 가지고 있는데, 이들 여성 성장의 결정적인 계기는 남성과의 만남이다. '백마 탄 왕자와의 결혼'이라는 로맨틱 판타지의 원형을 온전히 담고 있는 이들 텍스트는, 비록 「슈렉」 식의 변형의 경우에도 여성의 성장에는 남성의 존재가 필수적이라는 주제를 반복

---

9 배주영, 『디지털 애니메이션 스토리텔링』(살림, 2005), pp. 52~54.

한다. 이들 텍스트에 여성의 주체적인 노력이 없는 이유는 여기에 있다(남성을 만나지 못한 여성들은 여전히 잠의 '저주'에 빠져 있다).

2. 「늑대소년」의 경우

반면 한국 영화 「늑대소년」(조성희 감독. 2012)은 좀더 주체적인 여성상을 내세운다. 이 영화는 강한 군인 만들기 일환으로 생체 실험의 대상이 되었다가 방기된 '늑대소년'과 서울에서 낙향한 여고생 '순이'의 사랑을 다룬 작품으로, '미녀와 야수'의 한 변형에 해당한다고 볼 수 있다. 여고생 순이는 온갖 정성을 다하여 늑대소년을 돌본다. '미녀' 솔베이지가 '야수' 페르 귄트를 기다리는 것처럼, 세월이 흐른 뒤에도 순이는 늑대소년을 잊지 못한다. 47년이 흘러 이제 할머니가 된 순이는 예전 늑대소년과 함께 지냈던 옛집을 찾아가 다시 늑대소년을 만난다.[10]

이 영화의 제목은 늑대에 의해 양육된 소년을 주인공으로 다룬 러드야드 키플링(Rudyard Kipling)의 『정글북(*Jungle Book*)』(1894)에서 차용된 것으로 보인다. 또한 강한 군인을 만들기 위해 생명체를 조작하는 실험을 시도하는 대목은 스위스의 한 미친 의대생이 선한 인간을 창조하겠다는 야망으로 새로운 생명체를 탄생시켰으나 결국 그 생명체가 괴물로 변해가는 과정을 그린 메리 셸리의 소설 『프랑켄슈타인(*Frankenstein*)』(1818)의 한국적 변용으로 볼 수 있다.

---

10 이하 이 글에 나오는 한국 영화의 줄거리 소개는 네이버 영화의 공식 홈페이지를 참조.

지금으로부터 47년 전의 강원도 화천을 배경으로 한 이 영화의 시간은 영화 제작 시점을 기준으로 환산해보면, 1965년 무렵에 맞춰져 있다. 1960년대의 반공 이데올로기를 보여주기 위해 '반공 방첩' 등의 용어가 자주 환기되기도 하는 이 영화는(어수룩하고 무지막지한 군인, 경찰 등이 등장하기도 한다), '빨갱이'라는 이름으로 배제되어온 집단에 대한 반공 이데올로기의 강박을 환기시키기도 한다. 강원도 오지라고는 해도 1960년대에 늑대소년이 출현한다는 점 등이 몰입을 방해하는 비현실적인 요소로 작용하지만, 이야기는 점차 야만과 문명의 관계로 이행되고, 후반부로 갈수록 우리의 현실에서 쉽게 발견할 수 있는 여러 겹의 이분법적 경계를 환기시키면서 나름의 보편성을 획득해간다. 예를 들어 우리가 몸담고 있는 문명의 바깥에 존재하는 늑대소년은 1960년대 상황에서는 낙오된 빨갱이, 전쟁 고아 등을 연상시키기도 하지만, 2010년대의 한국에서는 한국어를 습득하지 못한 많은 외국인 이주자의 모습을 연상시키기도 한다.

영화 「늑대소년」의 주인공은 늑대소년이 아니라 늑대소년을 돌보는 여고생 순이다. 순이는 폐병에 걸려 있는 상태이며 집안이 몰락하여 시골로 낙향한 처지이다. 암담한 상황에서 순이는 일기를 쓰면서 나날을 보낸다. 이러한 순이를 절망으로부터 구해준 것은 나약한 왕자(순이의 집을 사주기도 하는 부잣집 아들)가 아니라 늑대소년이다. 순이는 늑대소년을 돌보는 과정에서 스스로의 상처를 치유해가며 점차 삶의 활력을 되찾아간다. 순이는 늑대소년이 사악한 게 아니며, '진짜 야수'는 다른 곳에 있다는 사실을 점차 깨달아간다(순이가 현재 한국 땅을 벗어나 미국에 살고 있다는 설정 자체가 아직 한국 사회에 지독한 야수성이 남아 있다는 암시로도 비약해볼 수 있겠다). 이는 마치 인도에서 태어난 영국인으로 영국보다 인도를 사랑했던 러드야드 키플링이 『정글북』에서 제시한 주제와도 흡사하다. 정글의 동물과 문명의 인간을 대립시킨 『정글북』은 정글에 가까운 인도인의 삶이 문명을 구가하는 영국인의 삶보다 더욱 인간적일 수 있음을 보여준다. 영화 「늑대소년」에서 순이는 차가운 사회 현실의 야수성을 늑대소년의 따뜻함과 대비시킴으로써 새로운 문명의 가능성을 제시한다.

영화 「늑대소년」을 '미녀와 야수' 이야기의 변형으로 간주했을 때, 우리가 만나는 것은 미녀의 성장담이다. 이 미녀에게는 아버지가 없다. 또한 '순이'를 둘러싸고 있는 사회 현실은 그 자체가 '야수'에 가깝다. 미녀가 보여주는 사랑은 그저 순수한 동정에 가까운 것으로 보인다. 그러므로 이 영화는 순수한 사랑을 미화한 멜로드라마의 형식에 가깝다. 그러나 중요한 점은 이러한 과정을 통해 여주인공 '순이'가 점차 폭넓은 존재로 성장한다는 점이다. 여고생 '순이'는 47년의 세월이 흐른 영화적 현재의 시점에서, 보다 성숙한 시선으로 한국 사회를 바라보게 된 것이다.

이 글에서는 '미녀와 야수' 이야기와 관련하여 미국 애니메이션 「미녀와 야수」에서 「슈렉」까지의 다양한 변형을 살펴본 바 있다. 이들 미국 애니메이션은 상당히 다른 변용의 양상을 보이고 있음에도 불구하고, 애니메이션의 기본적인 속성상 현실 사회를 직접 반영하지는 못했다. 반면 한국 영화 「늑대소년」은 한국의 현실에서 성장하는 한 여성의 이야기를 담고 있다는 점에서 근본적인 차이점을 보인다. 이러한 차이점이 실사 영화와 애니메이션의 상이한 장르적 속성에서 비롯된 것인지, 아니면 할리우드 영화와 한국 영화의 다른 특성에서 비롯된 것인지에 대해서는 별도의 고찰이 필요할 것이다.

'야수'의 성장담

1. 「눈의 여왕」에서 「겨울왕국」까지

크리스 벅, 제니퍼 리 감독의 애니메이션 「겨울왕국(Frozen)」은 2013년의 최고 블록버스터가 되었다. 이 영화는 한국에서도 천만 이상의 관객을 동원하여, 애니메이션으로서는 흥행에 가장 성공한 작품이 되었다. 그러나 이 애니메이션의 원작이 안데르센의 「눈의 여왕」이라는 점에 주목하는 사람은 드물다. 사실 안데르센의 원작이 남녀의 사랑 이야기에 초점이 맞추어져 있는 데 반해, 「겨울왕국」은 자매애를 다루고 있다는 점에서 상당히 다른 인물 설정, 주제 의식을 갖고 있기도 하다. 이 글에서는 두 작품이 사뭇 다름에도 불구하고, '미녀와 야수'의 원질을 오롯이 유지하고 있다는 점에 유의하면서 두 작품을 비교해보기로 한다.

안데르센의 「눈의 여왕(Snow Queen)」은 소년 카이(Kay)와 소녀 게르다(Gerda) 사이의 사랑을 다룬다. 이 작품은 '미녀'인 게르다의 변함없는 사랑을 통해 '야수'로 변한 카이의 상처가 치유되는 과정을 담고 있다는 점에서 '미녀와 야수'의 변형에 해당한다. 이야기는 사악한 트롤(Troll)이 사물의 모습을 왜곡하는 힘을 가진 마법의 거울을 만드는 것에서부터 시작된다. 그 거울의 조각들은 바람을 타고 날아다녔고, 사람들의 심장과 눈에 들어간다. 그러면 사람들의 심장은 얼음 조각처럼 차갑게 변하고, 그들의 눈은 트롤의 거울이 비추는 것처럼 나쁘고 추한 것만을 보게 된다. 두번째 이야기에서 소년 카이와 소녀 게르다는 서로 마주보는 지붕 아래의 다락방에 산다. 카이와 게르다는 소꿉친구에서 점차 깊이 사랑하는 연인이 된다. 그러나 눈의 통치자인 '눈의 여왕'의 유혹을 받은 카이의 눈에 트롤의 거울 조각이 들어가면서 비극이 시작된다. 이후 카이의 심성은 잔인하게 변해버린다. 카이는 마침내 게르다 곁을 떠난다. 많은 사람들은 카이가 죽었을 거라고 생각했지만, 게르다는 카이를 찾으러 길을 떠난다. 마침내 게르다는 카이를 찾아내고 기쁨에 겨워 따뜻한 눈물을 흘리는데, 그 눈물이 카이의 심장에 박혀 있던 거울 조각을 녹여낸다. 그러자 카이도 따라서 눈물을 흘렸고, 눈에 들어갔던 유리 조각도 빠져나온다. 게르다의 사랑의 힘이 카이를 구한 것이다.

이 작품에서 여주인공 게르다는 벚꽃동산의 할머니, 마법을 조금 아는 착한 핀란드 할머니, 길을 가르쳐주는 라플란드 할머니 등의 도움을 받기도 하지만, 까마귀가 안내하는 공주의 궁전, 도둑의 성, 눈의 여왕이 사는 궁전 등을 지나면서 많은 장애물을 만난다. 게르다가 주로 할머니들과 만난다는 설정이 흥미로운데, 이는 현자-할머니(Wise Old Women)의 도움과 가르침이 소녀의 성숙을 가져온다는 교훈을 제시하기 위한 장치로 해석된다.

안데르센의 「눈의 여왕」이 할머니(좋은 어른)의 가르침을 따르는 여주인공이 트롤(나쁜 어른)의 가르침을 따른 남주인공의 타락을 구원해준다는 도식으로 구성된 반면, 애니메이션「겨울왕국」에서는 어른의 역할이 거의 없다. 「겨울왕국」은 스스로의 힘으로 장애를 물리치고 성장해가는 용감한 두 자매의 이야기를 다룰 뿐이다. 애니메이션「겨울왕국」은 언니 '엘사'에게 소년 카이가 보여준 악의 역할을 맡기고, 동생 '안나'에게 카이를 구원해주는 게르다의 역할을 맡긴다. 안데르센의「눈의 여왕」에서 남녀 주인공인 카이와 게르다를 고통에 빠뜨리는 악의 역할은 이들 두 주인공의 외부에 존재하는 세계, 즉 트롤과 '눈의 여왕'에게 주어지지만, 「겨울왕국」에서는 '엘사'에게 저주가 내려지는 것으로 설정되어 있다는 점 또한 특이하다.

사실「겨울왕국」의 주인공이 누구인가에 대해서는 논란의 여지가 있다. 언니인 '엘사'는 왕국을 계승해야 할 여왕의 책무를 가지고 있지만, 모든 것을 얼려버리는 신비로운 힘을 '저주'처럼 간직하고 있다. 나약하고 미숙한 주인공이 장애를 극복하고 왕국과 공동체의 지배자가 된다는 것은 모든 설화의 원형이므로, 엘사가 저주를 극복하고 여왕이 되는 결말에 이른다는 측면에서 보면, 이 작품의 주인공은 엘사여야 한다. 그러나 여동생인 '안나' 역시 저주에 갇혀 있는 언니를 구출하는 영웅이라는 점에서 작품의 주인공으로 손색이 없다. 특히 이 작품은 미성숙한 안나가 나쁜 남자를 선택했다가 위기에 처하고, 선한 남자를 통해 구출된다는 이야기를 담고 있으므로 안나 또한 주인공으로서의 자질을 지니고 있다.

이 글에서는 엘사와 안나가 모두 미숙한 존재에서 어른으로 성장한다는 측면에 주목하여, 두 인물이 모두 주인공으로서의 역할을 분담하고 있다는 입장을 취하기로 한다. 굳이 정신분석학적 해석을 취한다면, 엘사는 초자아(superego)에 갇혀 있는 인물로 해석될 수 있다. 아들이 없는 왕궁에서 왕국의 후계자로 훈육되어야 하는 현실이 엘사로 하여금 차가운 성격을 강요한바, 이를 보여주기 위한 상징적인 장치가 작품의 원제이기도 한 '프로즌(frozen)'의 저주이다. 엘사가 만지는 것마다 얼음으로 변한다는 설정에 담겨 있는 심리적 기제는 바로 초자아의 차가움이다. 엘사는 얼음 왕국으로 옮겨가 스스로를 유폐시킨 후 노래 「렛 잇 고(Let it go)」를 부른다. 이 부분은 영화의 절정인데, '마음대로 살겠다'는 엘사의 선택은 초자아로부터의 해방 가능성을 암시하는 것이기도 하다.

물론 엘사가 저주로부터 결정적으로 탈출하기 위해서는 따뜻함을 회복해야 한다. 따뜻함의 상징적 장치는 '키스' 혹은 '눈물'인데, 이 작품의 마지막에는 왕자의 '키스' 대신, 사랑하는 동생의 죽음을 목격한 후 흘리는 엘사 자신의 '눈물'이 있다. 엘사의 저주를 해결하는 방법으로 남자의 사랑이 설정되지 않고, 여동생의 사랑이 설정되어 있다는 점에서 이 작품은 '미녀'의 저주를 푸는 '야수'의 따뜻한 사랑이라는 도식에서 벗어난다. 이 작품은 남녀의 사랑이라는 전통적인 애정관 대신 자매애(sisterhood)를 활용하고 있다는 점에서 페미니즘의 핵심에 도달하고 있다.[11]

---

11 벨 훅스는 페미니즘의 가장 중요한 개념으로 '자매애'를 강조한다. 벨 훅스, 박정애 역, 『행복한 휴머니즘』(백년글사랑, 2007) 참조.

반면 여동생인 안나는 미숙한 사랑에 빠진다. 차가운 이성을 가진 언니는 그 사랑을 반대한다. 그러나 미숙하지만 뜨거운 사랑은 언니가 가지지 못한 안나의 장점이다. 그 사랑은 다분히 감정적이고 리비도적인 것이어서 시행착오와 좌절을 경험하게 만들기도 하지만, 결국 얼어 있는 언니의 마음을 녹이는 열정이 된다. 다시 정신분석학적 해석으로 이 작품을 도식화하면, 초자아(superego)에 갇힌 언니와 이드(id)에 사로잡힌 여동생이 각자 스스로의 벽을 넘어서서 건강한 자아(ego)를 회복하는 과정으로 이해할 수 있다. 다시 말해, 엘사와 안나는 서로 돕는 과정에서 모두 성장하며 궁극적으로는 승리한다.

엘사는 죽어가는 안나를 보듬으면서 처음으로 눈물을 흘린다. 엘사가 사랑의 감정을 회복하는 순간 그녀는 좀더 '온전한 자기(Self)'로 나아간다. 안나는 처음에는 미숙한 리비도(libido)에 사로잡혀 13번째의 왕자를 자처하는 나쁜 남자의 유혹을 받아들인다. 그러나 궁극에는 언니를 사랑하는 마음이 결국 언니의 저주를 푸는 동력으로 작용한다. 또한 안나는 몇 차례의 시련을 겪으면서 외모, 매너, 신분의 장점을 가진 한스 왕자 대신, 얼음 장수에 불과하지만 따뜻한 심성을 가진 크리스토프의 장점을 발견한다. 사랑의 전문가(love expert)로 등장하는 트롤(Troll), 동물인 스벤과 올라프는 주인공을 돕는 조력자로서의 매력을 잘 보여준다(동화에서는 동물이 조력자로 등장하는 경우가 많다). 우리는 「겨울왕국」을 차가운 초자아의 세계에서 탈출하는 엘사의 이야기로 볼 수도 있고, 리비도의 처리에 미숙한 안나가 점차 사악한 '늑대(왕자한스)' 대신 듬직한 '사냥꾼(얼음 장수 크리스토프)'을 선택해가는 진정한 짝 찾기의 미션으로 해석해볼 수도 있는 것이다.

「겨울왕국」은 어떤 면에서 '미녀와 야수'의 변형이라 볼 수 있는가. 엘사와 안나는 '미녀'인 동시에 자신의 내부에 '야수'를 숨기고 있다. 엘사와 안나는 자매애를 통해서, 그리고 대부분의 디즈니 애니메이션이 그렇듯 동물과 자연과의 교감을 통해서 자신의 내부에 도사린 '야수'를 물리친다.

이런 면에서 볼 때, 「겨울왕국」은 얼어붙은 인간의 마음을 녹이는 것이 과연 무엇인지 묻고 있는 셈인데, 관객은 이에 대해 다양한 답변을 제출할 수 있다는 점에서 매우 현대적인 '미녀와 야수'에 속한다고 평가할 수 있다. 이 작품은 인간의 내부에 도사린 '내부의 괴물(inner monster)'을 다룬다는 점에서도 흥미로운 도식을 보여준다. 미녀인 동시에 야수인 주인공이 자신의 야수성을 극복하고 본연의 자아로 나아가는 과정인 것이다.

2. 「파이란」과 「내 깡패 같은 애인」의 경우

「파이란」(송해성 감독, 2001)과 「내 깡패 같은 애인」(김광식 감독, 2010)은 남녀의 사랑을 주제로 한 멜로드라마에 속하지만, '미녀와 야수'의 한국적 변형이라 볼 수 있다. 이들 작품을 한국적 변형이라 간주하는 이유는 두 영화의 캐릭터가 현대 한국의 사회 현실을 반영하기 때문이다.

두 영화의 공통점은 첫째, 당대 한국 사회의 고민을 직접 반영한다는 점에 있다. 「파이란(白蘭)」은 대책 없는 건달로 전전하던 강재(최민식 분)를 주인공으로 삼는다. 그런 그에게 '파이란'(장백지 분)이라는 이름의 중국 여인이 나타난다. 파이란은 한국에서의 불법 체류에서 벗어나기 위해 건달에 불과한 한 남성과 위장 결혼을 단행한다. 외국인 노동자의 인권과 복지에 대한 문제는 이제 한국 사회의 중대한 고민 중 하나에 속한다. 반면 「내 깡패 같은 애인」은 삼류 건달 동철(박중훈 분)과 취업 전선에 뛰어든 당찬 여자 세진(정유미 분)의 이야기다. 이 작품은 대학을 졸업하고도 비정규직으로 떠돌아야 하는 '88만 원 세대'의 고민을 다루었다는 점에서 한국 사회의 한 측면을 반영한다.

두 영화의 또 하나의 공통점은 여성의 주체성을 확보하기 위해 고투하는 현대적 여성을 주인공으로 삼았다는 점이다. 「파이란」의 여주인공은 중국에서 친척을 찾아 한국을 방문했지만 친척을 만나지 못해 한국이라는 '정글'에 버려진 고아다. 그러나 그녀는 타락한 유흥가의 유혹을 떨쳐버리고 동해의 바닷가에서 작은 세탁소에 취직하여 억척스러운 자신만의 삶을 살아간다(그녀가 하얀 빨래에서 삶의 원기를 되찾는 장면은 참으로 인상적이다). 그녀는 삼류 건달에 불과한 한 남자에게서조차 삶의 가치를 찾고자 하는 긍정의 인물이며, 삶을 대하는 태도에서도 매우 주체적이다. 「내 깡패 같은 애인」의 여주인공은 '88만 원 세대' 혹은 '백수 세대'라 불리는 21세기 한국의 젊은 세대를 대표한다. 그녀는 부모에게서 벗어나 자립하고자 열심히 구직을 위해 노력하지만, 세상은 만만치 않다. 그녀는 구직 과정에서 성희롱, 성폭력 등의 위협에 노출되며, 그녀를 보듬어줄 만한 사람이 없는 서울에서의 삶은 정글에서의 삶과 다를 바 없다. 그러나 그녀는 아버지의 도움조차 거부하고 서울에서 기어이 자립하는 것을 자신의 목표로 삼아 '깡만 센 여자'로서의 길을 걸어간다.

이 두 영화에서 좀더 중요한 점은 '야수'의 전형이라 할 만한 인물이 등장하지 않는다는 점이다. 남주인공들은 그저 동네 건달 정도인데, 이들이 보이는 표면적인 야수성은 미녀의 강렬한 캐릭터와 상대하기에는 너무 약하다. 그러나 이들 작품에 야수가 등장하지 않는 것은 아니다. 인물들이 몸담고 있는 사회 현실 자체가 정글이자 야수의 생리와 닮아 있기 때문이다. 「파이란」의 강재는 자기보다 서열이 높은 깡패에게 폭력과 착취를 당하는 위치에 놓여 있으며, 「내 깡패 같은 애인」의 동철 또한 마찬가지다. 우리는 이들 두 편의 영화에서 수동적이고 나약한 표면의 '야수' 대신 뒤에 숨어 있는 경쟁 사회로서의 한국 현실에 내재한 '야수'를 목격하게 된다. 이 점이 한국적 '미녀와 야수' 이야기로서의 특성을 보여준다.

이들 작품에서 '야수'는 성장하는가. 「파이란」의 강재는 파이란의 순정을 깨달으면서 자신의 인생 전체를 되돌아볼 수 있는 자리에 이르고, 「내 깡패 같은 애인」의 동철은 자신의 서툰 야수성을 벗고 한 여자의 짝으로서 듬직한 어른으로 재탄생한다. 한국적 '미녀와 야수'는 적극적인 '미녀'와 함께 소극적인 '야수', 그리고 그 저변에 깔린 사회의 '야수성'을 기본 구조로 삼는다. 여기에서는 '야수'의 성장이 궁극적으로는 '미녀'의 성장담과 만나 서로 성장하는 모델을 보여준다. '미녀'는 표면적으로는 야수처럼 보이는 인물에게서 따뜻한 인간애를 찾아내고, 사회 이면에 감추어진 야수성의 일단을 체험함으로써 좀더 온전한 자아로 나아간다는 점에서 '야수'의 발견과 극복이라는 주제를 구현한다.

그러나 여성과 남성의 성장에도 불구하고, 사회의 '야수성'은 극복되지 않은 채 남아 있다. 이 점이 미국 애니메이션과는 다른, 한국 영화에서의 '미녀와 야수' 이야기의 특징이다.

남성성과 여성성의 경계를 넘어

이 글에서는 이야기의 양 축을 형성하는 미녀와 야수를 분리하고, 이들 이야기에서 나타나는 미녀의 성장담과 야수의 성장담을 분석했다. 분석 결과, 동물적 속성을 가진 남성을 받아들이면서 여성으로서의 성숙을 보여주는 '미녀'의 성장담, 아름다움과 선함과의 만남을 통해 자신의 야수성을 극복해가는 '야수'의 성장담을 구별할 수 있게 되었다. '미녀와 야수'는 결국 미녀의 내적 성숙, 야수의 내적 성숙으로 구성되어 있지만, 결말에 이르러서는 인간과 동물, 남성과 여성, 아름다움과 추함이라는 이분법적인 경계를 넘어서서 '전체로서의 자기'를 완성해가는 이야기에 도달하고 있음도 밝힐 수 있었다.

많은 설화와 근대 아동문학 시기까지의 '미녀와 야수'는 남성과 여성의 차별화된 범주를 다룬다. 이들 텍스트에서는 여성성과 남성성이 엄연히 다르며, 소녀는 '미녀'여야 하고, 소년은 '야수'여도 괜찮다는 전제를 바탕에 깔고 있다. 그리고 '미녀'의 여성성과 '야수'의 남성성은 결국 성인으로의 성장 과정에서 가장 중시되어야 하는 덕목이라는 전제도 깔려 있다. 반면 남성과 여성, 선과 악 등의 이분법적인 경계가 허물어지는 21세기의 문화

콘텐츠들은 이러한 경계를 넘어서려는 다양한 시도를 보여준다. 애니메이션「슈렉」에서는 못생긴 미녀를 다룬다. 영화「늑대소년」에서는 소년의 야수성 대신 그를 둘러싼 사회의 야수성에 주목한다. 애니메이션「겨울왕국」에서는 '미녀와 야수'가 한 몸에 체화된 안나와 엘사를 다룬다. 또한 영화「파이란」과「내 깡패 같은 애인」에서는 남성의 '야수성'이 약화되어 있는 반면, 사회 자체의 야수성을 부각시킨다.

'미녀와 야수' 이야기는 예부터 지금까지 늘 대중들에게 사랑받아온 로맨스 장르라는 점에서 현대적 문화 콘텐츠로서의 가치를 가지고 있다. 그러나 현대적 콘텐츠가 늘 로맨스만을 중시하는 것은 아니다. 오히려 남성과 여성의 사회적 역할에 대한 전복적 사유, 인간과 자연의 경계에 대한 새로운 시각이 문화 콘텐츠에서는 다양하게 활용될 수 있다. 이 글에서 거론한 최근의 작품들은 로맨스를 다루었기 때문에 성공적인 문화 콘텐츠가 된 것이 아니라, 로맨스에 대한 전복적인 사유를 제공했기 때문에 성공적인 작품이 될 수 있었다는 점에서, 향후 문화 콘텐츠의 방향에 어떤 암시를 줄 수 있으리라 생각한다.

신화적 상상력:
봉준호의 「설국열차」에서 「기생충」까지

감독 봉준호는 영화 「기생충」(2019)을 통해 칸영화제 황금종려상, 아카데미 작품상과 감독상 등을 수상하면서 세계적으로 인정받는 감독의 반열에 올랐다. 사실 봉준호가 그간 자신의 영화에서 다룬 주제는 철저히 한국적 상황에 얽매어 있는 듯하면서도 세계 시스템의 일면에 걸쳐 있으며, 그의 연출 스타일도 대중적인 장르영화에 충실한 측면과 실험적인 측면을 동시에 가지고 있다. 봉준호 감독의 이러한 "하이브리드(hybrid)"한 측면은 "여전히 장르의 관습을 쉽없이 모욕하면서 동시에 장르의 육체를 찬미해온, 그리고 그 역설적 작업에 인간과 사회에 대한 직관적 통찰을 음각해온, 21세기 장르학파의 최전선"[1]이라 칭할 수도 있겠는데, 특히 흥미로운 부분은 그가 현실에 대해 발언하면서도 끊임없이 '신화적 상상력'을 소환한다는 점이다.

---

1 허문영, 봉준호 인터뷰, 「산산히 부서진 상태에서 시작해보자」, 『필로(*FILO*)』, 2020, 13
  호. p. 16.

이 글에서는 「설국열차」와 「기생충」에 담긴 영화적 담론을 신화적 상상력의 차원에서 정리해보기로 한다.[2] 이 두 영화는 새로운 빙하기를 맞는 어떤 시점의 지구, 21세기의 한국을 각각 시공간적 배경으로 삼고 있지만, 의외로 사변적이게도 철학적인 담론과 종교적, 신화적 담론을 끌어들인다. 가령 플라톤의 동굴의 비유, 구두의 비유 등이 펼쳐지는가 하면, 성서 「창세기」의 대홍수와 형제 살인, 민담 속의 오누이 전설 등의 에피소드 등이 다채롭게 겹쳐진다. 이 글은 이러한 신화적 상상력이 봉준호의 영화를 좀더 특별한 위치로 끌어올린다는 점에 주목하고자 한다.

「설국열차」: 계급 갈등, 환경 문제를 넘어서, 혹은 비껴가며

「설국열차」(2013)는 열차라는 폐쇄 공간을 주요 배경으로 삼았다. 사람들은 지구온난화를 막기 위해 인공 냉각물질 CW7을 뿌리지만 오히려 지구는 생명체가 거의 멸종되는 새로운 빙하기에 접어든다. 운명의 열차에 올라탄 사람들은 최후의 생존자들로 볼 수 있는데, 이들은 종착지 없이 지구를 끝없이 도는 순환 열차에 올라 삶을 이어간다.

---

2 「설국열차」에 관한 언급은 김만수 · 왕치현 · 강수환, 「영화 「설국열차」와 이분법 너머의 상상력—3의 법칙과 놀이의 힘」, 인하대학교 한국학연구소 편, 『한국학연구』 53집(2019. 5)을 발췌, 보완함.

열차 안에도 계급은 존재한다. 상층 계급은 기차의 머리 칸에, 하층 계급은 기차의 맨 꼬리 칸에서 살아간다. 꼬리 칸의 하층민들이 놓인 환경은 열악하기 그지없다. 그들은 벌레로 만든 검은색 단백질 블록으로 연명하는데, 식량을 불균등하게 배분 받을 뿐만 아니라 학대와 착취에 시달리고, 심지어는 자식마저 상층부의 명령에 의해 빼앗긴다. 하층민들의 분노와 저항은 점점 강도를 더해가는데, 마침내 길리엄(존 허트 분)과 커티스(크리스 에반스 분)가 반란을 일으킨다. 좀 엉뚱해 보이는 보안 전문가 남궁민수(송강호 분)와 그의 딸 요나(고아성 분)도 반란에 참여한다.

영화 「설국열차」는 원래 자크 로브(글), 장 마르크 로세트(그림)가 공동 작업한 프랑스의 그래픽 노블 『설국열차』의 스토리에 기반을 두고 있는 것으로 알려졌다.[3] 만화 『설국열차』(전3권)를 전체적으로 아우르는 배경 역시 재앙과도 같은 빙하기의 도래다. 기후 무기의 대폭발로 지구에는 혹한이 불어닥쳤고 머지 않아 세상이 얼어붙기 시작한다. 때마침 어떤 역에는 초호화 유람 열차가 대기 중이었는데, 완벽한 설비를 갖춘 까닭에 열차는 혹한에도 계속 작동할 수 있었다. 열차는 선택받은 일부 고위층의 피신처로 사용되었고, 화물과 식량을 운반할 칸을 후미에 연결하던 중 돌발 사건이 일어난다. 선택받지 않은 이들이 막무가내로 열차에 올라탄 것이다. 그렇게 열차는 생존자들을 싣고 운행을 계속하게 된다. 세 권으로 된 이 만화는 다양한 인간 군상

---

3 이수진, 「만화 『설국열차』의 영화화에 관한 공간 중심 연구」, 『프랑스문화예술연구』 25집(2008) 참조.

들 사이에서 벌어지는 여러 갈등, 극적인 사건 사고와 이에 대한 적절한 대응, 진실의 은폐와 폭로, 배신과 증오 등 다양한 주제를 다룬다. 열차라는 폐쇄 공간에 이런 많은 문제를 집약한 까닭에 작품은 거대한 '우화'로 읽히기도 한다.

물론 이를 영화화한 봉준호 감독의 「설국열차」를 한마디로 규정하는 건 쉬운 일이 아니다. 단적으로 이 영화는 장르조차 혼란스럽다. 앞 칸의 압제자들과 뒤 칸의 저항자들 사이의 격렬한 싸움을 다루고 있으니 '액션' 장르에 속한다고 볼 수 있다. 그러나 노란 옷의 클로드와 메이슨 총리(틸다 스윈튼 분), 남궁민수와 요나의 행동에는 상당한 '코믹'도 숨어 있다. 지구온난화로 인한 멸종이나 빙하기 도래 등의 스토리는 '아포칼립스 영화'의 장르적 규칙을 따르고 있으며, '혁명이 본질적으로 가능한가'라는 질문을 던지는 결말을 보면 '알레고리'의 속성도 가지고 있다.

심지어는 각종 PC게임과도 친연성을 보인다. 하나의 스테이지를 끝내면 다음 스테이지로 나아가는 '어드벤처 게임'의 규칙은 이 영화에서 열차의 뒤 칸에서 한 칸씩 앞쪽으로 나아가는 구조와 상응한다. 반란자들은 꼬리 칸에서 앞쪽으로 한 칸씩 진출할수록 새로운 아이템을 얻는다. 소위 '득템'하는 것이다. 그들은 점차 감옥 칸→식량 생산 칸→물 공급 칸→온실 칸→수족관 칸→교실 칸→객실 칸→라운지 칸→미용실 칸→수영장 칸→사우나 칸→클럽 칸→아편굴 칸→엔진 칸으로 나아가는데, 이들의 어드벤처 과정은 수렵에서 농경으로, 고대에서 중세와 근대로 나아가는 인류의 역사를 상징적으로 재현하는 박물관의 구조처럼 보이기도 한다. 열차의 꼬리 칸은 어둡고 머리 칸은 금속성으로 빛난다. 어둠이 야만이라면 빛은 문명인바, 꼬리 칸의 반란자들은 문명의 세계로 나아가기 위해 '횃불'을 활용한다.

플라톤적인 세계(1): 동굴의 비유

영화 「설국열차」의 상황 설정은 귄터 아이히의 라디오 드라마 「꿈」(1949)과 상당히 흡사하다. 독일 전후문학의 강렬한 견인차였던 귄터 아이히는 이 라디오 드라마를 통해 맹목적 신념에 의해 잘못된 궤도를 달리고 있는 한 기차의 운명을 다룸으로써 파시즘의 광기에 빠져 제2차 세계대전의 비극에 휘말린 독일 사회의 비극적 몰락을 알레고리로 제시한 바 있다.

라디오 드라마 「꿈」은 '얼굴을 알 수 없는 네 명의 사나이'에 의해 갑자기 끌려가 기차에 실린 후 기차 속에서 자식을 낳으며 4대째 살아가고 있는 집안의 증조할아버지와 그의 가족을 다룬다. 증조할아버지는 기차 바깥의 세계를 생생하게 기억하지만, 후대로 갈수록 그 기억은 흐릿해지고 손자 대에 이르러서는 바깥 세계의 존재에 대해 아예 상상조차 못한다. 할아버지는 바깥 세계의 '노란 꽃'인 민들레에 대해 중얼거리지만, 손자와 손자며느리는 아이들에게 '노란 꽃'이 존재한다는 따위의 거짓말을 가르치지 말라고 할아버지에게 대든다. 눈에 보이지 않는 것은 존재하지 않는 것이라고 믿기 때문이다.

첫째 꿈: '천천히 달리고 있는 기차의 화물찻간 속에서'

할아버지 그들이 우리를 침대에서 끌어냈을 때가 새벽 네 시였지. 마루의 큰 시계가 네 번 울렸어.

손자 또 그 이야기를 하시는군요. 할아버지, 그 이야기는 이제 지겨워요.

할아버지 한데 우리를 끌어낸 놈이 누구였을까?

손자 얼굴을 알 수 없는 네 명의 사나이들이었잖아요. 할아버지는 지난날을 매일 우리에게 그렇게 이야기하시지요. 그만해두시고 주무세요.

할아버지 하지만 그 사나이들이 누구였을까? 경찰이었을까? 그들은 내가 알 수 없는 제복을 입고 있었어. 사실 제복이라고는 말할 수 없지만, 어쨌든 그들은 넷이 모두 똑같은 옷을 입고 있었지.

(……)

할머니 당신이 방금 말씀하신 그 꽃이 뭐라고 했지요? 그 노란 꽃 말이에요.

할아버지 민들레.

할머니 민들레, 네, 나도 생각나요. (그때 아이가 운다) 꼬마가 왜 이러지?

손자며느리 왜 그러니, 프리다?

아이 할아버지와 할머니는 언제나 노란 꽃 이야기만 하잖아.

손자 할아버지와 할머니는 언제나 이 세상에 없는 것들을 이야기하신단다.

아이 노란 꽃을 갖고 싶어.

손자 할아버지, 쓸데없는 이야기를 하시니까 그렇잖아요. 얘가 노란 꽃을 갖고 싶대요. 우리는 아무도 그게 뭔지 모르는데 말이에요.

손자며느리 얘야, 노란 꽃이란 이 세상에 없어.

아이 하지만 할아버지와 할머니는 언제나 그 이야기를 하시잖아.

손자며느리 얘야, 그건 동화란다.

아이 동화가 뭐야?

손자며느리 동화는 진짜 이야기가 아냐.

할아버지 어린애한테 그렇게 말하면 못쓴다. 나는 사실을 이야기하는 건데.

손자 그럼, 그 노란 꽃을 한번 보여주세요.

할아버지 너도 알다시피 그것을 내가 지금 어떻게 보여줄 수 있겠니?

손자 그러니까 그건 거짓말이에요.[4]

기차 바깥을 상상조차 할 수 없는 후손들에게 이들 가족이 탄 기차는 플라톤이 말한 '동굴의 비유'를 연상시킨다. 플라톤은 동굴의 비유에서 철학을 알지 못하는 자를 동굴 속에 갇힌 죄수들에 비유한다. 죄수들은 다만 한 방향으로만 볼 수 있을 뿐이다. 왜냐하면 그들은 쇠사슬에 속박되어 있기 때문이다. 그리고 그들 뒤쪽에는 불이 있고 앞쪽에는 벽이 있다. 죄수들과 벽 사이에는 아무것도 존재하지 않는다. 그러므로 그들이 보는 것은 다만 벽에 비치는 그들 자신의 '그림자'와, 그들 뒤에서 움직이고 있는 사물들의 '그림자'뿐이다. 그러므로 그들이 이 그림자를 '실

---

4 김광규, 『귄터 아이히 연구』(문학과지성사, 1983), pp. 102~118.

재(實在)'라고 보는 것은 불가피한 일이다. 그들은 대상에 대한 합당한 '개념'을 가질 길이 없는 것이다. 그러나 마침내 어떤 사람이 이 동굴에서 도망쳐 햇빛 속으로 나가는 데 성공한다. 그는 처음으로 실재의 사물을 보며 자기가 이제까지 그림자에 속아왔다는 것을 알게 된다. 그가 만일 통치자가 되기에 합당한 부류의 철학자라면, 그는 그가 나온 동굴로 다시 들어가, 함께 속박되었던 이들을 만나 진리에 관해 가르칠 책임감을 느낄 것이다. 그리고 그들에게 동굴에서 나오는 길을 가르쳐줄 것이다. 하지만 동시에 그는 그들을 설복하기에 곤란함을 느낄 것이다. 왜냐하면 그는 지금 태양광선 속에서 갑자기 어둠 속으로 들어왔으므로 그림자를 그들보다 더 분명히 보지 못할 것이며, 따라서 그는 동굴에서 나오기 전보다 더 어리석어진 것처럼 그들에게 보일 것이기 때문이다.[5]

플라톤이 설정한 '동굴'에 사는 어리석은 자들은 귄터 아이히의 「꿈」이 설정한 '기차' 속에서 바깥세상을 모르는 채 4대째 살아가고 있는 가족을 연상시키며, 또한 영화 「설국열차」가 설정한 상황인 '폐소공포증(claustrophobia)'과도 유사점을 공유한다.[6] 원래 폐쇄 공간 속에서 형성되는 독특한 주제인 '폐소공포증'은 근대 연극의 박스형 무대(box stage)가 즐겨 사용하던 클리셰였거니와, 봉준호 감독은 폐쇄된 공간인 열차 안에서 벌어지는 인간의 여러 심리학적 증후들을 영화의 주제로 삼았다. 영화 「설국열

---

5 버틀란드 러셀, 한철하 역, 『서양철학사』(대한교과서, 1995), p. 196.
6 로널드 헤이먼, 김만수 역, 『희곡을 어떻게 읽을 것인가』(현대미학사, 1994), p. 164.

차」는 인물들이 기차 칸을 한 칸씩 전진할수록 사건도 전진하면서 동굴의 어둠에서 바깥세상의 빛을 향해 가는 과정을 그려내고 있다.

이러한 폐소공포증을 재현한 또 하나의 강렬한 장면이 있다. 윌리엄 블레이크(William Blake)의 시 「굴뚝 청소부(The Chimney Sweeper)」는 좁은 굴뚝 내부를 청소하기 위해 밥을 굶어야 하는, 그리고 결국에는 허기로 죽어가는 아이들의 참상을 보여주는데, 이 장면은 영화 「설국열차」에서 최상층부의 '신성한 엔진'을 가동시키기 위해 타일 몇 장 크기의 비좁은 바닥 공간에서 살아가는 아이의 모습에서 그대로 재현된다. 아이가 비좁은 공간에서 엔진을 가동하려면 더 이상 성장해서는 안 된다. 몸이 커지면 그 공간에 들어갈 수 없기 때문이다. 영화 속 아이의 모습은, 몸이 커지면 좁은 굴뚝에 들어갈 수 없다는 이유로 식량을 얻지 못해 결국에는 '새까만 관'인 굴뚝 속에서 죽음에 이르는 소년 굴뚝 청소부의 운명과 겹쳐지면서 작품의 폐소공포증을 더욱 강화시킨다.

플라톤적인 세계(2): 구두의 비유

'동굴의 비유' 못지않게 화두처럼 끈질기게 영화의 주제를 끌고 가는 것은 '구두의 비유'이다. 영화 초반부에 기차의 지배자 중 한 사람인 메이슨 총리가 하층민들에게 길고 지루하며 우스꽝스러운 연설을 한다. 연설 내용은 사회의 상층부와 하층부에는 엄연한 차이가 있으며, 성스러운 엔진을 유지하기 위해서는 각자 지정된 고유의 자리에서 자신의 역할에만 충실해야 한다는 것이다. "신발의 위치는 발이다. 나는 머리이고 여러분은 발이다. 모든 것에는 정해진 위치가 있다. 나는 앞쪽 칸에 속하고, 여러분은 꼬리 칸에 속한다"는 메이슨 총리의 연설은 '너의 자리를 알라'는 말로 요약될 수 있다.

꼬리 칸에서 반란이 일어난 후, 영화에서는 인상적인 장면이 연출된다. 마침내 메이슨 총리를 사로잡은 꼬리 칸의 군중들이 총리의 머리 위에 구두를 올려놓은 것이다. 이제 신발 위치는 발이 아니라 머리가 된 것이다. 재미있게도 메이슨 총리의 주장은 지금으로부터 2,500년 전 고대 그리스의 도시국가에서도 발견된다. 다음은 소크라테스가 플라톤의 형인 글라우콘에게 각자 주어진 계급의 자리를 지키는 게 정의임을 설파하는 대목이다.

소크라테스 그렇다면 우리는 전쟁의 기술보다 구두를 만드는 기술에 더 관심을 가져야 할까?

글라우콘 그렇게 생각하지는 않습니다.

소크라테스 그런데 우리는 제화공이 동시에 농민이거나 직조공 또는 목수여선 안 되며 제화공은 오직 구두를 만드는 데만 힘써야 훌륭한 기술을 발휘할 수 있다고 말해왔네. 또한 다른 사람들도 이와 마찬가지로 태어나면서부터 자기에게 적합한 일을 위해 좋은 기회를 놓치지 않고 힘쓴다면 훌륭하게 성공할 수 있는 일을 하나씩 할당했었네. (……)

소크라테스 그렇다면 수호자의 임무를 가장 중요하다고 할 수 있는 만큼 다른 어떤 일보다도 더 많은 시간과 최대의 기술과 배려를 필요로 하지 않겠나?

글라우콘 네, 그렇다고 생각합니다.

위의 대화에서 소크라테스는 "본래 노동자이거나 돈벌이 계급에 속한 자가 전사 계급으로 들어가려 한다든가, 전사가 그러한 자격도 없으면서 수호자 계급으로 들어간다든가 하면, 이런 종류의 변화와 음모는 나라의 멸망을 의미하는 것 아니겠는가?"라고 정리한 다음, "국가에는 세 개의 계급이 있는데, 이들 계급 간의 상호 변화나 음모는 국가에 대해 큰 죄악이며 또 지극히 사악한 짓이라고 하는 편이 옳겠지?"라고 반문한다. 또한 "국가의 모든 계급이, 즉 돈벌이 계급과 보조자 계급과 수호자 계급이 자신의 일에 열중할 경우, 이것이 곧 정의(justice)일 것이다"는 결론에 이르는 것으로 알려져 있다.[7] 이러한 결론은 영화 속 메이슨 총리의 연설과도 상통하는 면이 있다.

소크라테스와 플라톤의 형인 글라우콘 사이에 오간 위의 대화는 통치자의 지배를 정당화한, 유명한 '글라우콘의 포고(Glauconitic Edict)'로 연결된다. 영국의 철학자 칼 포퍼는 '플라톤의 마술(Spell of Plato)'이라는 부제를 단 그의 저서 『열린 사회와 그 적들』 제1권에서 플라톤의 정치 철학을 비판한다. 포퍼에 의하면, '글라우콘의 포고'로 알려진 위의 계급론은 사실 소크라테스의

---

7 플라톤, 최현 역, 『플라톤의 국가론』(집문당, 1999), pp. 86~89. 위의 인용문은 다른 번역본도 참조하여 쉽게 번역함.

것이 아니라 플라톤에 의해 왜곡되었다는 것이다. 당시 철학자들은 플라톤의 위대함에 지나치게 경도되어 플라톤의 정치 철학이 순진하고 무해한 것이라고 믿었는데, 사실 그의 철학에는 사기와 폭력, 인종차별, 우생학 등 끔찍한 전체주의자의 악몽이 내재되어 있다고 포퍼는 주장한다. 포퍼는 이러한 '플라톤의 마술'에는 완강한 이분법의 세계가 자리하고 있음을 찾아낸다. 저 이분법은 플라톤의 관념론을 형성하는 데에 막강한 영향력을 발휘할 수 있었지만, 그러한 '플라톤의 마술'이야말로 '열린 사회'를 방해하는 최대의 적이라는 것이 포퍼의 관점이었다.[8]

이쯤에서 봉준호 감독의 「설국열차」가 보여주는 결말 부분을 언급할 필요를 느낀다. '성스러운 엔진'을 지키는 지도자 윌포드(에드 해리스 분)와 꼬리 칸의 지도자 길리엄이 나누는 길고 지루한 논쟁은 매우 당혹스럽다. 혹 영화 「설국열차」에 대해 부정적인 감상을 가지게 된다면, 그 책임의 상당 부분은 윌포드와 길리엄 사이의 이 대화에 있을 것이다. 영화의 전체적인 전개에서 보여주는 '혁명의 정당성'과 비교해볼 때, 결론 부분이 제시하는 '혁명 무용론'은 다소 엉뚱하게 느껴지기 때문이다.

화제가 다소 옆길로 샜지만, 열차의 지도자 윌포드가 발언하고 길리엄이 침묵함으로써 마침내 수긍하는 '질서의 세계'는 칼 포퍼가 제시하는 우울한 사회적 비전인 '점진적 사회공학(piecemeal social engineering)'을 떠올리게 한다. 포퍼는 탐미주의, 완전주의, 유토피아주의(마르크시즘) 등을 모두 '플라톤의 마술'

---

8 칼 R. 포퍼, 이한구 역, 『열린 사회와 그 적들 I』(민음사, 1997), pp. 194~214.

에 빠진 비타협적인 급진주의로 규정하면서, 인간의 삶은 어차피 폐쇄된 생태계 내부에서 영위되는 것이며, 제한된 생태계를 최적화하는 일에 관한 한 혁명도 예외는 아니라고 역설한다. 다시 말해서 인구, 물, 식량의 통제가 필요한 것처럼, 혁명조차도 다소 과격한 최적화의 방안일 뿐 본질적인 혁명은 존재하지 않는다는 것이다. 포퍼의 관점에서 본다면, 열차의 앞과 뒤는 물론 열차의 내부와 외부의 경계조차 의미가 없다. 다시 말해, 윌포드와 길리엄은 그들 관점에서는 존재하지 않는 혁명이라는 허구적 상황을 연출하여 열차의 생태계를 최적화하려는 나름의 '점진적 사회공학'을 발휘한 셈이다. 그런데 사실 칼 포퍼의 생각이 '플라톤의 마술(관념론)' 이상으로 보수적인 것은 참으로 아이러니하다.[9]

이상의 논의를 정리해보면, 영화 「설국열차」가 제시한 담론은 두 개의 명제로 요약된다. 첫째, 사회는 상층부와 하층부의 극단적인 대립으로 구성되어 있다는 것이다. 둘째, 그 이분법이 잘못되었다 해도 우리는 그 내부에서 타협점을 찾아가며 그대로 현상을 유지해낼 수밖에 없다는 것이다. 물론 첫번째 명제는 명백히 플라톤적이며, 두번째 명제는 칼 포퍼적이다.

---

9 칼 포퍼가 제시한 '점진적 사회공학'은 하버마스, 마르쿠제, 차인석 등을 중심으로 한 현대의 비판이론가들에 의해 그 보수성이 비판된다. 예컨대 카(E. H. Carr)는 "포퍼에게 있어서 이성의 지위란 현 정부의 정책을 집행할 권한이 있고, 또 그 정책을 더욱 잘 시행하기 위한 개선책을 제안할 권한이 있으나 그 정책의 기본적 전제나 목적은 문제 삼을 수 없는 영국 관리의 지위와 같다"는 말로 그 보수성을 비판한다. 칼 포퍼, 같은 책, p. 204.

이분법 너머의 가능성: '3의 법칙'과 '놀이'의 힘

「설국열차」에 등장하는, 플라톤적인 혹은 칼 포퍼적인 담론에 동의하고 이를 말해온 인물들은 물론 악역으로 분류되어야 할 것이다. 머리 칸을 차지한 상층부 사람들은 인류의 불평등을 정당화하고 이를 유지하려 하며, 심지어는 이에 반대하는 반란조차 인구 조절의 한 방편으로 사용해온 인물들이기 때문이다. 그러나 악역에 저항하여 반란을 일으키고 그들의 세계를 붕괴하고자 하는 꼬리 칸의 사람들 역시 플라톤적인, 또는 칼 포퍼적인 관점에 맞설 만한 이론을 가지지 못한 채 대열에서 이탈하거나 슬그머니 배반의 길을 택한다. 결국 이 둘은 모두 주어진 계급의 자리를 지켜야 하는가, 혹은 주어진 사회 생태계의 조건을 지켜야 하는가라는 이분법적 물음에서 한 치도 벗어나지 못한다.

그러나 영화의 후반부에 이르러서는 열차의 질주를 지탱해온 이분법적 논리의 한계를 들추어내고, 더 나아가 열차라는 폐쇄된 공간 바깥을 상상하기를 제안한다. 열차의 최후에서도 알 수 있듯, 「설국열차」가 제시하는 미래상은 이분법적 세계에 머물지 않는다. 그런데 영화가 강력한 이분법적 세계의 논리에 틈을 만들어낸 방식이란 바로 남궁민수와 요나라는 다소 엉뚱해 보이는 두 인물을 활용하는 것이었다. 저 둘은 놀이적 인물로서 영화에서 적지 않은 비중을 차지한다.

영화에 대한 분석을 이어가기 전에, 놀이라는 속성이 지닌 힘과 가능성을 타진하고자 잠시 '3의 법칙'에 관해 언급하고자 한다. 브루노 베텔하임에 의하면, 숫자 3에는 "이분법으로는 설명할 수 없는 다양하고 풍부한 이야기의 힘"이 담겨 있다. 예컨대 「아기돼지 삼형제」는 비슷한 내용의 이솝 우화 「개미와 베짱이」보다 어린이들에게 더 큰 감동을 준다. 물론 이솝 우화 「개미와 베짱이」는 '노동과 놀이'라는 확고한 이분법에 입각하고 있으며 훨씬 도덕적인 선명성을 가진 이야기로 볼 수 있다. 하지만 베텔하임은 이러한 우화가 항상 도덕적인 진실을 이야기하지만, 아동에게 진정한 의미의 감동을 주기는 어렵다고 말한다. 「개미와 베짱이」는 여름같이 좋은 시절에 인생을 즐기는 것이 나쁜 일이라고 가르치고 있으며, 더욱 큰 문제는 이 우화 속의 개미가 베짱이의 고통에 대해 일말의 동정심도 없는 비열한 인격의 소유자임에도 불구하고 어린이들이 본받아야 할 모범으로 제시되기 때문이다.[10] 반면, 「아기돼지 삼형제」에서는 숫자 3이 다양하게 다루어진다. 셋째 돼지는 집을 짓지만, 그 일이 노동인지 단지 놀이인지 구분할 필요조차 느끼지 않는다. 집을 짓는 최종 이유도 혼자 잘 살기 위해서가 아니며, 그 집은 배타적인 것이 아니라 두 형이 곤경에 빠졌을 때 그들을 포용하는 결정적인 안식처의 역할로 등장한다는 것이 베텔하임의 설명이다.

앞서 서술했듯, 이 영화는 머리 칸과 꼬리 칸이라는 계급적 대립, 그리고 '동물의 비유'로 표상되는 '본질과 현상의 분리'라는 이항대립을 줄곧 견지해왔다. 그러나 영화 후반부에 한국인 캐릭터 남궁민수와 요나를 부각시키면서, 점차 이분법을 넘어선 제3의 시각에 대해 언급하기 시작한다. 사실 영화 초중반까지 이 두

---

10 브루노 베텔하임, 김옥순·주옥 역, 『옛이야기의 매력 1』, 시공주니어, 1998, pp. 72~74.

인물의 비중은 다소 부차적이었다. 비록 열차의 앞 칸으로 나아갈 수 있도록 잠금장치 보안을 해제하는 등의 특명이 주어져 있으며, 간혹 엉뚱한 웃음을 만들어내거나 멋진 액션 장면을 연출하기도 하지만, 그들의 존재 여부는 서사의 진행에 필수적이지 않은 게 사실이다.

하지만 이들이 열차의 측면을 부수고 기차 바깥으로 탈주하겠다는 엉뚱한 발상을 하면서부터 이야기는 달라진다. 그리고 마침내 결말에서 열차의 측면을 폭파시켜 열차 바깥으로 탈출하는 순간, 이 영화의 주제는 걷잡을 수 없을 정도로 확장되기 시작한다. 두 한국인 배우에 의해 '개미와 베짱이' 식의 답답한 이분법과는 다른, "이분법으로는 설명할 수 없는 다양하고 풍부한 이야기의 힘"이 제시되기 시작하는 것이다. 이수진은 이 결말 부분을 설명할 때 "밖으로의 움직임은 지금까지의 원, 직선, 곡선의 무브먼트가 단선적인 방향성을 갖고 있는 데 반해, 새로운 '자유와 가능성의 움직임'을 보여주는데, 이것이야말로 봉준호 감독의 철학이 보여주고자 하는 대단히 논리적인 귀결"이라는 결론을 내린다.[11] 필자도 남궁민수는 물론, 마지막 생존자인 요나와 흑인 소년 타미야말로 영화가 질주해온 답답한 이항대립을 초월하는 새로운 영웅상을 제시한다는 생각에 동의한다.

이런 의미에서 남궁민수와 요나만이 한국인 배우라는 점은 주목할 만한 사실이다. 영화에서 다수의 주요 인물이 모두 할리우드의 배우들로 채워진 반면, 남궁민수와 요나만 한국인 배우

---

11 이수진, 앞의 글, p. 107.

인 송강호와 고아성으로 설정되어 있다. 이러한 설정은 형식상의 트랜스-내셔널함뿐만 아니라, 영화 자체에 어떤 하이브리드(hybrid)한 성격을 만들어내는 데 기여한다. 물론 세계가 온통 이분법의 닫힌 회로에 머물러 있을 때, 오로지 한국인 인물만 제3의 영역을 꿈꾸고 탈출을 상상할 수 있다는 식의 설정은 이 영화의 주요 소비자층으로 설정된 한국인 관객을 기쁘게 만드는, 심하게 말하자면 '국뽕(국수주의적 환각)'을 자극하는 요소에 해당한다고 비판할 수도 있다.

물론 이들 두 인물은 민족을 내세우지 않으며 심지어는 혁명의 당위성에도 동참하지 않는다. 그러나 그들은 열차의 강력한 이분법적 논리에 교란을 불러일으킨다. 영어 대사로 일관하는 영화의 도중에 이들은 한국어를 전혀 거리낌 없이 사용하면서, 이상한 '아웃사이더'로서의 캐릭터성을 드러낸다. 모든 이들이 영어를 마치 자연적인 언어처럼 사용하는 객차 안에서, 그들만은 다른 언어(한국어)를 구사한다. 그들은 이전까지의 보편적인 서사에 편입되지 않은, 다른 질서의 언어를 구사하는 소수자다. 그런 까닭에 그들의 존재가 열차의 이분법적 논리에 의문을 던지도록 이끄는 것은 아마도 자연스러운 일일지도 모른다.[12]

남궁민수와 요나는 열차가 터널을 지나는 어둠 속에서 점차 이상한 '놀이의 규칙'에 돌입한다. 이들이 그동안 열심히 모았던 일

---

12 봉준호 감독은 종종 이처럼 세계-보편의 질서를 삐딱하게 보는 관점을 제공하는 방식으로 '한국인'이라는 정체성을 사용한다. 가령, 넷플릭스의 투자를 받아 만들어진 영화 「옥자」(2017)에서는 세계 자본주의의 질서에서 가장 벗어나 있는 산골에 사는 한국인 어린이 주인공이 서울과 미국 뉴욕을 차례로 직접 찾아가 새로운 사건 및 서사를 발생시킨다.

종의 마약인 크로놀은 급기야 '옆으로'라는 새로운 가치를 실현할 파괴적 이상으로 활용되거니와, 숨어 있던 도피 공간에서 나온 요나는 이제 타미와 함께 열차 밖으로 나간다. 바깥세상은 눈으로 덮여 있으며, 멀리 북극곰이 생존해 있는 모습도 포착된다. 요나와 타미가 선 곳은 거의 생존이 불가능해 보이는 기차 바깥의 추운 곳이지만, 어쨌든 그곳은 계급 갈등과 환경 재앙으로 병든 기차 내부의 공간과는 다른, 희망과 가능성의 공간이다.

영화「설국열차」는 닫힌 공간으로서의 열차 내부에서 사건이 시작되고 거의 종결되지만, 마지막 10분을 열린 공간의 '신화적 상상력'에 할애했다. 관객은 깜깜하고 답답한 열차 내부, 즉 폐쇄 공간에서 벗어나서 조금 춥겠지만 환한, 눈 내린 외부 공간으로 안내된다. 이제 그곳에서 이들 요나와 타미는 무슨 일을 할 수 있을까.

나는 영화의 마지막 1, 2분 사이 짧게 주어진 이들의 시간에 잠시 눈길을 멈춘다. 필자의 눈으로 보기에, 요나와 타미는 대홍수가 휩쓸고 지나가 모든 생명이 사라진 벌판에 던져진, 신화시대의 '오누이'처럼 보인다. 물론 오누이는 부부가 되어서는 안 된다. 오누이의 성적 결합은 인류 사회에서 언제나 금기시되는 근친상간에 해당할 것이기 때문이다. 그러나 이제 이들은 이러한 금기(터부)조차 넘어서야 자신의 운명적 삶을 살아갈 수 있다. 생명은, 생명을 퍼뜨리고 살아간다는 것은 어떠한 사회적 윤리보다 준엄한 것. 열차 내부에서 다루어진 주제인 계급 갈등의 문제는 잠깐 유보한 듯, 요나와 타미는 잠시 눈이 부신 듯 멈춰 서 있는 것이다. 이제 그들은 눈 내린 열린 공간에서 유아적이고 신화적인, '오누이 결합'의 신화 속으로 뚜벅뚜벅 걸어 들어가야 할 것이다. 요나와 타미가 성인이 아닌 어린이, 백인이 아닌 한국인과 흑인으로 설정된 점도 신화 속 연약한 오누이의 눈물겨운 생존 서사와 상통할 것으로 보인다.

영화 「설국열차」의 뒤 칸 사람들은 마치 원시인들이 그리했듯, 횃불 하나를 들고 열차의 한 칸 한 칸을, 마치 '도장 깨기'와도 같이 차례로 정복해나갔다. 이는 마치 원시인들이 횃불을 들고 미개와 야만의 정글을 뚫고 점차 문명의 단계로 이행해가는 모습에 방불한 것이었다. 그러나 이들이 금속성의 빛나는 엔진 칸에 이르러서도 얻을 수 있는 것은 없었다. 마지막 희망으로 열차 바깥의 세계가 있을 뿐인데, 그 공간에 아무것도 가진 것 없는 벌거숭이 남녀 아이 요나와 타미가 서 있다. 봉준호 영화에서 역사와 신화는 이렇게 서로 만나고 헤어진다.

영화 「기생충」: 대홍수에서 형제 살인까지

영화 「기생충」(2019)에서도 신화적 상상력은 강력하게 작동되고 있다. 필자는 기생충 전공 의사인 서민 교수의 『기생충열전』(을유문화사, 2013)과 성서 창세기에 등장하는 노아의 방주, 카인과 아벨의 이야기를 이 영화와 겹쳐 읽으면서 「기생충」에 담긴 영화적 매력을 신화적 상상력에서 찾아보고자 한다.

사실 이 영화의 출발 지점은 평범하다. 평범하고 착해 보이는 부잣집 가족이 있는데, 반지하에 살고 있는 가난한 4인 가족 전체가 그 집에 줄줄이 위장 취업한다. 여기에서 기생충과 숙주의 관계가 성립되는데, 이 경우 기생충은 숙주를 죽게 만들면 안 된다. 기생충은 숙주가 죽지 않을 만큼 적당히 빨아먹으며 살아야 하는데, 반지하에 살던 4인 가족은 점차 숙주를 위협할 만큼 욕심을 부리기 시작한다. 급기야 그 집에 오랫동안 살고 있던 가사도우미(문광)마저 모함으로 쫓아내버리고 4인 가족은 그 부잣집을 거의 장악하기에 이른다. 갑자기 억울하게 쫓겨난 문광은 비 오는 날 밤에 다시 찾아와서 자신이 놓고 간 물건이 있으니 잠깐만 집에 들여보내달라고 말하는데, 이 지점에서부터 영화의 분위기는 갑자기 엽기적으로 변한다. 계층 간의 위화감이나 갈등을 다루는 사회극의 성격에서 벗어나 갑자기 스릴러물로 변하는 것이다.

봉준호 영화는 장르영화에 가까우면서 어느 순간 장르영화의 문법을 살짝 비튼다. 또 현실의 문제에서 출발하지만, 어느 순간 현실을 훌쩍 넘어서 신화적 상상력으로 나아간다. 영화 「설국열차」가 계급 갈등이라는 상황에서 출발하지만, 어느 순간 액션 영화로 바뀌고 마지막에는 아포칼립스 무비의 문법으로 돌아가는 듯한 구성을 보이는 것도 대표적인 사례지만, 최근의 「기생충」에도 이러한 특색은 고스란히 남아 있다.

서민 교수는 『기생충열전』에서 기생충이 반드시 해로운 존재만은 아니라는 점을 강조한다. 기생충과 숙주는 때로 공생하며 협조하기도 한다는 것이며, 의외로 기생충은 귀엽고 예쁘기까지 하다는 것이다. 그래서 기생충 학자들은 희귀한 기생충을 보면 잃어버릴까 걱정되어 재빨리 기생충을 삼켜 스스로 숙주 역할을 하기도 한다는 것이다. 이 대목은 믿기 힘들었지만, 전체적으로 기생충의 다양한 측면을 알려준 흥미로운 책이었다.

여기서 굳이 『기생충열전』을 언급하는 이유는 이 작품에서 과연 '기생충'은 누구인가에 대해 질문하고 답하기 위해서다. 영화에서 예전의 가사도우미가 밤중에 비를 맞으며 찾아와서 문을 열어달라고 한 다음, 지하실로 내려가 어떤 '비밀의 문'을 여는 순간, 이 저택의 지하에는 마치 방공호와도 같은 황당한 지하 시설이 남아 있음이 드러난다. 그리고 거기에 문광의 남편이 오랫동안 살아왔다는 믿기 힘든 사실도 밝혀진다. 우리는 그전까지 부잣집에 살고 있는 기생충이 기택(송강호 분)과 그의 아내, 영어와 미술을 가르치는 가짜 대학생 기우와 기정을 의미하는 것으로 알고 있었는데, 이들 4인 가족보다 훨씬 오래전부터 이 집의 지하에 살고 있던 또 하나의 가족(가사도우미 '문광'과 그의 남편 '근세')도 기생충과 같은 존재라는 점을 알게 된다. 그렇다면 이후의 사건은 두 기생충 가족 중 어느 편이 살아남게 되는가를 다룰 수밖에 없게 된다.

영화적 사건은 표면에 전개되는 명료한 사건이 전부인 것은 아니다. 영화는 설명되지 못한, 비명료한 모든 사건과 함께 진행된다. 봉준호의 영화에는 가끔 비명료한 사건들이 흘러넘친다. 예를 들어, 큰비가 내려 반지하의 방이 물에 잠겼다는 서사는 특별한 영화적 에너지 없이 그저 설명적인 대사 몇 마디나 물에 잠긴 반지하의 모습을 잠깐 보여주는 정도의 컷으로도 충분하지만, 영화 「기생충」에서 이 장면은 엄청나게 커지면서 사건과 이미지들이 함께 확대되고 마침내 이미지 자체가 흘러넘치는 범람의 단계에 이른다. 큰비가 내려 집이 잠긴 사건 하나를 전달하기 위해 굳이 많은 비용과 인력을 들여 이토록 엄청나게 확대된 홍수 장면을 찍을 필요가 있었을까. 지나친 과장이나 낭비 아닐까. 상식을 뛰어넘는 이러한 사건의 흘러넘침은 무슨 의미가 있을까.

필자는 이러한 장면이 어찌 보면, 봉준호의 영화를 설명하는 중요한 단서가 될 수 있다고 생각한다. 필자는 영화「기생충」이 성서 창세기에 등장하는 노아의 방주와 대홍수, 카인과 아벨의 갈등 이야기를 담고 있다고 생각하기 때문이다.[13]

메소포타미아 지역을 비롯한 각국의 신화에는 대홍수(the Flood) 시대가 등장한다. 천지, 생명, 인간의 창조가 마무리되면 창세신화의 시대가 끝나는 것처럼 보이는데, 천지창조가 영원불멸의 완전한 상태는 아니어서 죄악, 실수 등으로 인해 잘못 창조된 세계의 보수, 혹은 재창조가 필요한 시점이 온다. 유태인들의 창세신화에 해당하는 성서의「창세기」에 언급되는 '노아의 방주'는 천지창조의 보수에 해당하는 대표적인 예이다. 노아와 그의 가족은 홍수가 닥친다는 하나님의 말에 따라 대규모의 배, 방주를 만든다. 그리고 그 방주에 모든 동식물을 암수 한 쌍씩 싣는다. 대홍수 기간 동안 방주에 올라타지 못한 생물은 모두 사라지고, 노아와 그 가족, 그리고 방주 내의 생물만 무사히 살아남는데, 이러한 '홍수의 저주' 다음에 하나님은 다시는 이러한 저주

---

13 「창세기」는 천지창조와 이스라엘의 기원을 이야기하는 신화로서의 성격도 가진다. 천지창조 이후 인간의 생활은 하나님과의 조화 속에서 진행되었으나 곧 그 관계가 깨어지기 시작한다. 하나님은 천지창조를 후회하지만 곧 보수와 치유에 착수한다. 카인과 아벨 사이의 형제 살인, 노아의 홍수 등은 이를 보여주는 전형적인 사건들이다. 존 보커, 이종인 역,『사진과 그림으로 보는 성서』(시공사, 2003), p. 27.

를 내리지 않겠다고 약속하며, 노아는 정성스러운 제사를 마련하여 하나님께 감사를 표한다.

그런데 모든 생물을 암수 한 쌍씩 방주에 실었다는 「창세기」 7장 9절의 내용과는 조금 다르게, 「창세기」 7장 2절에서는 "너는 모든 정결한 짐승은 암수 일곱씩, 부정한 것은 암수 둘씩 네게로 취하며"라고 되어 있다. 이 내용을 보면 앞뒤 내용이 다소 불일치하는 것으로 보이는데, 어쨌든 축자적으로 읽자면, 처음에는 좋은 짐승 7, 나쁜 짐승 2의 비율로 방주에 실을 계획이었다가, 나중에는 좋고 나쁨을 가리지 않고 모두 한 쌍씩 실은 것으로 되어 있다. 이 불일치가 의미하는 바는 또 무엇일까. 필자는 이를 설명할 능력이 전혀 없지만, 어쨌든 부정한 짐승도 노아의 방주에 실린 점은 확실하다. 제사를 받은 하나님은 "생육하고 번성하여 땅에 충만하라"는 축복을 내리는데, 중요한 점은 이 축복이 인간과 정갈한 짐승에게만 내려진 게 아니고 부정한 짐승에게도 예외가 아니었을 것이라는 점이다. 부정한 짐승, 기생충 같은 존재도 대홍수 때 없어지지 않고 고스란히 살아남은 것이다. 처음에는 7 대 2 정도의 비중으로 나쁜 짐승들은 저평가되지만, 결국에는 동등한 자격으로 살아남은 셈이다.

영화 「기생충」에서 인상적으로 그려진 물난리 장면은 성서의 대홍수 장면을 연상시킨다. 세상이 멸망하는 위기가 올 때에도 생명은 어떻게든 살아남는 법. 그 생명이 기생충처럼 보잘것없더라도 살아남아야 한다는 역설이 그 엄청나게 황당한 물난리 장면을 통해 강조되는 것이다.

물론 영화의 결말 부분에서 송강호(기택 역)의 4인 가족은 기정

을 제외하고는 살아남고, 문광(이정은 분)과 남편 근세(박명훈 분)
는 죽는다. 이 대목도 이상하게 「창세기」 4장의 카인과 아벨 이
야기를 연상시킨다. 야훼는 형 카인보다 동생인 아벨의 제물을
더 좋아하여 카인의 질투심을 유발하고, 급기야 카인은 아벨을
살해한다. 왜 야훼는 열심히 농사를 지은 카인을 미워하고 양치
기에 불과한 아벨을 사랑했을까.

이에 대해 유발 하라리는 재미있는 견해를 제시한다. 유발 하
라리에 의하면, 인간이 농사를 짓게 된 사건, 즉 농업혁명은 인
간이 자연과 공존하던 단계에서 벗어나 인간이 자연 정복을 시
도한 사건이며 "오히려 인구 폭발과 방자한 엘리트를 낳았다"고
보면서 농업혁명이야말로 '역사상 최대의 사기(잘못)'라고 주장
한다.[14] 하나님이 카인보다 아벨을 더 사랑한 이유는 이와 관련
되어 있을 것으로 보이는데, 농사를 짓는 카인은 양치기인 아벨
보다 사유재산에 대한 욕심이 더 강하고 자연을 정복하고자 하
는 욕구가 더 컸다고 볼 수 있기 때문일 것이다.

기택의 4인 가족은 마치 카인과도 같이 욕심을 부렸다. 반면
지하실에서 약간의 식량을 축내며 살아가던 문광과 그의 남편은
마치 아벨과도 같이 욕심이 적었다. 그런데 결국 살아남은 것은
기택의 4인 가족이다. 그들은 사유재산에 대한 독점의 욕망, 처
절한 자본가의 욕망을 흉내 내는 기생충 같은 존재로 살아남는
다. 기생충조차도 강한 기생충만 살아남는 사회. 봉준호가 영화
「기생충」에서 그려낸 세계는 2019년의 한국 사회인 동시에, 이

---

14 유발 하라리, 조현욱 역, 『사피엔스』(김영사, 2015). p. 124.

와 같은 기생충의 생리에 공감하는 세계 자본주의의 반영일 것이다.

사족: 검은색의 입구, 이호철 소설「탈향」과의 만남

1932년생 작가 이호철의 작가연보를 보면, 그는 1950년 한국 전쟁이 발발했을 때 인민군으로 동원되어 동해안으로 울진까지 남하, 포로가 되었다가 운 좋게 풀려났다고 한다. 그는 흥남철수 작전으로 알려진 1·4후퇴 당시 단신으로 배를 타고 월남하여 부산항에 닿은 이후 부두에서 부두 노동, 제면소 도제 등으로 전전한 것으로 되어 있다. 단신 월남할 때 부친이 급하게 챙겨주신 소 한 마리 값이 부산에 도착해보니 냉면 한 그릇 값이었다는 일화도 유명하게 남아 있다.

단신 월남한 그가 선택한 인생의 길은 소설 쓰기였다. 그는 부산의 차가운 피난처에서 자신의 이러한 경험을 수없이 쓰고 다시 썼다. 1955년 7월『문학예술』에 발표한 단편「탈향(脫鄕)」은 그의 데뷔작이다.

하룻밤 신세를 진 화찻간은 이튿날 곧잘 어디론가 없어지곤 했다. 더러는 하루 저녁에도 몇 번씩 이 화차 저 화차 자리를 옮겨 잡아야 했다. 자리를 잡고 누우면 그런대로 흐뭇했다. 나이 어린 나와 하원 이가 가운데, 두찬이와 광석이가 양 가장자리에 눕곤 했다.

이상한 기척이 나서 밤중에 눈을 떠보면, 우리가 누운 화찻간은 또

화통에 매달려 달리곤 했다.

"야야, 깨 깨, 빨릿……"

자다가 말고 뛰어내려야 했다. 광석이는 번번이 실수를 했다. 화차 가는 쪽으로가 아니라 반대쪽으로 뛰곤 했다. 내리고 보면 초량 제4부두 앞이기도 했고 부산진역 앞이기도 했다. 이 화차 저 화차 기웃거리며 또 다른 빈 화차를 찾아들어야 했다.[15]

'나'와 함께 월남한 고향 친구 두찬이, 광석이, 하원이는 방을 구할 수 없어 부산역쯤에 정차 중인 화차 속에 몰래 숨어들어 밤을 보낸다. 그 깜깜한 밤의 기억은 이상하게도, 봉준호 영화「설국열차」의 깜깜한 기차 속을 연상시킨다. 그 어두운 화찻간에서 네 명의 고향 친구들은 하얀 눈이 내리던 고향의 하얀 추억 하나를 떠올린다.

어두운 화찻간 속에서 막걸리 사발이나 받아다 마시면, 넷이 법석대곤 했다.

우리들 중 가장 어린 하원이는 늘 무언가 풀어헤치듯,

"야하, 부산은 눈두 안 온다, 잉. 어잉 야야, 벌써 자니 이 새끼, 벌써 자니. 진짜, 잉. 광석이 아저씨네 우물 말이다. 눈 오문 말이다. 뒤에 상나무 있잖니? 하얀 양산처럼 되는, 잉. 한번은 이른 새벽이댔는데 장자골집 형수, 물을 막 첫 바가지 푸는데 푸뜩 눈뭉치가 떨어졌다, 그 형수 뒷머리를 덮었다. 내가 막 웃으니까, 그 형수두 눈 떨 생

---

15 이호철, 『소시민』(두산동아, 1996), p. 308.

각은 않구, 하하하 웃는단 말이다. 원래가 그 형수 잘 웃잖니?"

광석이는 히죽히죽 웃으면서,

"토백이 반원새끼덜, 우릴 사촌끼리냐구 묻더구나. 그렇다니까, 그러냐아구, 어쩌구. 그 꼬락서니라구야. 이 새끼 벌써 취핸?"

조금 사이를 두어,

"야하, 언제나 고향 가지?"

두찬이는 혀 꼬부라진 소리로,

"이제 금방 가게 되잖으리."

"이것두 다아 좋은 경험이다."

"암, 그렇구말구."

"우리, 동네 갈 땐 꼭 같이 가야 된다, 알겐."

"아무렴, 여부 있니. 우리 넷이 여기서 떨어지다니, 그럴 수가. 벼락을 맞을 소리지. 허허허, 기분 좋다. 우리 더 마실까. 한 사발씩만 더, 딱 한 사발씩."

광석이는 쨍한 소리로 노래를 불렀고, 두찬이는 화차 벽을 두드리며 둔하게 장단을 맞추었다. 하원이는 자질구레한 심부름을 했다. 술을 한 병 더 받아 온다, 담배를 사온다. 나는 곯아떨어져 잠이 들어버리곤 했다.[16]

좀 긴 인용이 되어버렸지만, 깜깜한 화찻간에서 떠올리는 이웃집 형수의 "하얀 웃음"은 흑백의 강렬한 대비를 남긴다. 필자는 이 글의 앞부분에서 봉준호의 영화 「설국열차」의 대부분 사

---

16 위의 책, p. 309.

건이 깜깜한 기차 속에서 진행된다는 사실을 언급하였다. 그리고 마지막 10분 정도의 시간에 눈으로 하얗게 채색된 기차 외부의 풍경을 조망함으로써, 우리가 살고 있는 현재의 어두운 시간대와 미래의 유나, 타미가 살아가야 할, 춥지만 환한 세상의 시간대가 강렬하게 대비됨을 확인할 수 있었다.

필자는 이호철의 「탈향」이 고향 원산을 떠나 피난지 부산에 정착하기까지의 경험담을 그대로 옮긴 체험형의 소설이라고만 생각하지는 않는다. 이 작품은 의외로 1950년대 한국의 지식인들을 매료시켰던 실존주의의 심층에 연결되어 있다. 어차피 인간은 이 세상에 '던져진' 존재라는 것. 인간은 어머니의 몸에서 분리되어 이 세상으로 던져지는 순간, 단독자로서의 인생을 홀로 감당하며 살아야 한다는 것. 이것이 '실존주의'의 명제였다. 「탈향」은 고향으로부터의 분리일 뿐 아니라, 원초적 고향인 어머니로부터의 분리라는 게 필자의 느낌이었다. 그 실존주의의 명제는 소설 「탈향」에서 강렬한 흑백의 대비를 통해 좀더 극명하게 표현된다. 그리고 그 흑백의 대비는 이상하게도 영화 「설국열차」에서 다시금 생생하게 재현되었다. 영화평론가 허문영이 봉준호에게 던진 "검은색 평면"에 대한 질문을 새삼 상기하는 이유는 여기에 있다.

FILO 감독님 영화에서 화면 중앙에 큰 반점과도 같은 검은색 평면이 나타나면 우리는 긴장하게 됩니다. 「기생충」에서는 어두운 지하실 입구가 후경에 처음 등장하는 장면 같은 것이죠. 「마더」에서는 더 무서운 느낌으로 등장하죠. 그러면 우리는 이제부터 봉준호의 영화가 진짜 시작되는구나, 라고 느끼게 됩니다. 그 검은 평면은 무서운 사건이 벌어진 혹은 벌어질 지하실, 하수도, 터널의 물리적 입구이면서, 동시에 물리적 기능을 넘어선 무지와 불안과 공포의 심연의 관문입니다.[17]

점차 관객과 평단의 주목을 받으면서 봉준호가 한국 모더니즘 문학의 기린아 구보 박태원의 외손자라는 사실도 자연스럽게 알려졌다. 1932년생 작가 이호철은 소설가 박태원을 자기 소설의 멘토로 삼았다고 자주 언급했다. 주변머리를 깔끔하게 밀어버린 작가 이호철의 독특한 머리 스타일은 소설가 박태원의 머리 스타일을 그대로 따른 것이라는 이야기도 자주 했던 것으로 기억한다. 박태원의 문학이 이호철의 소설 「탈향」으로 이어지고, 봉준호의 영화 「설국열차」로 이어진다고 말하는 건 비약임이 틀림없지만, 만약 '문화적 유전자'가 있다면 그런 유전도 가능하리라 본다.

17 허문영, 봉준호 인터뷰, 앞의 글, pp. 32~33.

한국문학 속의 미디어:
신문에서 인터넷까지

20세기 들어 과학 기술의 발달로 많은 미디어가 발명되고 상용화되었다. 신문을 비롯한 저널이 보편화되는 것과는 별개로 우편, 전보, 전화, 인터넷이 사용되기 시작한 것도 큰 변화이다. 이제 우리는 미디어가 없는 세상을 상상조차 할 수 없게 되었다. 그런데 인간이 미디어를 만들었지만, 이제는 역으로 미디어가 인간을 규제하는 세상에 살게 된 듯도 하다.

이러한 미디어의 의미들은 20세기 한국 작가들에게 중요한 화두를 제시했다. 우리는 이들 미디어를 어떻게 받아들여야 할 것인가. 이 글에서 다루어진 텍스트 속의 인물들은 이러한 미디어의 범람 속에서 표류하는 인간 군상에 대해 묻고 있다. 이 글에서는 이기영의 『고향』(1933), 채만식의 「당랑의 전설」(1940), 김승옥의 「무진기행」(1964), 윤형진의 「책을 먹는 남자」(1998), 김영하의 『퀴즈쇼』(2007)를 중심으로, 미디어의 발달에 대한 문학의 대응을 살피고자 했다.[1]

---

1 이하 내용은 「미디어의 보급에 대한 문학의 대응: 신문에서 인터넷까지」, 『한국현대문학연구』(2010. 12)를 수정 보완함.

미디어의 순기능과 역기능

루쉰의 단편 「고향」(1921)은 의사소통의 단절이 주는 절망을 다룬다. 고향 집을 청산하기 위해 고향에 들른 '나'는 40년 전 허물없이 놀던 동네 형 '룬투'가 자신을 '나리'라고 부르면서 고개를 조아리는 것에 절망을 느낀다. 루쉰의 분신으로 보이는 '나'는 글을 배움으로써 오히려 룬투를 잃고 고향까지 잃었다고 생각한다. 글과 지식이 '소통'의 수단이 아닌 '단절'의 도구가 된 셈이다.

가장 난해한 한자가 가장 거대한 제국인 중국의 공용 문자가된 배경에는 이러한 역설이 첨예하게 자리 잡고 있다. 중국에서는 한자의 복잡성으로 인해, 단순한 문자를 갖고 있는 다른 문화권에서보다 국민의 문자 해득이 어렵게 되었으며, 보다 많은 학업 시간을 가질 수 있는 소수의 사람들만 상류 생활을 향유할 수 있게 된 것이다. 한자가 너무 배우기 어려워 의사소통이 어려웠다는 점이 오히려 글자를 아는 소수에 의한 중국의 지배를 정당화하고 공고화할 수 있었다는 점은 커뮤니케이션 도구로서의 언어에 대한 반성을 제공한다.[2]

언어는 과연 소통에 기여하는가. 중국 신화에서는 눈이 넷 달린 창힐(蒼頡)이 한자를 만들었다고 전해진다. 그런데 창힐이 새의 발자국을 보고 문자를 만들자 세상 사람들은 농사를 방기하고 분쟁을 시작했으며, 사람들은 교활해졌고, 귀신은 두려워서

---

2 존 K. 페어뱅크 외, 김한규 외 역, 『동양문화사(상)』(을유문화사, 1991), pp. 33~35.

밤새 울었다고 한다. 창힐의 예측은 어떤 의미를 갖는가. 소크라테스가 「파이드로스」에서 경고한 내용도 인상적이다.

알파벳의 발견은 사람의 영혼에 망각하는 습관을 가져올 것이다. 왜냐하면 사람들이 기억력을 이용하려 들지 않을 것이기 때문이다. 즉, 써놓은 것을 믿으려 하지 기억하려 들지 않을 것이다. (……) 제자들에게는 진리를 가르치지 말고 진리와 유사한 것만을 가르쳐라.[3]

창힐과 소크라테스의 우려대로 문자는 사람의 영혼과 문명에 나쁜 영향을 끼칠 수도 있다. 더 비약한다면, 미디어 전체가 인간에게 어떤 역기능을 가질 수도 있다. 이런 맥락에서 문자와 미디어의 역기능과 순기능에 대해 생각해보는 것은 의미 있는 작업이 될 수 있다.

그러나 루쉰의 「고향」에서 조카인 '훙얼'은 다시 동네의 가난한 집 아이인 '쉐이성'과 친구가 된다. '나'는 '훙얼'에게서 희망을 느낀다. 그에게 희망이란 땅 위의 길과 같은 것이어서, 사람들의 왕래에 의해 만들어지는 것이다.

나와 룬투는 결국 이렇게까지 멀어졌지만, 우리의 후대들은 아직도 함께 어울리고 있다. 훙얼은 지금 쉐이성을 그리워하고 있지 않

---

3 마샬 맥루한 · 쾡땅 피오르, 김진홍 역, 『미디어는 맛사지다』(커뮤니케이션북스, 2001), p. 113에서 재인용.

은가? 난 그애들이 다시는 나처럼 다들 멀어지지 않기를 바란다. (……)

나는 생각했다. 희망이란 것은 본래 있다고 할 수 없고, 없다고도 할 수 없다. 그것은 마치 땅 위의 길과 같은 것이다. 사실 땅 위에는 본래 길이 없었다. 걸어가는 사람이 많아지면서 곧 길이 되는 것이다.[4]

「고향」의 '나'가 읊조린 것처럼, 우리는 글을 비롯한 모든 미디어가 길이 되기를 희망한다. 그러나 미디어는 오랫동안 '길'인 동시에 장애물인 '벽'으로 작용했다. 소통을 방해하는 벽이 아닌 길로서의 미디어는 어디에 있는가. 이에 대해 성찰해볼 필요가 있다.

미디어의 개념과 발전 과정

미디어(media)의 원래 의미는 미디엄(medium)에서 유래한다. 둘 사이의 중간에 놓여 있다는 의미에서 송신자와 수신자를 연결해준다는 의미로 발전된 '미디어'는 흔히 매체(媒體)로 번역되기도 한다. 어원 그대로의 뜻을 따른다면, 미디어는 둘 사이를 중개하는 어떤 임시의 것으로, 미디어 또한 둘 사이를 매개하거나 하나를 다른 곳으로 운반하는 운반체로서의 의미에 불과하지

---

4 루쉰, 김학주 역, 『루쉰 소설 전집』(을유문화사, 2008), pp. 112~113.

만, 내용(콘텐츠)을 담는 그릇에 불과했던 미디어가 기술의 발달로 점차 그 중요성이 증대되고 있다.

어빙 팽은 매스커뮤니케이션의 역사를 서술하는 첫 장에서 "우리는 미디어를 바꾸었고, 그다음에는 미디어가 우리 인간을 바꾸었다"고 말하기도 한다.[5] 이 글에서는 미디어의 발명이 기존의 문학적 상상력을 어떻게 바꾸어놓았는가에 초점을 두기로 한다. 이 글의 논지에 따르면, 미디어는 과학 기술과 사회적 생산력의 발전에 힘입어 '발명'되지만, 일상생활에서 혹은 예술가들의 상상력 속에서 그 의미가 새롭게 부여되고 '발견'된다. 이런 맥락에서 이 글에서는 작가에 의해 포착된 미디어의 의미를 성찰한다는 의미에서 '발견으로서의 미디어'를 주된 논제로 삼았다.

미디어의 발명과 발견을 서술하기에 앞서 인류 문명에 존재해온 정보 혁명의 제 단계를 먼저 나누어보기로 한다. 정보 혁명은 크게 여섯 단계로 나누어 설명된다. 첫번째는 문자의 혁명, 두번째는 인쇄 혁명이다. 이 두 단계의 혁명은 아주 오랜 기간 점진적으로 일어났으나 19세기 중반 이후부터 현재에 이르기까지 150여 년의 기간 동안에는 세번째 단계 이후의 변화가 급격하게 이루어졌다. 세번째 단계로서의 대중 미디어의 혁명, 네번째 단계로서의 오락의 혁명, 다섯번째 단계로서의 가정의 커뮤니케이션 창고화, 여섯번째 단계로서의 정보고속도로의 출현이 그것이다. 설명을 겸하여 세번째 단계 이후의 변화를 살펴보면, 세번째 정보 혁명은 신문·잡지·사진·전보를 가져왔고, 네번째 정보

---

5 어빙 팽, 심길중 역, 『매스커뮤니케이션의 역사』(한울아카데미, 2002), p. 17.

혁명은 축음기 · 라디오 · 영화를, 다섯번째 정보 혁명은 전화 · 방송 · 음반 및 좀더 발달된 우편 서비스를, 여섯번째 정보 혁명은 컴퓨터 · 방송 · 인공위성 · 동영상 보급 등을 가져왔다.[6]

2020년 현재, 한국은 인터넷 보급률 세계 최고 수준 유지 등 ICT 분야에서 많은 발전과 혜택을 누리는 나라로 평가된다. 그러나 인터넷 접속 속도 및 사용 빈도 등에서 압도적인 우위를 보이는 한국이 기술 혁신과 함께 삶의 질 향상까지 모두 추동해나가고 있는 것은 아니다. 오히려 인터넷과 웹의 장에 갇혀 정보 편중으로 인한 우매화 현상, 거대 IT 다국적기업을 통한 경제적 독점, 고립감과 지식의 과부하, 강박적이고 과시적인 소비 행태의 유행 등 많은 부작용을 겪고 있는 것도 사실이다.

교통과 통신의 발달이 인류에게 많은 혜택을 주었고, 지구는 쉽게 여행하고 소통할 수 있도록 평평해졌지만, 그 평평함이 개인의 많은 부분을 장악하여, 취향과 감각조차 인터넷에 의존하고 종내에는 개인의 의식, 취향마저 평평해지고 있는 게 아닌가 하는 우려를 낳는다. 토머스 프리드만은 콜럼버스의 신대륙 발견 이후 국가 차원의 1차적인 세계화가 진행되고, 산업혁명 이후에 다국적기업의 활약 등으로 인해 기업 차원의 2차적인 세계화가 진행된 반면, 이제는 개인 전체가 세계화의 흐름에 편입되는 이른바 세계화3.0의 시대에 돌입했다고 보면서, IT혁명으로 하나 된 세계에서 개인의 지식마저 평평해졌으니, 여기에서 벗어나기 위해서는 "대체 불가능한 개인"을 회복해야 함을 역설한

---

6 어빙 팽. 위의 책. pp. 13.

바 있다.[7]

미디어의 숫자는 20년마다 2배로 증가해왔다. 1968년도에 미디어는 10개, 1988년도에는 20개에 불과했지만, 2008년에는 60여 개로 급증했다. 20년 사이에 2배 정도만 증가한다고 추산해도 2028년에는 120여 종류의 미디어가 활용될 것이라는 점을 쉽게 예측할 수 있다. 이와 같은 미디어의 창조적 진화에 대해 우리는 어떤 대비를 해야 할까. 이런 맥락에서 문학이 이러한 미디어의 변화를 어떻게 받아들이고 있는가에 대한 문제 제기는 매우 적절해 보인다.

발견으로서의 미디어

1. 저널리즘과 신문

저널리즘 기능은 새로운 소식의 전달, 사건에 대한 해석, 오락 제공 등으로 크게 나눌 수 있다. 특히 신문의 출현은 근대 부르주아의 형성과 맞물린다는 점에서 주목할 만하다. 부르주아 시민 의식의 성장에 따른 사회적 의견의 제출과 통제에 대한 감시 등의 역할이 강조되면서 신문은 '제4의 정부'로까지 격상되어 그 의미가 부여되기도 한다. 신문은 독자에게 시사 정보를 제공하기도 하고, 라디오와 TV 프로그램, 영화, 부고, 광고 등과 같

---

7 토머스 프리드먼, 『세계는 평평하다』(21세기북스, 2017), pp. 15~70.

은 일상생활에 직접 도움을 주는 정보를 제공하기도 한다. 그러나 일종의 현실 도피적인 기능도 담당한다. 사교계의 소식, 스캔들, 가십거리 등의 흥미 위주 기사, 만화 등이 그것이다.

따라서 신문을 읽는 목적도 크게 보아 세 가지 정도로 나눌 수 있다. 첫째는 구체적이고 개인적인 정보의 습득, 둘째는 사회의 보편적인 질서에 대한 관심과 재확인, 셋째는 놀이의 한 방편이다. 이 중에서도 특별히 재미있는 관점은 신문 읽기를 놀이의 한 방편으로 보는 관점이다.

바둑을 한 번이라도 두어본 사람은 "에라, 바둑이 죽지 내가 죽나!"하면서 결정적인 한 점을 놓았던 경험이 있을 것이다. 바둑이 놀이의 일종인 것은 우리가 바둑을 일상의 삶에서 일종의 막간극 같은 것으로 분리시키고, 동시에 바둑을 삶의 맥락에 적절하게 위치시키고 있기 때문이다. 신문 읽기도 이런 관점에서 보면, 놀이의 일종으로 볼 수 있다.

신문은 매일 그 내용이 새롭게 변하는 것 같지만, 언제나 변함없이 되풀이되는 천편일률적인 것이 대부분이다. 그럼에도 우리는 그 천편일률적인 내용을 늘 읽고 있다. 이는 신문 읽기 자체가 '어른을 위한 심심풀이 장난감'의 일종이 아닌가 하는 의문을 제기한다. 즉 신문 읽기란 주관적 놀이의 발전된 형태이며, '의사소통의 즐거움'을 얻기 위한 행위이다.[8]

8 윌리엄 스티븐슨, 「놀이로서 신문 읽기」, 박성봉 편역, 『대중예술의 이론들』(동연, 1994), p. 275.

윌리엄 스티븐슨은 위의 글에서 현대인의 생활 속에 남아 있는 신문의 형태를 재미있게 관찰한다.

(1) (나는 커피 한 잔을 마실 수 있는 여유가 확보되기 전까지는 신문을 읽지 않는다.

(2) 아내는 내가 신문에 몰두할 때마다 아주 못마땅한 얼굴을 한다. 그래서 나는 아내가 잠든 후에야 비로소 신문을 읽는다.

(3) 만화에는 일요일 오후에 소파에 몸을 묻고 신문으로 얼굴을 가린 남자를 자주 등장시켜, 빈둥거리며 놀고 있는 남자의 전형으로 삼고 있다.[9]

사실 이러한 견해는 대단히 극단적인 것으로 보인다. 우리가 신문에서 어떤 충격적이고 부정적인 사건에 대한 기사를 읽을 때, 다만 재미로만 그것을 읽는 것 같지는 않다. 우리는 이를 통해 사회적 교훈을 얻으며, 또 타인들도 자신과 같은 교훈을 공유하도록 만드는 것이 신문의 임무라고 생각한다. 그러나 신문 읽기를 극단적인 놀이라고 규정하지 않더라도, 신문 읽기는 무언가 불확실한 감정을 달래주는 안전장치의 대리물 역할을 하는 것만큼은 분명하다. 사람들은 밤새 세상이 돌아가는 일에서 소외되어 있다가 아침에 신문을 통해 다시 세상과 관계를 맺게 되는 것이다. 보통 사람들은 세상을 두려움으로 가득 찬 곳으로 생각해서 아침이면 긴장 상태에서 깨어나는데, 신문은 이때 마음

---

9 위의 책, p. 280.

을 좀더 편안하게 해주는 역할 정도를 담당하는 것이다. 어느덧 신문은 우리 일상생활에서 없어서는 안 될 필수품이 되어버렸다. 그것은 엄숙하게 사회적 진실을 설교하는 지면으로 그치는 것이 아니라, 신문이 없으면 왠지 허전한 느낌을 줄 정도로 우리 생활에 친숙한 도구가 되어버린 것이다.

신문은 근대 시민사회가 창출해낸 공적 장이자, 문화의 상징이다. 이안 와트가 근대소설의 기원과 형성을 정기간행물과 신문연재소설에서 찾는 것은 너무도 당연해 보인다. 디킨스의 연재소설을 읽기 위해 정기간행물을 실은 마차가 넘어올 고개 위까지 올라가서 마차를 기다리는 풍경은 전기 작가 스테판 츠바이크의 재미있는 묘사를 통해 잘 드러난 바 있다.

> 오직 그 책을 먼저 받으려고 2마일이나 배달부를 마중 나갔다. 어떤 이는 사람들 어깨 너머로 책장을 엿보는가 하면, 어떤 이들은 책을 큰 소리로 낭독했다. 가장 가정적인 사람은 노획물을 조금이라도 빨리 처자식에게 갖다주려고 급하게 집으로 내달렸다.[10]

월간에서 주간, 그리고 매일 발행되는 형식으로 진화된 저널리즘의 역사에서, 신문으로 대표되는 저널리즘은 시적인 언어를 산문적인 언어로 대치했고, 성스러운 가치를 세속적인 관심이 대체하는, 일종의 '그레샴의 법칙'을 통용시키면서 저널리즘과 개인의 관계를 새롭게 정립하기 시작한다. 이제 신문은 문학

---

10 슈테판 츠바이크, 원당희·이기식·장영은 역, 『천재와 광기』(예하, 1993), p. 44.

을 '경제의 자유방임 원칙'에 종속하도록 만들었고, 모든 사건을 대중들의 관심과 재미거리로 만들기 시작한 것이다.[11]

어쨌든 신문은 근대 사회의 주역인 부르주아가 반드시 함께해야 할 정보의 중심에 놓인다. 김승옥의 소설 「무진기행」(1964)에서 작품의 주인공 윤희중은 서울에서 무진으로 내려오자마자 신문사 지국을 찾아가 신문을 청한다.

> 이모님 댁에서는 신문을 구독하고 있지 않았다. 그렇지만 신문은 도회인이 누구나 그렇듯이 이제 내 생활의 일부로서 내 하루의 시작과 끝을 맡아보고 있었던 것이다. 내가 찾아간 신문지국에 나는 이모님 댁의 주소와 약도를 그려주고 나왔다.[12]

불과 며칠 묵으러 고향에 내려온 사람이, 그것도 휴양을 위해 내려온 사람이 굳이 신문부터 찾는 것이 왠지 부자연스럽게 보인다. 그러나 그 부자연스러움이 '내 생활의 일부'라는 사실에 주목할 필요가 있다. 고향에 도착하자마자 신문부터 찾는 그의 습벽은 도시의 핵에서부터 밀려나지 않으려는 경쟁의 습관, 속도의 공포에서 비롯한 것으로 보아야 할 것이다.[13] 주인공은 안

---

11 이언 와트, 강유나·고경하 역, 『소설의 발생』(강, 2005), pp. 51~86.

12 김승옥, 「무진기행」, 『김승옥 소설전집 1』(문학동네, 1995), p. 131.

13 도시 문명을 규정할 때, 가장 중요한 요소가 바로 '속도'이다. 도시의 각종 도로망과 통신망은 바로 속도를 높이기 위한 수단이며, 속도 경쟁에서 지는 자는 도시에서 추방된다. 이런 이유에서 어느 도시학자는 도시의 구조를 군대의 조직에 비유한다. 군대는 흔히 HQ라고 부르는 사령부를 핵으로 삼고, 사령부를 향한 통신과 도로망을 기본 편제로 삼는다. 모든 도회인들은 도시의 핵에서 멀어지지 않기 위해 필사적으로 속도 경쟁을 할

개가 자욱한 무진(霧津)으로 들어서는 순간, 수면제와도 같은 잠과 휴식을 원했다. 그러나 그는 무진에 도착한 직후, 신문으로 대표되는 도시와의 네트워크에 자신을 정박시킨다. 물론 그가 신문을 읽어야 하는 이유는 소설 속에서 명시적으로 드러나지는 않는다. 그러나 그는 신문을 통해 사회 현실과 연결되었다고 느낄 때에야 비로소 휴식을 취할 수 있다. 김승옥의 「무진기행」은 미디어에 대한 이러한 예민한 감각에서 출발한다.

2. 우편 제도와 편지

김승옥의 「무진기행」은 신문 읽기의 단계와는 다른 차원, 즉 편지와 전보의 관계를 문제 삼고 있어서 더욱 흥미롭다. 이 작품에는 편지에 관련된 세 번의 경험, 그리고 전보와 관련된 한 번의 경험이 중요하게 취급된다.

먼저, 주인공 '나'는 폐병을 앓던 젊은 시절, 고향인 무진에서 썼던 수많은 편지들을 상기한다.

이 바닷가에서 보낸 일 년. 그때 내가 쓴 모든 편지들 속에서 사람들은 '쓸쓸하다'라는 단어를 쉽게 발견할 수 있었다. 그 단어는 다소 천박하고 이제는 사람의 가슴에 호소해 오는 능력도 거의 상실해버린 사어(死語) 같은 것이지만 그러나 그 무렵의 내게는 그 말밖에 써

수밖에 없으며, 이의 상징적 장치가 바로 신문이다.(김만수, 「속도의 기호학」, 『희곡 읽기의 방법론』, 태학사, 1996)

야 할 말이 없는 것처럼 생각돼 있었다. (……) 바쁜 일과 중에, 무표정한 우편배달부가 던져주고 간 나의 편지 속에서 '쓸쓸하다'라는 말을 보았을 때 그 편지를 받은 사람이 과연 무엇을 느끼거나 상상할 수 있었을까?[14]

물론 이 편지는 수신자에게 제대로 전달되지 못한다. 이 편지들은 부쳐지지 않았고, '나'의 쓸쓸함은 일방적인 것이기 때문이다. 편지는 근대적 우편 제도 이전에도 존재했다. 집안의 하인이 직접 전달하는 시스템에서의 편지는 지극히 사적인 내용들로 채워질 수밖에 없었다. 그러나 편지가 우편 제도 속에 놓이는 순간, 편지의 의미는 달라지기 시작한다.

「무진기행」에 등장하는 두번째 편지는 박선생이 하선생에게 보낸 편지이다. 이 작품에는 젊은 미모의 음악교사 '하선생'이 등장한다. 또 하선생을 짝사랑하는 국어교사 '박', 그 지방의 유지이자 하선생을 농락하고자 하는 속물 세무서장 '조'도 등장한다. '박'은 하선생에게 긴 연애편지를 보내지만, 하선생은 그 편지를 들고 세무서장을 찾아가 그에게 보여준다.

"그 여자에게 편지를 보내어 호소를 하는데 그 여자가 모두 내게 보여주거든. 박군은 내게 연애편지를 쓰는 셈이지." 나는 그 여자를 만나보고 싶은 생각이 싹 가셨다. 그러나 잠시 후엔 그 여자를 어서 만나보고 싶다는 생각이 되살아났다.[15]

---

14 김승옥, 앞의 책, pp. 148~149.
15 위의 책, p. 147.

왜 다시 그 여자를 만나보고 싶은 생각이 되살아났을까? 작가는 더 이상 말을 보태지 않는다. 어쨌든 두번째 편지도 제대로 읽어주는 수신자를 만나지 못한 채, 세무서장의 조롱거리가 되고 만다.

세번째 편지 이야기는 이 작품의 결말 부분에 나온다. 주인공은 하선생에게 편지를 쓴 후, 그 편지를 이내 찢어버린다. 우리는 이 대목에서 주인공이 왜 편지를 찢어버렸을까 하는 질문을 던지게 된다. 더욱 흥미로운 것은 '전보의 눈을 피하여 편지를' 쓴다는 점에 있다.

그러나 나는 전보의 눈을 피하여 편지를 썼다. '갑자기 떠나게 되었습니다. 찾아가서 말로써 오늘 내가 먼저 가는 것을 알리고 싶었습니다만 대화란 항상 의외의 방향으로 나가버리기를 좋아하기 때문에 이렇게 글로써 알리는 바입니다. 간단히 쓰겠습니다. 사랑하고 있습니다. 왜냐면 당신은 제 자신이기 때문에 적어도 제가 어렴풋이나마 사랑하고 있는 옛날의 저의 모습이기 때문입니다. 저는 옛날의 저를 오늘의 저로 끌어놓기 위하여 갖은 노력을 다하였듯이 당신을 햇볕 속으로 끌어놓기 위하여 있는 힘을 다할 작정입니다. 저를 믿어주십시오. 그리고 서울에서 준비가 되는 대로 소식 드리면 당신은 무진을 떠나서 제게 와주십시오. 우리는 아마 행복할 수 있을 것입니다.' 쓰고 나서 나는 그 편지를 읽어봤다. 또 한 번 읽어봤다. 그리고 찢어버렸다.[16]

---

16 위의 책, p. 152.

이 대목에서 중요한 것은 '편지'와 '전보'의 대결이 담고 있는 상징성이다. 물론 편지와 전보는 둘 다 의사소통의 수단이라는 점에서 공통된 특징을 갖는다. 다만 편지가 개인과 개인 간의 내밀한 의사소통으로 개인의 내면과 정감을 보여주는 것이라면, 전보는 속도와 효율이 중시되는 의사소통 수단이라는 점에 차이가 있을 것이다. 그 차이는 결국 편지를 매개로 한 '나/하인숙'의 관계, 전보를 매개로 한 '나/아내'와의 관계와도 상통한다. 이 점을 중시하면 '나는 무진을 버리고 서울로 돌아간다'는 이 작품의 통합체적인 구조가 편지/전보의 이항대립을 통해 하인숙/아내, 고향/도시의 이항대립적인 계열체로 선명하게 드러난다. 이를 통합체/계열체의 구조로 환원하면 다음과 같다.

나는	무진(을)	버리고	서울(로)	돌아간다.
	하인숙		아내	
	편지		전보	
	고향		도시	
	순수(감성)		현실(합리성)	

'무진으로의 여행'이라는 이 작품의 내용은 곧 '서울로의 귀향'을 의미하는 것이며, 이는 무진으로 대표되는 고향/순수(감성)/하인숙의 세계를 버리고 서울로 대표되는 도시/현실(합리성)/아내의 세계로 귀향하는 것을 의미한다. 그런데 흥미로운 점은 전자가 '편지'의 세계와 연결되어 있고, 후자는 '전보'의 세계를 통해 소통이 이루어진다는 점이다.

이 작품의 주제, 즉 '이상과 순수'를 버리고 '현실의 속물'이 되기를 선택한다는 통합체는 '편지/전보'의 이항대립에서 전보가 승리하는 장면을 통해 가장 극적으로 제시되는 셈이다. 특히 이 작품은 '전보'를 부각시키기 위해 의인법을 쓰고 있다. 아래의 인용문에서 전보는 다음과 같은 방식으로 의인화된다.

이모는 전보 한 통을 내게 건네주었다. 엎드려 누운 채 나는 전보를 펴보았다. '27일회의참석필요,급상경바람 영.' '27일'은 모레였고 '영'은 아내였다. 나는 아프도록 쑤시는 이마를 베개에 대었다. 나는 숨을 거칠게 쉬고 있었다. 나는 내 호흡을 진정시키려고 했다. 아내의 전보가 무진에 와서 내가 한 모든 행동과 사고를 내게 점점 명료하게 드러내 보여주었다. 모든 것이 선입관이었다. 결국 아내의 전보는 그렇게 얘기하고 있었다. 나는 아니라고 고개를 저었다. 모든 것이, 흔히 여행자에게 주어지는 그 자유 때문이라고 아내의 전보는 말하고 있었다. 나는 아니라고 고개를 저었다. 모든 것이 세월에 의하여 내 마음속에서 잊혀질 수 있다고 전보는 말하고 있었다. 그러나 상처가 남는다고, 나는 고개를 저었다. <u>오랫동안 우리는 다투었다.</u> 그래서 전보와 나는 타협안을 만들었다.(밑줄은 인용자)[17]

이 인용문에서 "오랫동안 우리는 다투었다"에 주목할 필요가 있다. 아내와 내가 다투고 있는 게 아니라, 전보와 내가 다투고 있는 형국은 참으로 '낯설다'. "전보와 나는 타협안을 만들었다"

---

17 김승옥, 앞의 책, pp. 151~152.

는 대목도 낯설기는 마찬가지다. 위의 인용문에서 아내는 등장하지 않으며, 시종 '아내의 전보'만 부각되어 있는데, 이는 기계(전보)가 사람(아내)을 압도하여 대신하는 물신화(物神化) 경향으로 읽어도 무방하다. 이쯤 되면 결말 부분의 숨 가쁜 독백이 이해될 수 있다.

 한 번만, 마지막으로 한 번만, 이 무진을, 안개를, 외롭게 미쳐가는 것을, 유행가를, 술집 여자의 자살을, 배반을, 무책임을 긍정하기로 하자. 마지막으로 한 번만이다. 꼭 한 번만. 그리고 나는 네게 주어진 한정된 책임 속에서만 살기로 약속한다. 전보여 새끼손가락을 내밀어라. 나는 거기에 내 손가락을 걸어서 약속한다. 우리는 약속했다.[18]

인용 대목에는 잦은 쉼표가 사용됨으로써, '나'의 가쁜 호흡을 표현한다. 흥미로운 점은 이처럼 가쁜 호흡의 문장이 전보문의 호흡과 문체를 연상시킨다는 점이다. '나'는 아내의 전보를 받은 후, 심리적인 불안 상태에 빠지며, 그래서 전보문의 호흡에 맞게 '나'의 박동이 뛰기 시작하는 것이다.

 사실 편지는 근대 사회에 들면서 개인과 개인의 감정을 교환하는 사적인 차원을 넘어 제도적인 권력을 부여받는다. 우정국에서 벌어진 갑신정변(1884)이 한국 근대사의 중대한 전환점이 되었다는 사실은 우편 제도가 지닌 근대 권력으로서의 상징을 잘 보여준다. 교통과 통신의 장악이 근대 권력의 중요한 계기가

---

18 위의 책, p. 152.

된다는 점은 이기영의 장편 『고향』(1933)을 통해 매우 상징적으로 드러난다.

> 우편소가 새로 생긴 것을 보고 이웃 사람들은 그게 무엇인지 몰라서 겁을 잔뜩 집어먹고 있었다. 짐승같이 늘어선 전봇대에는 노상 잉하는 소리가 들리었다. 그것은 전신줄을 감은 사기 안에다 귀신을 잡아넣어서 그런 소리가 무시로 난다는 것이고 그리고 우편소 안에는 무슨 이상한 기계를 해앉히고 거기서는 무시로 괴상한 소리가 들리었다. (……) 그럴 때 안승학은 마술사처럼 이 귀신을 부리는 재주를 그들 앞에서 시험해 보였다. 그는 엽서 한 장을 사서 자기 집 통수와 이름을 쓰고 편지 사연을 써서 우편통 안으로 집어넣었다.[19]

『고향』의 악질적인 마름 안승학이 처음 소개되는 이 장의 소제목은 '출세담'이다. 아무런 밑천도 없고 가문과 출신도 불확실한 떠돌이 안승학이 출세하게 된 계기가 경부선 철도를 처음 타보았다는 것, 우편소를 최초로 이용해보았음에 있음은 새삼 말할 것도 없다. 제복을 입은 자가 헐레벌떡 뛰어와 마름의 손에 하얀 엽서를 공손하게 전해주는 것을 보게 된 소작인들로서는 깜짝 놀라지 않을 수 없었던 것이다. 그들의 눈에는 '제복'이야말로 저승사자와도 같던 일본 순경을 연상시켰다. 마름이 '제복'을 하인처럼 다루고 심부름을 시키는 것을 본 마을 사람들이 마름의 위대함을 인정하지 않을 수 없었던 것이다.

---

19 이기영, 『고향(상)』(어문각, 1947, 5판), p. 118.

사소한 사건처럼 보이지만 우편을 다룰 줄 아는 것이야말로 근대의 의미를 해독하는 능력과 관계되는 것임을 이해하는 순간, 그들의 승부는 자명해진다. 그리고 이러한 제도의 막강한 힘을 포착한 자만이 근대의 주역이 될 수 있었던 셈이다. 철도 제도, 우편 제도, 행정 제도, 학교 제도, 군사 제도 등을 재빨리 알아차리고 이에 민첩하게 적응할 수 있을 때, 이들의 승리는 자명해지는 것이다.[20] 위의 인용문에서도 '우편소'와 '전봇대'는 마치 귀신과도 같은 괴물로 표현된다. 또한 우편 제도를 이해하는 자는 '귀신을 부리는 재주'를 가진 사람으로 인식되는 것이다.

3. 전보와 전화

우편 제도의 막강한 위력은 전보와 전화의 보급에 이르러 더욱 강화된다. 김승옥의 「무진기행」이 전보가 편지를 압도하는 근대의 한 풍속을 적절히 삽입한 것이라면, 채만식의 「당랑의 전설」(1940)은 미두취인소(米豆取引所)를 통해 전화의 위력을 다룬다.

미두취인소는 쌀과 콩을 대상으로 한 선물 시장으로, 일본 오사카의 시세에 준하여 결정된다. 오사카 취인소의 시세 등락이 조선 기미 시장의 시세에 영향을 끼치므로, 통신 설비상(전화나 전보) 조금이라도 일본과 빠르게 교신할 수 있다면 그만큼 시황의 흐름을 예측하기가 수월하기 마련이었다.[21] 물론 채만식의

---

20 김윤식, 「우리 근대 문학 연구의 한 방향성」, 김성기 외, 『모더니티란 무엇인가』(민음사, 1994), p. 244.

21 한수영, 「하바꾼에서 황금광까지─채만식의 소설에 나타난 식민지 사회의 투기 열풍」,

「당랑의 전설」이나 『탁류』에 등장하는 '마바라'나 '하바꾼'들이
이러한 통신의 네트워크에 속해 있을 리 없다.

> **사무원 갑** 따먹질 못하구서. 그댐에 가서 도루 토하고래야 마니깐 그
> 럴밖에! (전화벨 소리, 통화기를 집어 대고) 네에. (間) 아아! 젠상이
> 십니까? (間) 전장도메 삼 전입니다. 삼십사 원 오십삼 전. (間) (주
> 인의 탁자를 열어다보고) 방금 아까 나가셨는데요. (間) 네에네, 그럼
> 안녕이. (전화를 끊고, 도로 일을 한다)
> (미두 손님 갑, 사무원 갑이 전화를 받기 시작할 때 등장, 이내 이층
> 으로 올라가려고 층계 밑에서 신발을 벗는다. 깨끗한 신수에 만족스
> 러하는 표정)
> **사무원 을** (마침 고개를 쳐들고, 반겨) 여보, 김주사?
> **미두 손님 갑** (돌려다보고, 의미 있이 싱글벙글 웃으면서, 무언)
> **사무원 을** (같이 웃으면서 눈을 흘긴다) 왜 지금 이층으로 실끔 올라
> 버릴 령으로 이래요?
> **미두 손님 갑** 그럴 리가 있나!
> **사무원 을** 어떡허실 테야? 이따가 저녁에.[22]

'사무원 갑'은 오사카와의 통화를 통해 시황을 끊임없이 보고
받는다. 반면 '쌀을 팔다'와 '쌀을 사다'의 문맥적 의미조차 분간
하지 못하는 '미두 손님'은 오사카와 전화가 연결되어 있는 '이

박지향 외, 『해방 전후사의 재인식』(책세상, 2006), pp.82~83
22 채만식, 「당랑의 전설」, 『채만식 전집 9』(창작과비평사, 1989), p. 154.

층'의 세계에서 철저히 배제된다. 사무원에게 이따 저녁에 만나자고 하소연해보지만, 이런 수준의 미두꾼이야말로 당랑거철(螳螂拒轍)의 처지, 즉 자본주의라는 거대한 '수레' 앞을 가로막고 호통 치는 '사마귀' 꼴에 지나지 않는 것이다.

인천 미두장에서 돈을 잃은 '박원석'은 곧 집으로 귀가하겠다는 전보를 친 다음, 서울을 거쳐 힘없이 집으로 돌아온다. '박진사'는 아들의 전보에 희망을 걸고 있지만, 이는 이내 무너지고 만다.

박진사 오오, 참! (전보를 받아 가지고 잡아 펴서 집달리의 얼굴 바투 대주면서) 이게 아니요? 응 전보가 이렇게 왔거든. 온단 전보가! 응?

집달리 (거들떠보지도 않는다)

박진사 문맥은 무언고오 하면, (풍안을 꺼내 쓰고서 전보를 멀찍이 내대고 보면서) 문맥이 무언고오 하면, (읽는다) 명일, 오전, 귀가! (고개를 도루 돌리면서) 응? 그 뜻 알지요? 명일 오전 귀가! (間) 그 애가 거 과히 무식턴 않것만서두, 귀성이라구 살필성자를 쓰던지이, 귀근이라구 보일근자를 쓰던지 하는 게 아니라, 돌아갈귀자 귀가라구 했군그래! 시하예 있는 사람은 귀근이라구 하던지, 귀성이라구 하던지 해야 호롯스럽잖은 법인데! (間) 이게 분명 아마 거, 무식한 우체사령자이 잘못 알아듣고서 이렇게 귀가루 써서 보냈어![23]

박진사는 전보의 근대적 의미를 알지 못한다. 다만 전보 안의

---

23 채만식, 위의 책, p. 166.

문구에 '귀가' 대신 '귀성'이나 '귀근'을 사용해야 한다는 정도의 중세적 교양에만 집착한다. 박진사는 아들의 전보가 무용지물이라는 사실을 뒤늦게 알게 되고 급기야는 스스로 집 안의 세간을 도끼로 내려치는 것으로 중세적 가치관의 몰락을 보여주는 셈이다.[24] 아들보다 먼저 도착한 전보지만, 전화선을 통해 일본의 시장과 연결된 거대한 자본주의 흐름 앞에서 전보는 그저 하나의 허사에 지나지 않는 것이다. 박진사는 전보를 수동적으로 이용하고는 있지만, 그를 지배하고 있는 세계는 여전히 중세적인 까닭에 그는 전화와 전보로 무장된 근대의 세계에 맞설 수 없었던 것이다.

4. 인터넷

윤형진의 「책을 먹는 남자」(1998)에서는 책을 씹어 먹는 남자 '그'를 주인공으로 설정하고 있어 흥미롭다. 윤형진의 데뷔작인 「책을 먹는 남자」는 '우화의 정치학'이다. 그 우화는 재미있고 의미심장하다. 한 남자가 책을 씹어 먹기 시작한다. 그는 책을 먹는 동시에 책의 모든 내용을 기억한다. 그는 이러한 재능으로 인해 유명한 지식인이 되지만, 많은 책을 먹다 보니 만성적으로 소화불량에 시달린다. 더욱 비극적인 것은 정작 자신의 견해는 가질 수 없다는 데에 있다.

---

24 유민영, 「시니시즘의 미학」, 한국극예술학회 편, 『채만식』(태학사, 1996), pp. 12~13.

발표자가 두서없이 떠든 이야기도 그의 입에서 되풀이될 때는, 일목요연하게 정리되어 명쾌하게 흘러나왔다. 물론 그가 발표자의 발표 내용과 조금 다르게 이야기하는 경우도 없지 않았다. 가끔은 발표자가 그 내용을 수정해달라고 요구하는 일도 있었다. 그러나 횟수가 지날수록 그런 일은 줄어들었으며 어떤 경우에는 그가 정리한 내용에 맞추어 자기 의견을 수정하고자 하는 사람까지 등장했다. 똑같은 내용이 두 차례씩 반복되는 것을 듣고 있자니 토론회가 좀 지루해졌다는 것은 당연한 일이다. 그런데 이상한 것은 그 프로의 시청률이 점점 올라가고 있었다는 것이다.[25]

우리는 '그'에 대해 이제 상당 부분 공감할 수 있게 되었다. 지금 우리의 책상에는 많은 '글'들이 놓여 있다. 분기별로 배달되는 문학잡지나 저널은 물론, 끊임없이 읽어내야 하는 숱한 안내문, 공문, 세금고지서, 통신판매 상품목록, 나날이 바뀌는 전자통신 제품들에 관한 사용설명서, 그리고 '정보의 바다'라 불리는 인터넷 상의 지식들이 현대인들에게 질식시킬 듯한 위압으로 다가온다. 이러한 정보의 바닷속에서 우리는 행복한가. 그리고 거기에서 유용한 지식들을 얻고 있는가. 정작 '나'는 어디에 있는가 자문할 때, 그 대답은 여전히 혼란스럽다. 윤형진은 신인의 패기와 예리함으로 지식의 홍수가 결국 '삶의 표준화'를 지향하고 있으며, 그러한 표준화된 삶은 개인을 억압하는 하나의 권력으로 자리 잡아가고 있음을 밝혀낸다.[26]

---

25 윤형진, 「책을 먹는 남자」, 『문학과사회』, 1998년 겨울, p. 1443.
26 이에 대해서는 지식을 권력의 도구로 간주하는 재래의 정치적 담론에 대한 비판, 지식

'책을 먹는 남자'가 죽었을 때, 그의 친구인 '나'는 무슨 생각을 하는가. '나'는 푸념과도 같은 '나'의 보잘것없는 이야기를 책으로 쓸 것을 결심한다. 작가는 '나'의 생각을 통해, '정보'의 홍수를 이겨내는 '책'의 탄생을 예고하는 것으로 이 작품을 마무리한다.

그가 모든 사람의 입장을 착실하게 대변해주고 있을 때 나는 내 직장 동료들과 힘든 직장생활에 대해 푸념하며 소주잔을 기울이고 있었다. 그런데 웬일인지 주위의 그 잦은 권유에도 아랑곳하지 않고 그는 살아서 책 한 권 내지 않고 죽었다. 그 이유야 알 수 없는 일이지만 나로서는 그가 안 한 것, 어쩌면 못한 것을 한번 해보고 싶었다. 그것이 내가 책을 내게 된 이유이다.[27]

이 작품에 대한 정과리의 견해에는 인터넷에 대한 알레고리라는 지적이 빠져 있다. 책을 씹어 먹고 소화불량에 걸려 있는 '그'의 모습은 인터넷 정보의 바다에 빠져 허우적거리는 현대인에 대한 명백한 알레고리다. 「책을 먹는 남자」는 인터넷 사회에 대한 알레고리적 풍자의 성격을 가진다. 2006년의 한 조사에 따르면, 한국인의 67.4%가 인터넷을 이용하고 있으며, 하루 평균 2시간 이상을 인터넷의 정보 검색 등에 소비하는 것으로 나타났다.

사실 인터넷은 '정보의 바다'인 동시에 '쓰레기 정보의 원천'

의 상품화 양상에 대한 비판. 지식이 곧 권위와 동의어가 되는 현상에 대한 우화로 보는 견해도 있다. 정과리, 『우화의 정치학』, 위의 책, p. 1453.

[27] 윤형진, 위의 책, p. 1450.

이기도 하다. 인터넷이 정보의 원천이지만, '저장' 기능의 확대가 오히려 '망각' 기능에 대한 요구를 낳고 있는 점은 역설적이다. 망각이 문명사에서 얼마나 중요한 역할을 해왔는지를 탐구한 하랄트 바인리히는 인터넷 사회에 대한 풍자의 사례로 하인리히 뵐의 비판적인 소설을 예로 든다. 그에 따르면, 지구 전체를 네트워크로 연결하는 정보 사회의 꿈은 너무도 완벽하게 실현된 나머지 실현되자마자 악몽이 되었다. 그렇다면 20세기에 정보가 삶에 주는 이익과 손해의 결산표를 냉철히 작성하여 경우에 따라서는 불필요한 정보를 과감하게 버림으로써 삶을 지키는 반시대적 고찰은 어디서 찾을 수 있는가? 역사와 문학에 나타난 '망각'의 의미를 추적한 바인리히는 하인리히 뵐의 단편소설 「문서 폐기인」(1957)에서 '망각의 실용성'이라는 역설을 찾는다. 이 소설의 주인공은 도착한 우편물을 사전에 분류하여 불필요한 우편물이 회사 담당자의 손에 들어가 검토되기 전에 모조리 버리는 것을 직장의 업무로 삼고 있다.[28]

우리는 이러한 인터넷의 공허함을 김영하의 장편소설 『퀴즈쇼』(2007)[29]를 통해 좀더 구체적으로 확인할 수 있다. 이 작품은 가상세계와의 접속을 통해 새롭게 펼쳐지는, 이른바 '사이버 시대의 사랑의 현상학'을 다룬다. 김영하가 공들여 묘사한 21세기의 사랑법은 "가로 사십오 센티미터, 세로 십팔 센티미터의 키보드 위에서 생성"된다. 주인공이 처한 실제적 공간은 창조차 없는

28 하랄트 바인리히, 백설자 역, 『망각의 강 레테』(문학동네, 2004), pp. 327~344.
29 김영하, 『퀴즈쇼』(문학동네, 2007).

고시원의 골방이다. 주인공은 왕년의 여배우를 할머니로 둔, 그리고 대학원을 마친 21세기의 새로운 '문화인'이고 부유하고 화려한 지원과 데이트를 하는 정상적인 청년이지만, 실제로는 "택배 상자보다 조금 큰 고시원"에서 기거하며, 편의점과 헌책방의 아르바이트로 살아가는 주변부 인물이기도 하다. 이 작품은 창 없는 고시원에서 컴퓨터 모니터라는 유일한 창으로 세계와 접속하는, 가난하고도 고독한 이 시대의 젊음의 형상을 그리고 있다. 인터넷의 퀴즈방에서 가상의 아이디와 아바타로 접속하는 인물들은 자신들의 가상 공간에서만큼은 활력과 생기가 넘친다. 그러나 컴퓨터 전원을 끄면 이들을 기다리고 있는 것은 남루한 일상 세계뿐이다. 작가는 인터넷의 화려한 세계와 고시원 골방을 대립시킨다. 인터넷의 화려한 세계에는 지원과 같은 매력적인 여성들이 자리 잡고 있지만, 현실 속의 자신이 정작 허기를 채우고 현금을 빌릴 수 있는 곳은 고시방의 '옆방녀'뿐이다.

　　"그래도 전 행복하다고 생각해요. 몸을 뉘일 곳도 있고 공부도 하고 시간제지만 직장도 있잖아요. 근데 민수씨는 뭐 준비하세요?"
　　저요? 퀴즈쇼요, 라고 말할 수는 없는 분위기였다.
　　"음, 저는 국제기구에서 일을 할까 해요."
　　"국제기구요? 우와."
　　(……)
　　꿈은 이렇게 갑자기, 어느 고시원 옥상에서 삼겹살을 먹다가 생겨나기도 한다.
　　"역시 멋지세요. 와, 그치만 전혀 실감이 안 나요. 테레비 보면 그런 사람이 있기는 한 것 같은데 그런 분이 제 옆에 있다니 잘 믿기지가 않아요."

"아뇨, 그냥 꿈이라니까요. 실현될 가능성도 거의 없는."[30]

이 작품의 해설에서 복도훈은 "한 사람의 독자 입장에서 볼 때, 『퀴즈쇼』의 가장 아름다운 장면 하나만 꼽으라면, 고시원 옥상에서 '나'와 옆방녀가 삼겹살과 소주로 자신들의 가난한 식욕을 달래면서 살아온 이야기를 소소하게 주고받는 장면을 주저하지 않고 선택할 것이다."[31] 라고 말한다. 역설적이게도 위의 고시원 장면은 '나'가 인터넷을 매개하지 않은 만남이라는 점에서 오히려 신선하다. TV 퀴즈쇼의 녹화 현장, 편의점의 감시 카메라, 경비 시스템이 작동하는 서지원의 집과 자신의 옛집, 전자 단말기로만 출입이 가능한 이상한 '회사'와 '집회'는 모두 가짜로 분식된 '쇼'의 세계에 속하며, 스스로를 '촌년'이라 부르는 옆방녀와의 수줍은 만남이 오히려 진실의 세계에 속한다. 그러나 '나'는 실현될 가능성이 거의 없는 꿈을 '쇼'처럼 이야기하고, 옆방녀는 자살로 생을 마감한다.

고시원에서 출구 없는 삶을 영위하는 '나'와 옆방녀는 '퀴즈쇼'로 대표되는 21세기의 주변인들이다. 퀴즈쇼의 세계를 지배하는 것은 '쿨한 척하는' 가면, 연기일 뿐이며, 이는 현실 속에서는 존재할 수 없는 가상의 무대에 불과하다. 이 작품은 이러한

---

30 위의 책. p. 124~125.
31 복도훈, 「추방된 젊음, 디오게네스의 윤리」, 김영하, 위의 책, p. 455.

쇼의 세계에서 길을 잃은 젊은이들을 그림으로써 인터넷으로 대표되는 21세기의 공허한 문화를 패러디한다.

결론

우리는 미디어를 주제로 한 영화를 가끔 접한다. 사진관을 배경으로 한 영화 「팔월의 크리스마스」(허진호 감독, 1998)는 '현실적으로 팔월에는 존재할 수 없는 크리스마스'라는 역설을 현재에는 존재할 수 없는 과거를 재생시키는 사진술의 매력으로 풀어낸 멜로드라마다. 영화 「러브레터」(이와이 슌지 감독, 1995)에서는 도서관 대출 카드에 그려진 한 장의 그림이 과거와 현재를 잇는 중요한 단서로 작용한다. 또한 영화 「라디오 스타」(이준익 감독, 2006)는 스펙터클 위주의 현대 사회에서 점차 사라져가는 라디오의 매력을 부각시킨 영화이며, 「접속」(장윤현 감독, 1997)은 과거와 현재를 잇는 마법으로서의 컴퓨터 통신에 대해 생각하게 한다. 사람에 대한 기억을 영속화시키는 사진 한 장, 도서관 대출 카드에 그려진 그림 한 장, 공기를 타고 전해지는 라디오 속의 사연, 인터넷을 통한 만남 등은 정보 혁명이 가져온 새로운 사회와 인간관계의 다양한 측면을 환기시킨다. 미디어를 통해 형성되는 새로운 사회와 인간관계에 대한 환기는 미디어가 얼마나 우리의 삶을 바꾸고 있는가에 대한 좋은 성찰의 기회를 제공해줄 것이다.

한 디지털 칼럼니스트는 우리 사회의 인간형을 디지털 원주민

(Digital Native), 디지털 이민자(Digital Immigrant), 디지털 지체자(Digital Lagger), 탈디지털주의자(Out Digital)로 분류한 바 있다.[32] 그는 네스케이프가 상용화된 1995년을 기점으로, 이후의 세대들은 디지털 원주민, 이전의 세대는 디지털 이민자, 혹은 디지털 지체자로 분류될 것이며, 10여 년이 흐르면 디지털 원주민이 우리 사회의 주역이 될 것이라고 예측한다. 흥미로운 점은 이들 디지털 원주민들이 디지털을 근본적으로 부정하는 탈디지털주의자와 공존하면서 둘 사이의 문화적 충돌이 진전되고 있다는 점이다. 현재의 문학과 영화를 주도하는 기성세대는 디지털 원주민이 아니다. 물론 이들 세대는 점차 디지털 원주민으로 대체될 것인바, 적어도 현재 시점에서 기성세대들이 느끼는 뉴미디어에 대한 당혹감은 그 자체로도 중요한 문화 현상에 속한다.

한국 근대문학을 주도했던 세대는 이미 디지털 이민자, 혹은 탈디지털주의자로 귀속되었다. 이민자는 원주민과는 달리, 태생적인 자연스러움이 없다. 늘 머릿속에서 생각을 정리한 다음에야 비로소 말하고 행동할 수밖에 없는데, 그 고통이 그리 적은 것은 아니다. 그러나 이민자의 장점이 없는 것은 아니다. 이민자는 양쪽의 세계를 비교할 줄 안다. 아날로그와 디지털 사이에서, 그리고 느리고 불편했던 삶과 빠르고 편리해진 삶의 장단점을 태생적으로 생각하기 마련이다.

그리고 보니, 20세기 중반 세계문학을 이끌었던 부조리 작가들의 삶이 연상된다. 두 차례의 세계대전 사이에 많은 작가들이

---

32 김용섭, 『디지털 신인류』(영림카디널, 2005).

고국을 떠나 유럽의 중심인 파리를, 혹은 미국을 피난지로 선택했다. 그리고 그들은 자기가 속한 두 세계 사이의 균열을 발견하며 거기에서 문학적 자양을 얻었다. 제임스 조이스, D. H. 로렌스, 토마스 만, 베르톨트 브레히트, W. H. 오든, 블라디미르 나보코프 등의 거장들이 이민이나 망명을 택했으며, 이들이 느낀 두 문화 사이의 단절과 당혹감은 근대 모더니즘 문학 형성의 좋은 자양분이 되었다.[33]

문화 콘텐츠라는 새로운 영역을 학생들에게 강의할 때마다, 나는 이민자로서 그들에게 들려줄 이야기를 생각했다. 20세기와 21세기의 차이야말로 우리가 정말 알아야 할 중요한 테마 아닌가.

---

33 1차대전 때는 취리히, 2차대전 때는 뉴욕이 주요 망명 장소였으며 그곳들은 이들 작가들의 예술적 활동의 중심지가 되었다. James Mcfarlane, "The Mind of Modernism", Malcolm Bradbury & James Mcfarlane ed., *Modernism*(Pelican Books,1976), p. 101.

참고 문헌

국내 저서 및 논문

김만수, 「채만식 연극의 가능성」, 채만식학회창립학술대회, 『채만식 문학의 현재성』, 2018. 10.

김만수, 『함세덕』, 건국대학교출판부, 2003.

김만수·안금련, 「인격의 성숙과 성장으로의 환상: 최인훈 희곡 「어디서 무엇이 되어 만나랴」를 중심으로」, 『한국문학이론과 비평』, 2007. 3.

김만수, 「일란성 쌍생아의 비극: 최인훈 「둥둥 낙랑둥」의 해체론적 연구」, 『한국 현대문학연구』 6집, 1999.

김만수, 「오태석 연극에서 '상처 입은 화자'의 의미와 기능」, 『문학치료연구』, 2015. 7.

김만수, 「이강백의 희곡 「영월행 일기」의 정신분석적 읽기」, 『한국 현대문학의 분석적 읽기』, 월인, 2004.

김만수, 「캐릭터의 심리학적 유형 분석—「왕의 남자」와 「광해, 왕이 된 남자」를 중심으로」, 『어문연구』, 2014. 3.

김만수·김하나, 「'미녀와 야수'의 현대적 변용 양상」, 『한국학연구』, 2014. 12.

김만수·왕치현·강수환, 「영화 「설국열차」와 이분법 너머의 상상력: '3의 법칙' 과 놀이의 힘」, 『한국학연구』 53집, 2019. 5.

김만수, 「미디어의 보급에 대한 문학의 대응: 신문에서 인터넷까지」, 『한국현대 문학연구』, 2010. 12.

김부식, 이강래 편역, 『삼국사기 II』, 한길사, 1998.

김용석, 『미녀와 야수, 그리고 인간』, 푸른숲, 2000.

김윤식, 「우리 근대 문학 연구의 한 방향성」, 김성기 외, 『모더니티란 무엇인가』,

민음사, 1994.

김일렬, 「「백월산전설」의 구조와 의미」, 한국문학언어학회, 『어문논총』 39호.

김향, 『최인훈 희곡 창작의 원리』, 보고사, 2005.

김승옥, 『김승옥 소설전집 1』, 문학동네, 1995.

박상란, 「금기된 역사 체험담의 기록성—동학농민혁명담을 중심으로」, 한국역
　　　사민속학회, 『역사민속학』 54, 2018. 6.

박성봉 편역, 『대중예술의 이론들』, 동연, 1994.

배주영, 『디지털 애니메이션 스토리텔링』, 살림, 2005.

백현미, 「이강백 희곡의 반복 구조와 반복의 철학」, 『한국극예술연구』 9집, 한국
　　　극예술학회, 1999.

류선정, 「프랑스 전래동화 「미녀와 야수」의 애니메이션화—영웅 서사와 환상성
　　　을 중심으로」, 『프랑스연구』 55호, 2011. 2.

서정주, 『미당 서정주 시 전집 1』, 민음사, 1991.

석일연, 이가원 역, 『삼국유사 신역』, 태학사, 1990.

신동흔, 『스토리텔링 원론』, 아카넷, 2018.

이무석, 『정신분석에로의 초대』, 이유, 2003.

이부영, 『분석심리학의 탐구1—그림자』, 한길사, 2010.

이부영, 『분석심리학의 탐구 1—아니마와 아니무스』, 한길사, 2010.

이부영, 『한국민담의 심층분석』, 집문당, 2011.

이수진, 「만화 『설국열차』의 영화화에 관한 공간 중심 연구」, 『프랑스문화예술
　　　연구』 25집, 2008.

오태석, 『오태석 희곡집 1—백마강 달밤에』, 평민사, 1994.

정병헌·이유경 편, 『한국의 여성영웅소설』, 태학사, 2000.

정운채, 「「남백월이성 노힐부득 달달박박」과 문학치료」, 한국문학치료학회, 『문
　　　학치료연구』 28권.

조현설, 『마고할미 신화연구』, 민속원, 2013.

채만식, 『채만식전집 9』, 창비, 1989.

최인훈,『길에 관한 명상』, 청하, 1989.

최인훈,『옛날 옛적에 훠어이 훠이—최인훈전집 10』, 문학과지성사, 1992.

최인훈,「열반의 배—온달 2」,『현대문학』, 1969. 11.

최인훈,「온달」,『현대문학』, 1969. 7.

한수영,「하바꾼에서 황금광까지—채만식의 소설에 나타난 식민지 사회의 투기 열풍」, 박지향 외,『해방 전후사의 재인식』, 책세상, 2006.

한국극예술학회 편,『채만식』, 연극과인간, 2010.

한국문화유산답사회,『답사여행의 길잡이 3—동해 · 설악』, 돌베개, 1994.

홍성욱 · 백욱인 편,『싸이버스페이스 오디쎄이』, 창비, 2001.

국외 저서

가와이 하야오, 고향옥 역,『민담의 심층』, 문학과지성사, 2018.

그림 형제, 김열규 역,『그림형제 동화전집』, 현대지성, 2015.

로만 야콥슨, 신문수 편역,『문학 속의 언어학』, 문학과지성사, 1989.

로널드 헤이먼, 김만수 역,『희곡을 어떻게 읽을 것인가』, 현대미학사, 1994.

루쉰, 김학주 역,『루쉰 전집』, 을유문화사, 2008.

마르트 로베르, 김치수 · 이윤옥 역,『기원의 소설, 소설의 기원』, 문학과지성사, 1999.

마샬 맥루한, 박정규 역,『미디어의 이해』, 커뮤니케이션북스, 1997.

마샬 맥루한 · 꾕땅 피오르, 김진홍 역,『미디어는 맛사지다』, 커뮤니케이션북스, 2001.

브루노 베텔하임, 김옥순 · 주옥 역,『옛이야기의 매력 1』, 시공주니어, 1998.

브루노 베텔하임, 김옥순 · 주옥 역,『옛이야기의 매력 2』, 시공주니어, 1998.

벨 훅스, 박정애 역,『행복한 휴머니즘』, 백년글사랑, 2007.

자크 데리다, 김보현 편역,『해체』, 문예출판사, 1996.

자크 라캉, 권택영 편,『자크 라캉, 욕망 이론』, 문예출판사, 1995.

장 자끄 루소, 주경복 · 고봉만 역,『언어 기원에 관한 시론』, 책세상, 2002.

존 K. 페어뱅크 외, 김한규 외 역, 『동양문화사(상)』, 을유문화사, 1991.

슈테판 츠바이크, 원당희 · 이기식 · 장영은 역, 『천재와 광기』, 예하, 1993.

아리스토텔레스, 천병희 역, 『시학』, 문예출판사, 1994.

어빙 팽, 심길중 역, 『매스커뮤니케이션의 역사』, 한울아카데미, 2002.

엘리자베드 라이트, 권택영 역, 『정신분석비평』, 문예출판사, 1991.

오바야시 다루우 · 고다마 요시요, 권태효 역, 『신화학입문』, 새문사, 1996.

위앤커, 전인초 · 김선자 역, 『중국신화전설 1』, 민음사, 1999.

제랄드 프랜스, 최상규 역, 『서사학』, 문학과지성사, 1988.

조셉 캠벨, 이윤기 역, 『천의 얼굴을 가진 영웅』, 민음사, 1999.

존 보커, 이종인 역, 『사진과 그림으로 보는 성서』, 시공사, 2003.

존 피스크, 강태완 · 김선남 역, 『커뮤니케이션학이란 무엇인가』, 커뮤니케이션
    북스, 2001.

칼 구스타프 융, 이부영 외 역, 『인간과 무의식의 상징』, 집문당, 2008.

프로이트, 김인순 역, 『꿈의 해석』, 열린책들, 2003.

프로이드, 김석희 역, 『문명 속의 불만』, 열린책늘, 2002.

프로이트, 정장진 역, 『예술, 문학, 정신분석』, 열린책들, 2003.

프로이트, 정장진 역, 『창조적인 작가와 몽상』, 열린책들, 1996.

프로이트, 한승완 역, 『나의 이력서』, 열린책들, 1997.

피에르 레비, 강형식 역, 『지식의 나무』, 철학과현실사, 2003.

피에르 레비, 권수경 역, 『집단지성: 사이버 공간의 인류학을 위하여』, 문학과지
    성사, 2002.

헨리 젠킨스, 김정희원, 김동신 역, 『컨버전스 컬처』, 비즈앤비즈, 2008.

헤겔, 임석진 역, 『정신현상학 1』, 지식산업사, 1988.

하랄트 바인리히, 백설자 역, 『망각의 강 레테』, 문학동네, 2004.

Arthur W. Frank, *The Wounded Storyteller—Body, Illness and Ethics*, The
    University of Chicago Press, 1995.

Claude Levi-Strauss, "The Structural Study of Myth", Mark Gottdiener, Karin

Boklund-Lagopoulou, Alexandros PH. Lagopoulos ed. *Semiotics*, *Vol. 2*, SAGE Publications, 2003.

Thomas G. Pavel, "Literary Narratives", Mieke Bal ed., *Narrative Theory(1)*, Routlege, 2004.

Christopher Booker, *The Seven Basic Plots: Why We Tell Stories*, Continuum, 2010.

Frank Kermode, *The Sense of an Ending: Studies in the Theory of Fiction*, Oxford Univ. Press, 1979.

Myers · Isabel Briggs, Gift Differing: Understanding Personality Type, Consulting Psychologists Press, 1980.

Malcolm Bradbury & James Mcfarlane ed., *Modernism*, Pelican Books, 1976.

Linda Hutcheon, *A Poetics of Postmodernism: History, Theory, Fiction*, Routledge, 1988.

Mark Fortier, 백현미 · 정우숙 역, 『현대 이론과 연극』, 월인, 1999.

M. 그랜트 · J. 헤이즐 공저, 김진욱 역, 『그리스 로마 신화사전』, 범우사, 1993.

Charles Perrault, Christopher Betts tr., *The Complete Fairy Tales*, Oxford University Press, 2009.

Ovid, David Raeburn tr., *Metamorphosis*, Penguin Books, 2004.

Hans Christian Andersen, *The Collective Fairy Tales and Stories*, Penguin Books, 2004.

Stith Thompson, *The Folktale*, Holt, Rinehart and Winston, 1946.

옛이야기의 귀환

한국문학에서 스토리텔링까지

© 김만수

1판 1쇄 발행 　|　 2020년 5월 11일

지은이	|	김만수
펴낸이	|	정홍수
편집	|	김현숙 임고운
펴낸곳	|	(주)도서출판 강
출판등록	|	2000년 8월 9일(제2000-185호)

주소	|	서울시 마포구 동교로 17안길 21(우 04002)
전화	|	02-325-9566
팩시밀리	|	02-325-8486
전자우편	|	gangpub@hanmail.net

값 20,000원
ISBN 978-89-8218-257-0　　03810

이 도서의 국립중앙도서관 출판예정도서목록(CIP)은 서지정보유통지원시스템 홈페이지
(http://seoji.nl.go.kr)와 국가자료종합목록 구축시스템(http://kolis-net.nl.go.kr)에서 이용하
실 수 있습니다. (CIP제어번호: CIP2020018581)

* 이 저서는 2019년 대한민국 교육부와 한국연구재단의 지원을 받아 수행된 연구임.
(NRF-2019S1A5C2A02081047)

* 잘못 만들어진 책은 구입처에서 교환해드립니다.